GRANDE COLLECTION NATIONALE *(Nouvelle Série)*

MARIO UCHARD

Mon Oncle Barbassou

MON ONCLE BARBASSOU

CHAPITRE PREMIER

Château de Férouzat, le...   18...

Non vraiment, mon cher Louis, je ne suis ni mort, ni ruiné, ni forban, ni trappiste, ni garde champêtre, ainsi que tu veux bien le soupçonner pour expliquer mon silence, depuis quatre mois que je n'ai paru dans ton atelier de peintre célèbre. Non, mon fabuleux héritage ne s'est point envolé, railleur subtil! Je n'habite ni la Chine au fleuve bleu, ni l'Océanie rouge, ni la Laponie blanche. Mon yacht en bois de teck est encore dans le port et ne me balance pas sur les vastes mers. C'est donc en vain que tu entasses laborieusement les hyperboles excentriques à propos du testament de mon oncle : les ironies font long feu. Le testament de mon oncle dépasse tout ce qui s'est jamais fait d'étonnant dans ce genre par les mains d'un notaire, et jamais ta pauvre imagination, ni de près, ni de loin, n'inventera des péripéties aussi surprenantes que celles où ce document enregistré m'a conduit.

Tout d'abord, pour que ton faible intellect puisse s'élever à la hauteur d'un tel sujet, il faudrait bien, je le confesse, t'expliquer un peu « le Corsaire », comme tu l'appelais lorsque tu le rencontras à Paris, l'autre hiver, car ce n'est que par des singularités de son existence que tu pourrais arriver à la compréhension de mon aventure.

Malheureusement, il y a là une difficulté majeure : mon oncle est resté et restera à l'état de personnage légendaire. Né à Marseille, vers l'âge de quatorze ans il s'était trouvé orphelin, seul au monde avec une jeune sœur au berceau, qui depuis fut ma mère, et qu'il éleva : cependant, bien que nous fussions l'un à l'autre toute notre famille, je ne l'ai guère vu que dans les échappées de sa vie de marin. Doué de facultés vraiment remarquables, et d'une de ces énergies qui ne connaissent pas d'obstacle, c'était le meilleur homme du monde, comme tu l'as pu constater : mais c'était assurément aussi un grand original, d'après ce que j'en sais. Et je ne crois pas que, dans sa carrière accidentée, il ait jamais rien fait comme un autre, si ce n'est des enfants peut-être, et encore ne furent-ils jamais que ses filleuls. Il en a laissé quatorze, garçons et filles, dans le département du Gard, disséminés sur des diverses propriétés qu'il habitait tour à tour quand il quittait l'Orient; et tout fait croire qu'il ne s'en fût point tenu là, lorsque, il y a quatre mois, en revenant du pôle sud, il mourut par hasard d'un coup de soleil, à l'âge de soixante-trois ans; ce trait final peint l'homme. Quant à l'histoire de sa vie, ce qu'on a su se borne à ces quelques notions :

A vingt-deux ans, mon oncle Barbasson s'était fait Turc, par opinion politique : c'était sous les Bourbons. Ses états de services en Turquie n'ont jamais été bien clairs dans les luttes de Méhémet-Ali et du sultan, et je crois qu'il s'y embrouillait un peu lui-même, car il servit alternativement ces deux princes, avec une égale bravoure et une égale sincérité. Par hasard, il se trouva précisément du côté d'Ibrahim lorsque celui-ci défit les Turcs à la bataille de Konieh; mais, emporté dans cette fameuse charge à fond qu'il commandait, et qui décida de la victoire, mon oncle infortuné eut la disgrâce de tomber blessé aux mains des vainqueurs. Prisonniers de Kurchid-Pacha, et bientôt guéri de sa blessure, il s'attendait à être empalé, quand, à sa grande joie, sa peine fut commuée en celle des galères. Il y resta trois ans sans réussir à s'évader, ce qui fait que, un beau jour, il se trouva tout à point sous la main du sultan, qui le nomma pacha en lui donnant un commandement dans les guerres de Syrie. Quelle circonstance mit fin à sa carrière politique? comment obtint-il du pape un titre de comte du Saint-Empire?... On l'ignore.

Ce qu'il y a de certain, c'est que, las des grandeurs, Barbassou-Pacha était revenu s'établir depuis deux années en Provence, lorsqu'il partit un beau matin pour l'Afrique, sur un navire qu'il avait acheté à Toulon. Il se livra dès lors au commerce des épices. — Ce fut à la suite d'un de ces voyages, qu'il publia son célèbre mémoire ontologique sur les races nègres, mémoire qui fit quelque bruit et lui valut un rapport des plus flatteurs de l'Académie. — Ces événements principaux de son odyssée connus, les faits et gestes particuliers de Barbassou-Pacha se perdent dans les nuages. Au physique, tu te rappelles ce Marseillais de six

pieds de haut, sec dans sa charpente pourvue de muscles d'acier; tu vois encore ce visage formidable et barbu, cet œil farouche et terrible, cette voix rude, enfin ce type achevé du « forban au repos », comme tu disais, en riant parfois de son flegme plaisant. Au demeurant, très facile à vivre, et le meilleur des oncles.

Quant à moi, du plus loin qu'il m'en souvienne, voici tout ce que j'ai jamais su de lui. Etant toujours en mer, il m'avait mis très jeune au collège. Une année, comme il se trouvait à son château de Férouzat, il m'y fit venir pendant les vacances. J'avais six ans, je le voyais pour la première fois... Il m'enleva à bras tendus pour m'examiner de face et de profil; puis, me faisant tourner délicatement en l'air il me tâta les reins, après quoi, satisfait sans doute de ma structure, il me remit à terre avec des précautions infinies, comme s'il eût peur de me casser.

— Embrasse ta tante, me dit-il.

J'obéis.

Ma tante était alors une fort belle personne de vingt-deux à vingt-quatre ans, brune, avec de grands yeux noirs fendus en amandes, des traits purs dans un ovale parfait. Elle m'assit sur ses genoux et me couvrit de baisers, en me prodiguant des noms les plus tendres, auxquels se mêlaient des mots d'une langue étrangère, qui semblaient comme une musique, tant sa voix était harmonieuse et douce. Je la pris en grande affection. Mon oncle me laissait faire toutes mes volontés et ne souffrait point qu'on y mît obstacle. D'où il advint qu'à la fin des vacances, je ne voulais plus retourner au collège, ce à quoi j'eusse certainement réussi, si le navire de Barbassou-Pacha ne l'eût attendu à Toulon.

Tu devines avec quelle joie je revins à Férouzat l'année suivante. Mon oncle m'accueillit avec le même plaisir, se livra au même examen sur mon râble. Sa sollicitude en repos :

— Embrasse ta tante, me dit-il.

J'embrassai ma tante; mais tout en l'embrassant, je fus un peu étonné de la trouver fort changée. Elle était devenue blonde, rose. Un certain embonpoint ferme et jeune, qui lui seyait à merveille, lui donnait d'apparence d'une fille de dix-huit ans. Plus timide qu'à notre première entrevue, elle me tendit ses joues fraîches en rougissant. Je remarquai aussi qu'elle avait modifié son accent, qui ressemblait beaucoup à l'accent d'un de mes camarades de collège, qui était Hollandais. Comme j'exprimais ma surprise sur ce changement, mon oncle m'apprit qu'ils revenaient de Java. Cette explication me suffit, je n'en demandai pas davantage, et dès lors, je m'accoutumai chaque année aux nouvelles métamorphoses de ma tante. La métamorphose qui me plut le moins fut celle qu'elle contracta à la suite d'un voyage à Bourbon, d'où elle revint mulâtresse, sans cependant cesser d'être remarquablement jolie. Mon oncle, d'ailleurs, était toujours excellent pour elle, et je n'ai jamais connu meilleur ménage. Par malheur, lancé dans de grandes affaires, Barbassou-Pacha resta trois ans absent, et, lorsque je retournai à Férouzat, il m'embrassa tout seul. Je m'informai de ma tante : il était veuf. Comme cet accident ne paraissait pas l'affecter davantage, j'en pris mon parti comme lui.

Depuis ce temps, je ne vis plus une femme dans le château, excepté une fois, dans une partie isolée du parc, où je rencontrai deux ombres mystérieusement voilées. Elles se promenaient, accompagnées d'un vieillard aux allures singulières, vêtu d'une longue robe et coiffé d'un tarbouch, qui m'intrigua beaucoup. Mon oncle me dit que c'était son excellence Mohammed-Azis, un de ses amis de Constantinople, qu'il avait recueilli avec sa famille, à la suite de persécutions du sultan; il le logeait dans un autre petit château mitoyen avec Férouzat, afin qu'ils pussent vivre plus commodément à la turque : ces jeunes personnes étaient deux de ses filles.

Après cette année-là, je ne séjournai plus guère en Provence; mon oncle, établi en Chine et au Japon, fut cinq ans sans revenir, et je n'eus de rapport avec lui que par son banquier de Paris, dont la caisse s'ouvrait à un certain crédit illimité qui faisait ton admiration, et dont j'usais avec une si belle désinvolture et un si superbe entrain de folie.

Tu sais comment, il y a quelques mois, je reçus cette

de louer leur beauté, je fis chorus avec lui, et très certainement mon enthousiasme le flatta.

Elles étaient toutes quatre, en effet, d'une beauté si étrange, et en même temps si diverse, qu'on des eût crues rassemblées pour former le plus ravissant des tableaux: de grands yeux noirs, doux, limides et langoureux comme des yeux de gazelle, avec de ces regards d'Orient que nous ne connaissons pas, des lèvres qui souriaient, montrant des dents perlées, ce teint que le voile défend même contre le hâle du jour, et qui, selon la vieille image, semble vraiment pétri de lis et de roses. Dans ces riches costumes de gaze de Brousse ou de soie, aux couleurs harmonieuses, qui dessinaient les formes des hanches et des seins, elles avaient des poses, les mouvements d'une souplesse féline et d'une grâce exotique qu'il faut avoir vu chez les jeunes filles musulmanes pour en comprendre la voluptueuse langueur. J'étais en plein conte arabe, et des imaginations folles me montaient au cerveau.

Tandis que, par contenance, j'essayais de converser de mon mieux avec leur père, apprivoisées peu à peu, elles s'étaient mises à chuchoter entre elles; par instants, un petit rire sonore éclatait, où je pressentais quelque malice. J'y répondais gaîment en les menaçant du doigt pour leur faire entendre que je les devinais, et c'étaient de nouveaux rires d'enfants, si bien qu'au bout d'une demi-heure une gentille familiarité s'était établie entre nous, nous causions par gestes, et nos yeux rendaient presque superflue l'intervention laborieuse de Mohammed comme interprète. Il paraissait, du reste, ravi de nous voir ainsi folâtrer.

Pour leur apprendre mon nom, je prononçai plusieurs fois le mot: *André*. Elles comprirent et voulurent à leur tour me faire aussi dire le leur. Celui de Hadidjé produisit de grands rires, à cause de ma difficulté à articuler l'aspiration gutturale. Voyant que je n'y pouvais parvenir, elle me prit alors par les deux mains, son visage touchant presque le mien. — Hadidjé! criait-elle. Et je répétai: — Hadidjé! — C'était fou et charmant. Il me fallut reprendre même leçon avec chacune d'elles. Mais où cela devint un délire, ce fut lorsque Kondjé-Gul eut son tour. Je ne sais par quel hasard elle laissa échapper un mot italien. Je l'interrogeai dans cette langue; elle la savait à peu près. Tu comprends ma joie!... Tout aussitôt nous nous pressâmes en même temps d'un flot de questions. Ses sœurs nous regardaient, ouvrant de grands yeux.

A ce moment, une servante grecque entra, suivie de deux autres femmes, apportant le dîner sur des plateaux qu'elles déposèrent sur de petites tables basses en ébène incrustées de nacre. La discrétion m'ordonnait de prendre congé après une fort longue visite, et je m'y préparais... Aussitôt, entre mes jeunes amies, un concert de paroles confuses, où je crus deviner le regret de ma retraite. Son Excellence intervint heureusement en m'invitant à dîner.

Faut-il dire si j'acceptai!

Je m'installai comme elles sur le tapis, les jambes croisées, et nous commençâmes un festin délicieux. Du vin de Champagne fut apporté pour moi, attention à laquelle je fus sensible. Je m'étais placé à côté de Nazli; à ma gauche Kondjé-Gul, en face de moi, Hadidjé et Zouhra. Je ne te raconterai point quels mets furent servis, ma pensée était ailleurs.

— Quel âge as-tu? me demanda Kondjé-Gul, car en son italien un peu roumain elle employait la forme turque.

— Vingt-six ans, répondis-je. Et toi?

— Moi, j'ai bientôt dix-huit ans.

Ce tutoiement me charmait. Elle me dit alors l'âge des autres. Hadidjé était l'aînée, elle avait dix-neuf ans; Nazli et Zouhra entre dix-sept et dix-huit ans. L'âge de la plus fraîche éclosion chez les filles d'Orient, plus précoces que les nôtres. Notre gaîté et leur babil ne tarissaient pas. Comme elles ne buvaient que de l'eau:

— Ne veux-tu pas goûter au vin de France? dis-je étourdiment à Kondjé-Gul.

A cette proposition, elle prit un petit air si effaré que les autres lui demandèrent la traduction de mes paroles. Il y eut alors un grand émoi, puis une discussion, à laquelle le père se mêla. Je craignais déjà de les avoir offensées, quand Son Excellence dit enfin quelques mots qui semblèrent décisifs. Alors, toute rougissante et avec une hésitation d'une grâce divine, Kondjé-Gul prit mon verre et but, d'abord avec une petite grimace de chatte qui goûte, si drôle et si amusante, puis enfin avec un air de satisfaction si réelle que toutes partirent avec un éclat de rire.

Ma foi, je te le confesse, à cette hardiesse ingénue, je sentis battre mon cœur comme si ses lèvres eussent touché les miennes dans un baiser... Juge de ce que je devins quand Zouhra, Nazli et Hadidjé tendirent à la fois la main pour réclamer mon verre. Elles burent à la ronde, et moi après elles, dans un trouble de sens impossible à décrire. Cet abandon mêlé de réserves pudiques, ces timidités adorables qu'elles surmontaient, de peur sans doute de me froisser en refusant ce qu'elles croyaient peut-être conforme à nos habitudes françaises, tout cela me touchait, me ravissait, m'intimidait même parfois à ne plus oser soutenir leurs regards, bien que la présence du père attestait l'innocence de ces familiarités. A la fin du repas, les mêmes servantes grecques enlevèrent les tables. La nuit venait, on alluma les lustres. A travers les persiennes closes, les parfums des myrtes et des lilas nous arrivaient. On apporta des cigarettes; Zouhra en prit une, l'alluma, et, après en avoir tiré quelques bouffées, me l'offrit... Je me laissai faire.

Voyons, Louis, t'imagines-tu ton ami mollement accoudé sur des coussins?... Autour de lui ces quatre filles du paradis de Mahomet dans leurs admirables costumes de sultanes, belles toutes quatre à ne savoir à laquelle j'eusse donné la pomme si j'eusse été Pâris!... Je te le répète, j'eus besoin d'un effort pour me convaincre que tout cela était bien réel. Au bout de quelque temps, je m'aperçus que Mohammed-Azis n'était plus là; mais, grâce à Kondjé-Gul, décidément mon interprète, notre causerie devint active et générale. Hadidjé m'enseigna un jeu truc qui se joue avec des fleurs, et que je ne te décrirai point, ne l'ayant pas compris.

Te dire comment se passa cette soirée, ce serait vouloir te raconter un éblouissement, une ivresse. Je leur montrai, à mon tour, le jeu du furet, tu sais? — Un ruban noué aux deux bouts, que l'on tient assis par terre en cercle, et sur lequel glisse un anneau qu'il faut saisir entre les mains d'un des joueurs. — Ce fut, ma foi, le dernier coup pour ma raison. Quels rires et quels cris joyeux! Chacune d'elles, prise à son tour, me choisissait naturellement pour point de mire. A chaque instant, je me sentais saisi, emprisonné dans leurs bras blancs et nus... Je te le jure, c'était à devenir fou!

Il était près de minuit quand Son Excellence rentra. J'avais perdu toute conscience du temps; cette fois il fallait partir. Tandis que je m'apprêtais et que je disais quelques mots à Kondjé-Gul, Mohammed-Azis adressa la parole à Zouhra, à Nazli, à Hadidjé. Je crus m'apercevoir qu'il les interrogeait, et qu'elles lui répondaient négativement. Alors il parla plus longuement à Kondjé-Gul; il me sembla qu'il la pressait pour lui demander compte de ma conversation avec elle, et que le résultat le mécontentait. Je songeai avec ennui que peut-être je lui attirais quelques réprimandes. Enfin il leur ordonna sans doute de se retirer, car elles vinrent à moi l'une après l'autre, et, comme à leur entrée, chacune d'elles s'inclina d'un air respectueux, en portant ses doigts à son front, et me baisa la main, après quoi elles sortirent, me laissant dans un désordre de pensées impossible à décrire.

J'allais faire quelques apologies auprès de Mohammed pour m'excuser en le quittant, car je craignais qu'il ne mît désormais des obstacles à de semblables soirées, lorsqu'il me dit d'un air inquiet, dans son idiome que je traduis pour ne point renouveler la scène des mamamouchis du *Bourgeois gentilhomme*:

— Puis-je espérer que le signor est satisfait?

— Comment, Excellence, m'écriai-je en lui serrant affectueusement les mains, mais ravi... Et vous ne pouviez me causer une plus grande joie que de disposer de moi comme de mon oncle.

— Elles n'ont pas déplu à Votre Seigneurie? reprit-il.

— Vos filles?... Mais elles sont adorables! Et ma seule crainte serait de ne leur voir point partager la sympathie qu'elles m'inspirent.

— Ah!... Alors ce n'est pas parce que Votre Seigneurie est ennuyée qu'elle ne reste pas ce soir? ajouta-t-il d'un air soucieux.

— Que je ne reste pas? répondis-je... Que voulez-vous dire?

— Mais... Votre Excellence n'a dit sa volonté à aucune d'elles.

— Ma volonté! quelle volonté pouvais-je donc leur exprimer?

— Puisqu'elles appartiennent à Votre Seigneurie, répondit-il.

— Elles m'appartiennent?... Qui?

— Mais Kondjé-Gul, Zouhra, Hadidjé, Nazli.

— Elles m'appartiennent? repris-je au comble de la stupéfaction.

— Sans doute, dit Mohammed, l'air aussi étonné que moi... Son Excellence Barbassou-Pacha, votre oncle, dont j'avais l'honneur d'être l'eunuque, m'avait ordonné de lui acheter quatre vierges pour son harem... Puisqu'il est mort, et que Votre Seigneurie le remplace comme maître... j'avais supposé.

— Ah!!!

Je renonce à te rendre l'expression de ce cri qui m'échappa. Tu devines tous les sentiments qu'il contenait. Vrai! je crus tout de bon cette fois que j'allais devenir fou. Le rêve des *Mille et une Nuits* me surprenait tout éveillé! Ce palais original et somptueux était un harem, et ce harem était à moi! Ces quatre Schéhérazades dont la divine jeunesse et les grâces fascinantes m'avaient brûlé comme des flammes, elles étaient mes esclaves, et n'attendaient qu'un signe ou qu'un désir de moi...

Mohammed, incapable de comprendre mes agitations, me regardait d'un air piteux, ahuri, comme s'il eût présagé quelque disgrâce. A ce moment, la vieille Grecque lui apportait des clefs. Il y en avait quatre. Il me les présenta.

— C'est bien, lui dis-je, laissez-moi!

Il obéit, me salua sans répondre et sortit.

Dès que je me vis seul, ne songeant plus à me contraindre, je me mis à parcourir le salon comme un insensé, et je tais

… laissai librement éclater la joie qui m'étouffait. Je ramassai sur le tapis un ruban oublié par Kondjé-Gul, je le pressai sur mes lèvres avec transport; puis, ce furent des fleurs éparses avec lesquelles avaient joué Hadidjé et Zouhra.

Louis, tu n'attends pas, je l'espère, que je t'analyse toutes les sensations inouïes par lesquelles je passai dans ce moment… Ce qui m'arrivait touchait au surnaturel, le surnaturel ne se raconte pas, et je ne sache pas que légende, nouvelle, ou roman de notre monde ait jamais abordé une situation aussi surprenante que celle dont j'étais le héros. Certes de rigides bourgeois qui offrent en étrennes à leurs filles les *Contes* de M. Galand, illustrés avec les péripéties amoureuses du calife de Bagdad, trouveraient un tel roman bien hardi, uniquement parce que la scène ne se déroule pas en Perse ou à Samarcande. Pourtant mon histoire est identique et la petite-maîtresse la plus pudibonde la lirait sans sourciller, si je m'appelais Hassan au lieu d'André.

III

Tu veux tout savoir, n'est-ce pas, de ce qui peut agiter l'esprit d'un mortel dans une semblable conjoncture? Écoute:

Lorsque j'eus réussi à éteindre un peu mon exaltation, lorsque enfin je me fus persuadé moi-même de la réalité de cette rayonnante féerie, je m'accoudai à la fenêtre; j'avais besoin de respirer. Minuit sonna au château. — Que faisaient-elles? — Songeaient-elles à moi comme je songeais à elles? — Je me mis à contempler ces quatre clefs que m'avait laissées Mohammed. Chaque clef avait une mignonne étiquette, portant une lettre et un nom: Nazli, Zouhra, Hadidjé, Kondjé-Gul. J'avais encore les yeux tout pleins de leurs beautés. Si peu naïf que je sois, j'étais malgré moi troublé, j'allais dire timide… Après les fascinations de cette soirée, je sentais que j'aimais; j'aimais d'un amour étrange, subitement épanoui, j'aimais d'abondance, sans pouvoir séparer l'une de l'autre ces images radieuses, qui se mêlaient dans ma pensée comme si elles n'eussent eu qu'une seule âme. Grâce à ma certitude d'égale possession, Kondjé-Gul, Hadidjé, Nazli, Zouhra, se complétaient dans mon illusion comme un seul être, exhalant un unique parfum de grâces, de jeunesse et d'amour.

Tout cela te paraît fou, tu as peut-être raison; mais j'analyse pour toi cet enchantement, qui me fait encore l'effet d'un rêve. À l'espoir de ces voluptés virginales qui m'attendaient, le tumulte de mes sens se fondait dans je ne sais quelle appréhension à la fois anxieuse et douce. Que te dirais-je, enfin? j'avais beau être sultan, mon cœur n'avait jamais été à pareille aubaine et s'était souvent, tu le sais, épris à moins bon escient. Tout à coup l'idée me vint qu'elles avaient dû se méprendre sans doute sur le sentiment de réserve que j'avais affecté auprès d'elles. Suivant leurs traditions de harem, leurs usages et leurs lois, j'étais légitimement leur maître et leur mari; ne pouvaient-elles pas croire à de l'indifférence, à du dédain? Troublé par cette réflexion, je me sentis pris d'un serrement de cœur affreux. Qu'allaient-elles supposer? mon Dieu! Remettrais-je au lendemain pour dissiper leurs doutes et ne justifier d'une aussi étrange froideur qui pouvait ressembler à du mépris? Je n'avais pas plutôt conçu cette pensée que je n'eus plus qu'un désir: revoir Kondjé-Gul…

Je connaissais tous les aménagements d'El-Nouzha. Au centre de l'édifice est une vaste salle circulaire, prenant le jour d'en haut par une coupole de verre dépoli, soutenue par des colonnes de marbre blanc. Des lampes, pendues entre les colonnes, répandaient une clarté mystérieuse. Une fois là, j'écoutai. Tout était silencieux. Je trouvai l'appartement de Kondjé-Gul; je m'en approchai. J'écoutai encore, l'oreille contre la porte. Quelques frôlements vagues que j'entendis m'annoncèrent qu'elle n'était point couchée. La clef dans la main, j'hésitai un moment avant d'ouvrir. — Enfin je me décidai.

Imagine une chambre parfumée, coquette et riche à la fois, tendue d'étoffes de soie des Indes aux couleurs vives, éclairée par la lumière adoucie d'un petit lustre à trois lampes. Devant un grand miroir, Kondjé-Gul était assise, ses longs cheveux tombant jusqu'à terre. Ses bras nus élevés, la tête renversée en arrière, elle tenait un peigne d'or. À ma vue, elle jeta un petit cri; se leva d'un bond et, toute rougissante, fixant sur moi ses grands yeux effarés, elle demeura immobile et presque tremblante; — son trouble me gagna.

— T'ai-je fait peur? lui dis-je en essayant d'affermir ma voix, et me pardonnes-tu d'entrer ainsi?

Elle ne répondit pas un mot, mais elle baissa les yeux, un sourire glissa furtivement sur ses lèvres; puis, sa main sur sa poitrine, elle s'inclina.

— Kondjé-Gul! chère Kondjé-Gul! m'écriai-je, touché jusqu'au fond de l'âme d'un tel acte de soumission.

Et, m'élançant vers elle, je la pris dans mes bras pour dissiper ses craintes; je baisai son front qu'elle m'abandonnait, son visage pressé contre mon sein, avec un adorable effroi pudique.

— Tu es venu! murmura-t-elle.

— As-tu donc cru que je ne t'aimais pas? dis-je, aussi ému qu'elle.

À cette question, elle releva la tête avec une inexprimable langueur et sourit encore, en me regardant dans les yeux, de si près que nos lèvres se rencontrèrent.

Louis, est-il vrai que l'idéal embrasse l'infini, et que l'âme humaine plane en des régions si hautes que les félicités d'ici-bas ne sauraient l'assouvir?… Je ne voulus point quitter le harem sans avoir aussi revu Hadidjé, Zouhra et Nazli. Les pauvres petites, elles se croyaient déjà dédaignées! Il me fallut sécher leurs larmes.

Tu comprends à cette heure par quelles complications du testament de mon oncle je n'ai point trouvé, depuis quatre mois, un moment pour t'écrire. Je te raconterai les incidents de cette existence surprenante, de ce quadruple amour dont je suis possédé au point d'être sincère dans toutes mes effusions. Dis, si tu veux, dans la médiocre sphère de tes sensations limitées, que tout cela est fou. J'aime, j'adore en poète, en païen, comme il te plaira; mais enfin, quoi? — mon oncle, qui était musulman, me lègue un harem; que devais-je faire?

Si tes travaux te laissaient des loisirs, ne passe pas par Férouzat, tu sais? Voilà comme nous sommes, nous autres sultans. Elles meurent d'envie de voir Paris; il se pourrait bien que j'y arrivasse un de ces jours.

Je n'ai pas besoin de te recommander, je suppose, de cacher cette lettre à la femme.

IV

Madame, je serai véridique. Oui, je suis de complexion tendre, — plus peut-être qu'un Provençal ordinaire, — j'en conviendrai encore si votre grâce le juge ainsi, et je n'en rougirai pas; mais je suis aussi, daignez le croire, amoureux des convenances; et ce serait avec un vif chagrin que je me verrais, de ce chef, déchoir dans votre estime. Or, à quelques mots de fine raillerie, blottis comme de petits serpents sous les condoléances fleuries de votre malicieuse lettre, j'avais déjà compris que, dépourvu de toute délicatesse, et au risque de me couvrir de confusion, ce misérable Louis m'a joué un tour pendable, en vous lisant les folies que je lui écrivais d'autre semaine. Ne niez pas! Il le confesse aujourd'hui, sans pudeur, dans les nouvelles qu'il m'envoie, ajoutant même « que vous avez ri »! Qu'aurez-vous pensé de moi, grand Dieu?… Après une pareille aventure, je n'oserais certainement plus affronter vos regards, si je n'avais pour excuse de déclarer bien vite que toute cette histoire n'est qu'une mystification, imaginée pour répondre à d'impertinentes plaisanteries sur le testament de mon oncle Barbassou… Louis s'est laissé prendre au piège comme un benêt. Vous y entraîner avec lui me ferait mourir de honte…

Madame, je préfère entrer dans la voie des aveux. Je ne suis point du tout le héros d'une histoire de sultanes. Je suis un bon jeune homme, ami de la morale et de la bienséance, quoique vous m'ayez souvent honoré du titre « d'original fieffé ». Daignez considérer d'ailleurs que je n'ai été coupable que de trop d'ingénuité. J'ai supposé que Louis ne vous montrerait pas cette extravagante lettre, car je lui recommandais expressément de vous la cacher. Mon seul crime, en tout ceci, serait donc d'avoir oublié qu'une femme de votre esprit peut tout lire, quand elle a le cœur et le mari que vous avez.

P.-S. — Surtout pas un mot, à Louis, de la mystification dont je le rends victime.

V

Animal, tu m'as mis dans un horrible guêpier!… Quoi! je te confie l'étonnante conjoncture qui m'arrive, avec la recommandation du mystère le plus absolu, et tu livres tout uniment ma lettre à ta femme, au risque de m'attirer, par ton indiscrétion, les quolibets les plus acérés sur ma situation de pacha? N'as-tu donc pas compris que, si cette aventure s'ébruite, la place n'est plus tenable pour moi à Paris. Déjà je me vois au Bois, suivi par des badauds ravis de se montrer « le monsieur qui possède un harem ». As-tu perdu l'esprit en me faisant cette abominable traîtrise?…

Je compte très sérieusement que tu vas réparer ta balourdise en acceptant, aux yeux de la femme, un rôle de mystifié dont je t'affuble, car je lui écris que pas un mot de cette histoire n'est vrai. À cette condition seule, je te continuerai mes confidences, et je les suspends, jusqu'à ce que tu m'aies donné ta parole de discrétion jurée.

VI

'AI ton serment, je reprends mon récit où je l'avais laissé. Tu vas voir ce que tu aurais perdu.

J'étais rentré au château avant le lever de mes gens; après un bain, je m'endormis et ne me réveillai plus qu'à midi. Je déjeunai, puis j'attendis qu'il fût deux heures pour retourner à El-Nouzha. Une trop grande hâte m'eût paru l'indice d'un sentiment vulgaire, je voulais me montrer à la fois discret et passionné; ce moment du jour conciliait ces deux sentiments.

Te dire en quel état d'esprit j'étais, tu comprends de reste qu'autant vaudrait te raconter un feu d'artifice. Il est de ces troubles du cœur qui échappent à l'analyse. L'enchantement qui me tenait enivrait ma pensée comme les fumées du hachisch, et j'avais peine à me reconnaître moi-même dans ce personnage de féerie; j'avais besoin d'un effort pour constater mon identité et m'assurer que je ne me trouvais point d'un rêve... C'était bien moi... Puis, je songeais que j'allais les revoir... Elles m'attendaient. Sans doute elles s'étaient déjà fait leurs confidences... Quel accueil allais-je rencontrer?... Mon rôle de suitan m'était si nouveau que je tremblais d'y commettre quelque solécisme qui me ferait déchoir à leurs yeux; j'allais à l'aveuglette dans ce paradis de Mahomet dont j'ignorais les lois. Fallait-il garder l'air majestueux d'un vizir, ou m'abandonner aux tendres attitudes d'un amant?... Dans mes perplexités, j'étais presque tenté de faire appeler Mohammed-Azis pour lui demander quelques leçons de style, à l'usage du parfait pacha des rives du Bosphore; mais peut-être allait-il déranger mon bonheur?... Introduire une hiérarchie dans mon harem, je n'en voulais point entendre parler, car le choix d'une favorite m'eût été impossible. Je les aimais toutes quatre, et j'aurais même eu de la peine à supporter la pensée qu'elles fussent réduites à trois, sans ressentir l'ennui d'un amour incomplet.

Enfin, l'heure arrivée sans que j'eusse rien résolu, je pris le sage parti d'agir selon les circonstances, et je me dirigeai vers mon harem. Je te l'ai déjà dit, je crois, qu'une petite porte dont j'ai seul la clef fait communiquer mon harem avec El-Nouzha. De là, une sorte de labyrinthe conduit au *Kasre* par une seule et étroite allée que l'on peut prendre pour un sentier perdu. Comme j'arrivais au dernier méandre qui aboutit enfin aux jardins découverts, j'aperçus sous la vérandah Mohammed-Azis, qui paraissait me guetter; il accourut vers moi avec un empressement ravi et des *salem aleks* à n'en plus finir. Au premier mot, je devinai qu'il savait tout... Je m'informai; il me répondit que j'étais attendu, lorsqu'au même instant j'entendis des cris de joie, puis des bruits de pas précipités mêlés à des bruissements de soie... et je vis bientôt déboucher sous la vérandah, en tumulte et disputant à qui arriverait la première, Hadidjé, Nazli, Kondjé-Gul et Zouhra; elles se jetèrent dans mes bras toutes les quatre à la fois avec des rires d'enfants, me serrant, tendant leurs lèvres roses et se jalousant mon premier baiser. Quels rires et quel ramage d'oiseaux! Et tout cela avec un abandon si jeune et si naïf... j'allais presque dire avec tant d'innocence... que moi-même j'en demeurais tout surpris; mais soudain à un mot de Mohammed, qui nous regardait attendri et toujours de plus en plus rayonnant, elles devinrent toutes confuses. Il leur reprochait sans doute un manque de décorum, car, se dégageant doucement, elles portèrent la main à leur front. Tu devines si bien vite je coupai court à ces formes de respect en les attirant de nouveau dans mes bras... Là-dessus, de nouveaux rires, et des railleries adressées avec de petits airs triomphants à ce pauvre Mohammed; il prit une mine effarée en devant les mains au ciel, comme pour l'attester qu'il n'était pour rien dans cet oubli de toute étiquette orientale. Après ce début, tu admettras sans peine que je ne me préoccupai plus guère des difficultés que j'avais cru entrevoir dans mon rôle. J'avais imaginé une situation délicate, provoquée par des jalousies naissantes, des susceptibilités de rivales, des attitudes froissées, peut-être même des reproches et des pleurs d'amantes trahies.

Cinq minutes après, nous nous lancions par les jardins. Arrivées l'avant-veille, elles n'avaient pas encore mis le pied hors du harem. La visite de leur domaine les ravissait, et c'était un babil, une volubilité de voix jeunes et sonores à récréer les oiseaux. A chaque pas, nouvelle découverte; quelque massif de fleurs, quelque sentier ombrageux, au fond duquel on entendait une cascade d'eaux vives, s'échappant en frais ruisseaux qui couraient sur les mousses à travers tout le parc pour aller se perdre dans le lac, et sur lesquels étaient jetées çà et là de petites passerelles aux vives couleurs... C'étaient des questions sur tout, Kondjé-Gul était naturellement toujours l'interprète; toutes écoutaient, ouvrant leurs grands yeux, puis elles repartaient, cueillant aux buissons quelques fleurs qu'elles se mettaient dans les cheveux, à leur corsage, en colliers, et, pour me faire admirer ces parures, à chaque instant l'une d'elles accouraient à moi, comme pour quêter un baiser.

Si tu veux savoir ce que pense ou ressent un mortel en pareille occurrence, je suis forcé de t'avouer qu'il n'est pas en mon pouvoir de te l'apprendre. J'étais étourdi, captivé, surpris par des sensations si nouvelles que je m'y abandonnais sans réflexion, sans conscience de moi-même. D'abord, mon cher, pour t'en rendre compte il te faudrait des notions d'esthétique que tu ne possèdes pas, tout peintre que tu es; il te faudrait connaître ce charme de beauté, tout exotique, des filles d'Orient, cette désinvolture juvénile et d'une nonchalance voluptueuse, ces mouvements ondulés des hanches que leur donne l'habitude de marcher en traînant leurs babouches, ces grâces souples et félines, et la fascination profonde de ces regards pleins de langueur; il te faudrait les avoir vues dans ces costumes étranges et pittoresques dessinant si bien leurs formes harmonieuses, les larges pantalons de soie noués à la cheville, et serrés à la taille par une fine écharpe tissue d'or, les vestes brodées de perles, et ces chemises de soie de Brousse, transparentes comme une gaze, ou bien la longue robe ouverte par devant et dont elles relèvent la queue en l'attachant à leur ceinture pour cheminer à leur aise; — tout cela, dans des tonalités de couleurs tendres se mariant à miracle... C'était un éblouissement de fraîcheur, de grâces bizarres que je renonce à décrire.

A un moment, nous arrivâmes au bout d'un ravin, où nous étions forcés de passer le ruisseau sur des pierres espacées dans son lit. Là, grands cris d'effroi. J'obtins de Zouhra, qui me semblait la plus brave, de traverser en me donnant la main. Hadidjé la suivit; mais quand ce fut à Nazli, la peureuse se pendit à mon cou avec une telle terreur d'un si grand péril que je la pris dans mes bras pour la porter sur l'autre bord. Kondjé-Gul, comme une coquette, profita de l'exemple.

— Oh! porte-moi aussi, dit-elle.

Comme je la tenais au-dessus du ruisseau, une de ses babouches tomba dans l'eau. Tu devines quels rires; tu vois Kondjé-Gul sautillant sur un pied, pendant que je repêchais la mignonne sandale, qu'il fallut sécher pour ne point mouiller son bas de soie vert tendre.

L'endroit était des plus charmants du parc: un grand tapis de gazon ombragé par un massif de sycomores; nous nous assîmes...

Mon ami, tu as certainement vu quantité de tableaux sur ce thème: *Rêve de bonheur.* Un jardin enchanteur; dans le fond, le temple de l'Amour: les personnages, de beaux jeunes hommes et de belles jeunes femmes sont toujours couchés. Supprime du sujet des détails un peu trop académiques pour Férouzat, et tu me vois, sur l'herbe, savourant le frais avec mon ménage étendu autour de moi, dans ces adorables poses abandonnées de jeunes houris qui n'ont jamais entendu parler de corset et qui dessinaient en saillies audacieuses les formes arrondies de leurs corps souples et charmants.

J'avais passé mon bras autour du cou de Zouhra: d'un air câlin, elle appuya sa tête sur moi, Hadidjé l'imita de l'autre côté. Je me mis à causer avec Kondjé-Gul, le seul truchement de mes amours. Tu devines si j'étais curieux de savoir leurs pensées. Je l'interrogeai sur les événements du matin, sur ce qu'elles s'étaient dit... Dès les premiers mots, je compris qu'à leur lever il y avait eu tout d'abord étonnement général, à la scène des confidences... Mais Mohammed s'en était tiré en disant que: « *tel était l'usage dans les harems de France* ». L'explication leur avait suffi. Tu comprends que je ne démentis point cette assurance flatteuse.

— Alors, mon pays te plaît, lui dis-je, et elles sont contentes d'y être venues?

— Oh! oui, s'écria-t-elle, surtout depuis que nous t'avons vu! Mohammed nous avait fait accroire que tu étais vieux... Nous avions peur d'une existence triste, sévère... Aussi, tu penses si nous avons été joyeuses, hier, quand tu es entré, et qu'il nous a dit que c'était toi notre maître! D'abord, nous n'osions pas le croire... mais, comme il nous avait laissées paraître dévoilées, il fallait bien nous dire qu'il ne se moquait pas. Et puis, quand je t'ai entendu lui parler... j'ai compris. Alors j'ai redit tes paroles aux autres... et que tu nous trouvais belles...

— Ainsi, repris-je, je peux croire que tu m'aimes... et elles aussi?

Elle me regarda étonnée comme si cette question n'eût aucun sens pour elle.

— Mais puisque tu es bon, dit-elle, aimable, gentil.

Les autres écoutaient attentives, sans rien comprendre, leurs grands yeux allaient de Kondjé-Gul à moi, et de moi à Kondjé-Gul avec une expression de curiosité indicible.

— Mais toi, reprit-elle après un instant, est-ce bien vrai que tu nous aimeras toujours autant l'une que l'autre, comme aujourd'hui?

— Sans doute, répondis-je avec aplomb, c'est l'usage de nos harems... comme Mohammed l'a dit. Est-ce que cela ne vous plaît pas mieux?

— Oh! si! s'écria-t-elle, mais nous croyons que vous autres Francs, vous n'aimiez jamais qu'une femme.

— On conte cela en Turquie pour nous nuire... par jalousie, parce que nous n'en épousons ordinairement qu'une seule... à qui nous devons être fidèle.

— Mais... quand on en a quatre, comme toi... demanda-t-elle.

— Nous leur sommes également fidèles à toutes les quatre! répliquai-je sans sourciller.

— Oh! quel bonheur, s'écria-t-elle en frappant de joie ses mains l'une contre l'autre.

Et, tout à coup, avec une volubilité d'oiseau, elle se mit à parler aux autres, en leur traduisant tout ce que nous venions de dire... Aussitôt, transports d'allégresse...

Louis, n'allons pas plus loin. Je devine les sottes réflexions qui te viennent à propos de cette simple situation que, comme arriéré, empêtré dans l'ornière de tes préjugés ridicules, tu te permets de juger. — Tout d'abord, apprends que dans leur esprit elles ne sauraient concevoir qu'il y eût la moindre irrégularité à leur condition. D'après les lois, les mœurs de leur pays, elles se croient mes épouses, de par un lien tout aussi légitime à leurs yeux que celui du mariage pour nous. Elles sont mes *cadines*, et ce titre leur crée des devoirs et des droits définis par le Koran lui-même.

Par condescendance pour ton médiocre intellect enfin, je te ferai remarquer, en outre que, sous le ciel béni de Turquie, la femme ne connaît pas cette présomptueuse vanité d'avoir un mari sans partage. Elevée pour le harem, la jeune fille ne forme pas d'autre rêve ambitieux que celui de l'emporter peut-être un jour sur ses rivales, mais jamais, au grand jamais, elle n'a conçu cette idée bizarre d'être l'unique objet de la passion d'un amant, d'un maître ou d'un époux. Pour Zouhra, Nazli, Hadidjé, Kondjé-Gul, l'idéal, c'est l'existence que je leur donne: elles s'y livrent comme à la réalisation de leurs espérances. Leurs notions sur la destinée de la femme ne vont pas au delà de ce bonheur, qu'elles possèdent enfin, de plaire et d'être aimées ainsi. Il est donc inutile d'alambiquer les sentiments de convention pour en tirer une déduction conforme aux règles du pays de Tendre...

...La vérité c'est que Hadidjé, Nazli et Zouhra éclatèrent en transports de joie lorsque Kondjé-Gul leur répéta ma promesse de leur être fidèle à toutes les quatre.

La babouche étant séchée à peu près, Kondjé-Gul la remit à son petit pied cambré dans son fameux bas de soie vert tendre, et nous reprîmes notre course à travers le parc. Je le passe une promenade en bateau sur le lac bordé de grands saules. Les cygnes et les canards chinois nous suivaient en troupe.

Mohammed, en homme prévoyant, n'avait point douté que je ne restasse au *Kasre*. Le dîner, ce jour-là, était servi à la française. Il n'y assista point comme la veille: je n'avais plus besoin de lui, et il rentrait dans le rôle effacé qui lui appartenait désormais en ma présence. Je m'attablai donc avec mes houris, et ce festin où tout était nouveau pour elles, devint une véritable fête. Elles grignotaient, goûtaient de tout, avec des étonnements, des précautions, des petites mines gourmandes d'une grâce indicible. Je dois dire que mon cuisinier n'obtint l'unanimité de leurs suffrages qu'au dessert, où elles commencèrent en quelque sorte à dîner de confitures, de gâteaux, de crèmes et de fruits. Le vin de Champagne leur plaisait par-dessus tout, et il eût fini par trop animer leurs petites têtes, si je n'y eusse veillé avec soin. Tandis qu'elles riaient, babillaient à l'envi, je songeais à ce repas oriental de la veille où, timidement, je m'étais assis auprès d'elles en visiteur étranger. Quel rêve accompli... Quel coup de baguette de fée avait produit cet événement magique?

Je te le dis, c'était un enchantement! Au dessert, il arriva que Hadidjé se pencha vers moi d'un air mutin, et me dit en riant quelque mot turc.

— Sana yanarim! répondis-je, appuyant d'un baiser sur sa main, cette phrase que déjà j'avais apprise de Kondjé-Gul, et qui signifie: « Je t'aime... » ou plutôt littéralement: « Je brûle pour toi. »

Tu devines mon succès, et quels cris de joie l'accueillirent d'abord. Puis, naturellement, scène de jalousie feinte par les autres.

— Kianet! ah! kianet! répétaient-elles en riant et en me menaçant du doigt. Ce mot veut dire « ingrat ».

Le soir venu, pour calmer un peu les effervescences, je les emmenai dans le parc. Il faisait un clair de lune splendide, et les grandes ombres des feuillages s'allongeaient dans les allées. Quand nous passions dans les endroits sombres, les peureuses se pressaient autour de moi.

Ah ça! tu n'attends pas, je suppose, que je te dise quel fut le couronnement de cette journée? affaires de harem, mon cher, affaires de harem.

Quant aux autres nouvelles d'ici, je n'ai pas besoin de te dire que nul, dans le pays, ne soupçonne les secrets d'El-Nouzha. Mon train de vie extérieure est des plus conformes à ma situation. Je vois les anciens amis de mon oncle: Féraudet le notaire, ce bon vieux curé, qui m'appelle la providence du lieu. Une fois par semaine, je dîne chez le docteur Morand, lequel possède un fils, Georges Morand, officier aux spahis, pour le moment en congé à Férouzat, et une nièce orpheline, jeune personne de dix-neuf ans, caractère enjoué et sympathique. Elle est fiancée à son cousin le capitaine, vrai type d'*Africain*; un sabre, mais bon garçon dans toute l'acception du mot; une de ces natures franches, faites pour le dévouement des chiens de Terre-Neuve ou les caniches, à la fois formidable et patient; c'est mon ami! Nous étions compagnons de jeu quand nous étions enfants, et il ne faudrait pas se permettre de me regarder de travers en sa présence. Il s'étonne beaucoup de

ma vie d'anachorète, et, pour me distraire, s'efforce de m'entraîner dans le courant caché de galanteries champêtres qu'il se permet en attendant l'hymen.

VII

EN te racontant minutieusement le premier matin de ma lune de miel, mon cher Louis, je t'ai raconté, à peu de chose près, chacun de mes jours depuis ma dernière lettre. « Les peuples heureux n'ont pas d'histoire, » a dit le sage; le bonheur ne se raconte pas. Tout d'abord, tu dois comprendre que je t'écris maintenant revenu de l'effarement naturel où m'avait plongé mon étrange aventure. Trois mois se sont écoulés, je jouis de mon bonheur en vizir délicat et non plus comme un simple troubadour provençal, égaré tout à coup dans le harem du calife. Enfin j'ai recouvré mon sang-froid d'analyste.

Comme bien tu le penses, dès le second jour, je me suis mis à *piocher* le turc, travail facile après mes études de sanscrit. Joins à cela ce que, l'amour aidant, mes houris ont appris le français, avec ce don merveilleux, cet instinct du langage que possèdent les peuples d'Asie, et tu ne t'étonneras point d'apprendre qu'aujourd'hui je puis profiter avec mes amantes de tous les trésors de la conversation; ce résultat heureux me permettra désormais de m'étendre sur leurs différents caractères.

Cela dit, pour l'intelligence complète de mon récit, je te donnerai dans le présent chapitre des détails les plus circonstanciés sur les sujets suivants:

1° Organisation, lois et règlements intérieurs de mon harem;

2° Portraits en pied de mes odalisques, et qualités d'icelles;

3° Etude raisonnée des avantages de la polygamie, et de ses applications à la régénération morale de l'homme.

Je confesserai d'abord, sans présomption aucune, que l'ingénieux système établi dans la tenue de mon harem est tout à l'honneur de mon oncle Barbassou, qui fut toujours, autant qu'homme du monde, particulièrement jaloux d'observer ce que les Anglais appellent la *respectability*. Pour tout le pays, et même pour mes gens, Mohammed-Azis un exilé, haut personnage politique à qui mon oncle donnait l'hospitalité. Barbassou-Pacha le traitait toujours respectueusement d'excellence, aucun domestique du château n'en parle en autres termes. Il a eu la douleur de perdre une de ses filles, car, paraît-il, il en avait cinq autrefois. Sont-elles jeunes? sont-elles vieilles? On l'ignore. Dans l'intérieur du *Kasre*, le service n'est fait que par les femmes grecques, qui ne savent point un mot de français, elles ne sortent jamais. Les jardiniers doivent avoir quitté les jardins à neuf heures du matin. Tout cela, comme tu le vois, est très correct. L'histoire de Mohammed est des plus plausibles; son air de majestueuse tristesse et sa vie solitaire sont bien conformes à la grandeur déchue d'un ministre en disgrâce. Il écrit, dit-on, ses mémoires justificatifs, il y travaille jour et nuit, et même on sait que très souvent je veille fort tard avec lui pour l'aider dans cette tâche.

Tous les jours, vers trois heures, après avoir consacré la matinée à mes affaires ou à mes *Essais sur la psychologie*, je me rends à El-Nouzha, et j'y reste assez généralement jusqu'au milieu de la nuit. Pourtant... j'y vais aussi quelquefois le matin, pour le bain. Je donne des leçons de notation à mes houris. Il faut te dire que sur ce point, indispensable au luxe des sultanes, Barbassou-Pacha a créé une merveille. Au milieu d'une île du lac (laquelle est copiée sur le délicieux jardin de Sse-makouang, le fameux poète chinois), imagine une grande vasque de marbre, entourée d'un pontique circulaire; une sorte d'atrium ouvert sur le ciel. Sous une colonnade qui répand son ombre fraîche, une fine natte de Manille court sur les dalles. Le fond des murs intérieurs est animé de fresques copiées à Pompéi et à Herculanum. Autour des colonnes blanches, des rosiers et des myrthes grimpent, en s'enroulant, jusqu'à la terrasse ornée de vases et de statues se détachant sur un grand vélum de pourpre. De larges divans de cuir, des hamacs, des tapis, des coussins pour le repos. Tel est ce lieu enchanteur. Souvent, par les chaudes journées, nous y déjeunons; c'est qu'aujourd'hui je t'écris, vêtu d'une robe persane à larges manches, tandis qu'autour de moi s'ébat mon harem, ce qui va naturellement me donner une excellente occasion d'en venir aux portraits de mes aimées.

Kondjé-Gul, la belle nonchalante qui se berce là-bas dans son hamac, est circassienne de race. Son nom désigne en turc une variété de roses que nous ne connaissons pas; elle a été amenée à Constantinople tout enfant par sa mère, attachée au service... cadine du sultan; aujourd'hui elle a dix-huit ans. Imagine-toi le type caucasien dans sa fleur. Grande, une taille de jeune déesse, avec un air de naturelle indolence qui semble indiquer qu'elle a la conscience de sa beauté souveraine; la tête fine et couronnée d'une immense chevelure châtain l'enveloppant jusqu'aux hanches. Les traits de son visage sont d'une pureté de lignes inex-

VI

J'ai ton serment, je reprends mon récit où je l'avais laissé. Tu vas voir ce que tu aurais perdu.

J'étais rentré au château avant le lever de mes gens; après un bain, je m'endormis et ne me réveillai plus qu'à midi. Je déjeunai, puis j'attendis qu'il fût deux heures pour retourner à El-Nouzha. Une trop grande hâte m'eût paru l'indice d'un sentiment vulgaire, je voulais me montrer à la fois discret et passionné; ce moment du jour conciliait ces deux sentiments.

Te dire en quel état d'esprit j'étais, tu comprends de reste qu'autant vaudrait te raconter un feu d'artifice. Il est de ces troubles du cœur qui échappent à l'analyse. L'enchantement qui me tenait enivrait ma pensée comme les fumées du hachisch, et j'avais peine à me reconnaître moi-même dans ce personnage de féerie; j'avais besoin d'un effort pour constater mon identité et m'assurer que je ne me leurrais point d'un rêve... C'était bien moi!... Puis, je songeais que j'allais les revoir... Elles m'attendaient. Sans doute elles s'étaient déjà fait leurs confidences... Quel accueil allais-je rencontrer?... Mon rôle de sultan m'était si nouveau que je tremblais d'y commettre quelque solécisme qui me ferait déchoir à leurs yeux; j'allais à l'aveuglette dans ce paradis de Mahomet dont j'ignorais les lois. Fallait-il garder d'air majestueux d'un vizir, ou m'abandonner aux tendres attitudes d'un amant?... Dans mes perplexités, j'étais presque tenté de faire appeler Mohammed-Azis pour lui demander quelques leçons de style, à l'usage du parfait pacha des rives du Bosphore; mais peut-être allait-il déranger mon bonheur?... Introduire une hiérarchie dans mon harem, je n'en voulais point entendre parler, car le choix d'une favorite m'eût été impossible. Je les aimais toutes quatre, d'un amour égal, et je n'aurais même pu supporter la pensée qu'elles fussent réduites à trois, sans ressentir d'ennui d'un amour incomplet.

Enfin, l'heure arrivée sans que j'eusse rien résolu, je pris le sage parti d'agir selon les circonstances, et je me dirigeai vers mon harem. Je l'ai déjà dit, je crois, qu'une petite porte dont j'ai seul la clef fait communiquer mon parc avec El-Nouzha. De là, une sorte de labyrinthe conduit au Kasre par une seule et étroite allée que l'on peut prendre pour un sentier perdu. Comme j'arrivais au dernier méandre qui aboutit enfin aux jardins découverts, j'aperçus sous la vérandah Mohammed-Azis, qui paraissait me guetter; il accourut vers moi avec un empressement ravi et des salem aleks à n'en plus finir. Au premier mot, je devinai qu'il savait tout... Je m'informai; il me répondit que j'étais attendu, lorsque au même instant j'entendis des cris de joie, puis des bruits de pas précipités mêlés à des bruissements de soie... et je vis bientôt déboucher sous la vérandah, en tumulte et disputant à qui arriverait la première, Hadidjé, Nazli, Kondjé-Gul et Zouhra; elles se jetèrent dans mes bras toutes les quatre à la fois avec des rires d'enfants, me serrant, tendant leurs lèvres roses et se jalousant mon premier baiser. Quels rires et quel ramage d'oiseaux! Et tout cela avec un abandon si jeune et si naïf... J'allais presque dire avec tant d'innocence... que moi-même j'en demeurais tout surpris; mais soudain à un mot de Mohammed, qui nous regardait attendri et toujours de plus en plus rayonnant, elles devinrent toutes confuses. Il leur reprochait sans doute un manque de décorum, car, se dégageant doucement, elles portèrent la main à leur front. Tu devines si bien vite je coupai court à ces formes de respect en les attirant de nouveau dans mes bras... Là-dessus, de nouveaux rires, et des ra.lleries adressées avec de petits airs triomphants à ce pauvre Mohammed; il prit une mine effarée en levant les mains au ciel, comme pour l'attester qu'il n'était pour rien dans cet oubli de toute étiquette orientale. Après ce début, tu admettras sans peine que je ne me préoccupai plus guère des difficultés que j'avais cru entrevoir dans mon rôle. J'avais imaginé une situation délicate, provoquée par des jalousies naissantes, des susceptibilités de rivales, des attitudes froissées, peut-être même des reproches et des pleurs d'amantes trahies.

Cinq minutes après, nous nous lancions par les jardins. Arrivées l'avant-veille, elles n'avaient pas encore mis le pied hors du harem. La visite de leur domaine les ravissait, et c'était un babil, un roucoulement de voix jeunes et sonores à récréer les oiseaux. A chaque pas, nouvelle découverte; quelque massif de fleurs, quelque sentier ombrageux, au fond duquel on entendait une cascade d'eaux vives, s'échappant en frais ruisseaux qui couraient sur les mousses à travers tout le parc pour aller se perdre dans le lac, et sur lesquels étaient jetées çà et là de petites passerelles aux vives couleurs... C'étaient des questions sur tout. Kondjé-Gul était naturellement toujours l'interprète; toutes écoutaient, ouvraient leurs grands yeux, puis elles repartaient, cueillant aux buissons quelques fleurs qu'elles se mettaient dans les cheveux, à leur corsage, en colliers, et, pour me faire admirer ces parures, à chaque instant d'une d'elles accouraient à moi, comme pour quêter un baiser.

Si tu veux savoir ce que pense ou ressent un mortel en pareille occurrence, je suis forcé de t'avouer qu'il n'est pas en mon pouvoir de te l'apprendre. J'étais étourdi, captivé, surpris par des sensations si nouvelles que je m'y abandonnais sans réflexion, sans conscience de moi-même. D'abord, mon cher, pour t'en rendre compte il te faudrait des notions d'esthétique que tu ne possèdes pas, tout peintre que tu es; il te faudrait connaître ce charme de beauté, tout exotique, des filles d'Orient, cette désinvolture juvénile et d'une nonchalance voluptueuse, ces mouvements ondulés, les hanches que leur donne l'habitude de marcher en traînant leurs babouches, ces grâces souples et félines, et la fascination profonde de ces regards pleins de langueur; il te faudrait les avoir vues dans ces costumes étranges et pittoresques dessinant si bien leurs formes harmonieuses, les larges pantalons de soie noués à la cheville, et serrés à la taille par une fine écharpe tissue d'or, des vestes brodées de perles, et ces chemises de soie de Brousse, transparentes comme une gaze, ou bien la longue robe ouverte par devant et dont elles relèvent la queue en l'attachant à leur ceinture pour cheminer à leur aise; — tout cela, dans des tonalités de couleurs tendres se mariant à miracle... C'était un éblouissement de fraîcheur, de grâces bizarres que je renonce à décrire.

A un moment, nous arrivâmes au bout d'un ravin, où nous étions forcés de passer le ruisseau sur des pierres espacées dans son lit. Là, grands cris d'effroi. J'obtins de Zouhra, qui me semblait la plus brave, de traverser en me donnant la main. Hadidjé la suivit; mais quand ce fut Nazli, la peureuse, se pendit à mon cou avec une telle terreur d'un si grand péril que je la pris dans mes bras pour la porter sur l'autre bord. Kondjé-Gul, comme une coquette, profita de l'exemple.

— Oh! porte-moi aussi, dit-elle.

Comme je la tenais au-dessus du ruisseau, une de ses babouches tomba dans l'eau. Tu devines quels rires; tu vois Kondjé-Gul sautillant sur un pied, pendant que je repêchais la mignonne sandale, qu'il fallut sécher pour ne point mouiller son bas de soie vert tendre.

L'endroit était des plus charmants du parc: un grand tapis de gazon ombragé par un massif de sycomores; nous nous assîmes.

Mon ami, tu as certainement vu quantité de tableaux sur ce thème: Rêve de bonheur. Un jardin enchanteur; dans le fond, le temple de l'Amour: les personnages, de beaux jeunes hommes et de belles jeunes femmes sont toujours couchés. Supprime du sujet des détails un peu trop académiques pour Férouzat, et tu me vois, sur l'herbe, savourant le frais avec mon ménage étendu autour de moi, dans ces adorables poses abandonnées de jeunes houris qui n'ont jamais entendu parler de corset et qui dessinaient en saillies audacieuses les formes arrondies de leurs corps souples et charmants.

J'avais passé mon bras autour du cou de Zouhra: d'un air câlin, elle appuya sa tête sur moi, Hadidjé l'imita de l'autre côté. Je me mis à causer avec Kondjé-Gul, le seul truchement de mes amours. Tu devines si j'étais curieux de savoir leurs pensées. Je t'interrogeai sur les événements du matin, sur ce qu'elles s'étaient dit... Dès les premiers mots, je compris qu'à leur lever il y avait eu tout d'abord étonnement général, à la scène des confidences... Mais Mohammed s'en était tiré en disant que: « tel était l'usage dans les harems de France ». L'explication leur avait suffi. Tu comprends que je ne démentis point cette assurance flatteuse.

— Alors, mon pays te plaît, lui dis-je, et elles sont contentes d'y être venues?

— Oh! oui, s'écria-t-elle, surtout depuis que nous t'avons vu! Mohammed nous avait fait accroire que tu étais vieux... Nous avions peur d'une existence triste, sévère... Aussi, tu penses si nous avons été joyeuses, hier, quand tu es entré, et qu'il nous a dit que c'était toi notre maître! D'abord, nous n'osions pas le croire... mais, comme il nous avait laissées paraître dévoilées, il fallait bien nous dire qu'il ne se moquait pas. Et puis, quand je t'ai entendu lui parler... j'ai compris. Alors j'ai redit tes paroles aux autres... et que tu nous trouvais belles...

— Ainsi, repris-je, je peux croire que tu m'aimes... et elles aussi?

Elle me regarda étonnée comme si cette question n'eût aucun sens pour elle.

— Mais puisque tu es bon, dit-elle, aimable, gentil.

Les autres écoutaient attentives, sans rien comprendre, leurs grands yeux allaient de Kondjé-Gul à moi, et de moi à Kondjé-Gul avec une expression de curiosité indicible.

— Mais toi, reprit-elle après un instant, est-ce bien vrai que tu nous aimeras toujours autant l'une que l'autre, comme aujourd'hui?

— Sans doute, répondis-je avec aplomb, c'est l'usage de nos harems... comme Mohammed l'a dit. Est-ce que cela ne vous plaît pas mieux?

— Oh! si, s'écria-t-elle, mais nous croyions que vous autres Francs, vous n'aimiez jamais qu'une femme.

— On conte cela en Turquie pour nous nuire... par jalousie, parce que nous n'en épousons ordinairement qu'une seule... à qui nous devons être fidèle.

— Mais... quand on en a quatre, comme toi... demanda-t-elle.

— Nous leur sommes également fidèles à toutes les quatre! répliquai-je sans sourciller.

— Oh! quel bonheur. s'écria-t-elle en frappant de joie
ses mains l'une contre l'autre.

Et, tout à coup, avec une volubilité d'oiseau, elle se mit
à parler aux autres, en leur traduisant tout ce que nous
venions de dire... Aussitôt, transports d'allégresse...

Louis, n'allons pas plus loin. Je devine les sottes réflexions
qui te viennent à propos de cette simple situation que,
comme arriéré, empêtré dans l'ornière de tes préjugés ridicules, tu te permets de juger. — Tout d'abord, apprends que
dans leur esprit elles ne sauraient concevoir qu'il y eût la
moindre irrégularité à leur condition. D'après les lois, les
mœurs de leur pays, elles se croient mes épouses, de par un
lien tout aussi légitime à leurs yeux que celui du mariage
pour nous. Elles sont mes *cadines*, et ce titre leur crée des
devoirs et des droits définis par le Koran lui-même.

Par condescendance pour ton médiocre intellect enfin, je
te ferai remarquer, en outre que, sous le ciel béni de Turquie, la femme ne connaît pas cette présomptueuse vanité
d'avoir un mari sans partage. Élevée pour le harem, la
jeune fille ne forme pas d'autre rêve ambitieux que celui de
l'emporter peut-être un jour sur ses rivales, mais jamais,
au grand jamais, elle n'a conçu cette idée bizarre d'être l'unique objet de la passion d'un amant, d'un maître ou d'un
époux. Pour Zouhra, Nazli, Hadidjé, Kondjé-Gul, l'idéal,
c'est l'existence que je leur donne: elles s'y livrent comme
à la réalisation de leurs espérances. Leurs notions sur la
destinée de la femme ne vont pas au delà de ce bonheur,
qu'elles possèdent enfin, de plaire et d'être aimées ainsi. Il
est donc inutile d'alambiquer les sentiments de convention
pour en tirer une déduction conforme aux règles du pays de
Tendre...

La vérité c'est que Hadidjé, Nazli et Zouhra éclatèrent en
transports de joie lorsque Kondjé-Gul leur répéta ma promesse de leur être fidèle à toutes les quatre.

La babouche étant séchée à peu près, Kondjé-Gul la remit
à son petit pied cambré dans son fameux bas de soie vert
tendre, et nous reprîmes notre course à travers le parc. Je te
passe une promenade en bateau sur le lac bordé de grands
saules. Les cygnes et les canards chinois nous suivaient en
troupe...

Mohammed, en homme prévoyant, n'avait point douté que
je ne restasse au *Kasre*. Le dîner, ce jour-là, était servi à la
française. Il n'y assista point comme la veille: je n'avais
plus besoin de lui, et il rentrait dans le rôle effacé qui lui
appartenait désormais en ma présence. Je m'attablai donc
avec mes houris, et ce festin où tout était nouveau pour
elles, devint une véritable fête. Elles grignotaient, goûtaient
de tout, avec des étonnements, des précautions, des petites
mines gourmandes d'une grâce indicible. Je dois dire que
mon cuisinier n'obtint l'unanimité de leurs suffrages qu'au
dessert. Elles commencèrent en quelque sorte à dîner de
confitures, de gâteaux, de crèmes et de fruits. Le vin de
Champagne leur plaisait par-dessus tout, et il eût fini par
trop animer leurs petites têtes, si je n'y eusse veillé avec
soin. Tandis qu'elles riaient, babillaient à l'envi, je songeais
à ce repas oriental de la veille où, timidement, je m'étais
assis auprès d'elles en visiteur étranger. Quel rêve accompli!... Quel coup de baguette de fée avait produit cet événement magique?

Je te le dis, c'était un enchantement! Au dessert, il arriva
que Hadidjé se pencha vers moi d'un air mutin, et me dit
en riant quelque mot turc.

— Sana yanarim! répondis-je, appuyant d'un baiser sur
sa main, cette phrase que déjà j'avais apprise de Kondjé-
Gul, et qui signifie: « Je t'aime... » ou plutôt littéralement:
« Je brûle pour toi. »

Tu devines mon succès, et quels cris de joie l'accueillirent
d'abord. Puis, naturellement, scène de jalousie feinte par les
autres.

— Kianet! ah! kianet! répétaient-elles en riant et en me
menaçant du doigt. Ce mot veut dire « ingrat ».

Le soir venu, pour calmer un peu les effervescences, je
les emmenai dans le parc. Il faisait un clair de lune splendide, et les grandes ombres des feuillages s'allongeaient
dans les allées. Quand nous passions dans les endroits
sombres, les peureuses se pressaient autour de moi.

Ah çà! tu n'attends pas, je suppose, que je te dise quel
fut le couronnement de cette journée! affaires de harem,
mon cher, affaires de harem.

Quant aux autres nouvelles d'ici, je n'ai pas besoin de te
dire que nul, dans le pays, ne soupçonne les secrets d'El-
Nouzha. Mon train de vie extérieur est des plus conformes
à ma situation. Je vois les anciens amis de mon oncle:
Féraudet le notaire, le bon vieux curé, qui m'appelle la
providence du lieu, une fois par semaine, je dîne chez le
docteur Morand, lequel possède un fils, Georges Morand, officier aux spahis, pour le moment en congé à Férouzat, et
une nièce orpheline, jeune personne de dix-neuf ans, caractère enjoué et sympathique. Elle est fiancée à son cousin
le capitaine, vrai type d'*Africain*: un sabre, mais bon garçon dans toute l'acception du mot; une de ces natures franches, faites pour le dévouement comme des chiens de Terre-
Neuve ou les caresses, à la fois formidable et patient; c'est
mon ami! Nous étions compagnons de jeu quand nous
étions enfants, et il ne faudrait pas se permettre de me regarder de travers en sa présence. Il s'étonne beaucoup de

ma vie d'anachorète, et, pour me distraire, s'efforce de
m'entraîner dans le courant caché de galanteries champêtres qu'il se permet en attendant l'hymen.

VII

EN te racontant minutieusement le premier matin
de ma lune de miel, mon cher Louis, je t'ai raconté, à peu de chose près, chacun de mes jours
depuis ma dernière lettre. « Les peuples heureux
n'ont pas d'histoire, » a dit le sage; le bonheur
ne se raconte pas. Tout d'abord, tu dois comprendre que je
t'écris maintenant revenu de l'effarement naturel où m'avait
plongé mon étrange aventure. Trois mois se sont écoulés.
Je jouis de mon bonheur en vizir délicat et non plus comme
un simple troubadour provençal, égaré tout à coup dans le
harem du calife. Enfin j'ai recouvré mon sang-froid d'analyste.

Comme bien tu le penses, dès le second jour, je me suis
mis à *piocher* le turc, travail facile après mes études du
sanscrit. Joins à cela ce que, l'amour aidant, mes houris ont
appris le français, avec ce don merveilleux, cet instinct du
langage que possèdent les peuples d'Asie, et tu ne t'étonneras
point d'apprendre qu'aujourd'hui je puis profiter avec mes
amantes de tous les trésors de la conversation; ce résultat
heureux me permettra désormais de m'étendre sur leurs
différents caractères.

Cela dit, pour l'intelligence complète de mon récit, je te
donnerai dans le présent chapitre les détails les plus circonstanciés sur les sujets suivants:

1° Organisation, lois et règlements intérieurs de mon
harem;

2° Portraits en pied de mes odalisques, et qualités d'icelles;

3° Étude raisonnée des avantages de la polygamie, et de
ses applications à la régénération morale de l'homme.

Je confesserai d'abord, sans présomption aucune, que
l'ingénieux système établi dans la tenue de mon harem est
tout à l'honneur de mon oncle Barbassou, qui fut toujours,
autant qu'homme du monde, particulièrement jaloux d'observer ce que les Anglais appellent la *respectability*. Pour
tout le pays, et même pour mes gens, Mohammed-Azis est
un exilé, haut personnage politique à qui mon oncle donnait l'hospitalité. Barbassou-Pacha le traitait toujours respectueusement d'excellence, aucun domestique du château
n'en parle en d'autres termes. Il a eu la douleur de perdre
une de ses filles, car, paraît-il, il en avait cinq autrefois.
Sont-elles jeunes? sont-elles vieilles? On l'ignore. Dans
l'intérieur du *Kasre*, le service n'est fait que par les femmes
grecques, qui ne savent point un mot de français. Elles ne
sortent jamais. Les jardiniers doivent avoir quitté les jardins à neuf heures du matin. Tout cela, comme tu le vois, est
très correct. L'histoire de Mohammed est des plus plausibles; son air de majestueuse tristesse et sa vie solitaire
sont bien conformes à la grandeur déchue d'un ministre en
disgrâce. Il écrit, dit-on, ses mémoires justificatifs, il y
travaille jour et nuit, et même on sait que très souvent je
veille fort tard avec lui pour l'aider dans cette tâche.

Tous les jours, vers trois heures, après avoir consacré la
matinée à mes affaires ou à mes *Essais sur la psychologie*,
je me rends à El-Nouzha, et j'y reste assez généralement
jusqu'au milieu de la nuit. Pourtant... j'y vais aussi quelquefois le matin, pour le bain. Je donne des leçons de nata-
tion à mes houris. Il faut te dire que sur ce point, indispensable au luxe des sultanes, Barbassou-Pacha a créé une
merveille. Au milieu d'une île du lac (laquelle est copiée sur
le délicieux jardin de Sse-makouang, le fameux poète chinois), imagine une grande vasque de marbre, entourée d'un
portique circulaire; une sorte d'atrium ouvert sur le ciel.
Sous une colonnade qui répand son ombre fraîche, une
natte de Manille court sur les dalles. Le fond des murs intérieurs est animé de fresques copiées à Pompéi et à Herculanum. Autour des colonnes blanches, des rosiers et des
myrthes grimpent, en s'enroulant, jusqu'à la terrasse et des
vases et de statues se détachant sur un grand vélum de
pourpre. De larges divans de cuir, des hamacs, des tapis,
des coussins pour le repos. Tel est ce lieu enchanteur. Souvent, par les chaudes journées, nous y déjeunons; c'est là
qu'aujourd'hui je t'écris, vêtu d'une robe persane à larges
manches, tandis qu'autour de moi s'ébat mon harem, ce qui
va naturellement me donner une excellente occasion d'en
venir aux portraits de mes aimées.

Kondjé-Gul, la belle nonchalante qui se berce là-bas dans
son hamac, est circassienne de race. Son nom désigne en
turc une variété de roses que nous ne connaissons pas; elle
a été amenée à Constantinople tout enfant par sa mère,
attachée au service d'une cadine du sultan; aujourd'hui
elle a dix-huit ans. Imagine-toi le type caucasien dans sa
fleur. Grande, une taille de jeune déesse, avec un air de naturelle indolence qui semble indiquer qu'elle a la conscience
de sa beauté souveraine; la tête fine et couronnée d'une immense chevelure châtain l'enveloppant jusqu'aux hanches.
Les traits de son visage sont d'une pureté de lignes inex-

primable. De grands yeux bruns, à paupières lourdes, qui alanguissent le regard, des lèvres un peu sensuelles, que, par une habitude de porter haut le front, elle semble toujours tendre au baiser, un mélange de la beauté grecque avec une sorte de grâce bizarre, particulière à cette race tcherkesse encore un peu sauvage... tout cela forme un ensemble exotique et merveilleux que je ne puis pas plus te rendre que je ne saurais t'expliquer le parfum d'un lis. Aimante et tendre, elle a un caractère d'enfant où les fougues ardentes se mêlent à je ne sais quelle douceur profonde du sentiment... elle est la jalouse dans mon ménage... mais chut! les autres ne le savent pas... C'est assurément le plus étrange et le plus parfait de mes petits animaux.

Habadjé est une juive de Samos, une juive d'une rareté singulière parmi les descendantes d'Israël... Elle est blonde; d'un blond à la fois suave, fauve et doré, dont le blond Véronèse ne peut te donner une idée. Sa beauté est assurément un de ces effets de sélections et de croisements admis comme base du système de Darwin... L'Angleterre a passé par là!... Imagine une de ces filles de *keepsake*, échappée de *la Fiancée d'Abydos* ou du *Giaour*, de Byron; prends cet être charmant, blond, frais, blanc, rose, enveloppe-le de l'atmosphère du harem, qui va orientaliser sa grâce et lui donner ce je ne sais quoi qui caractérise les allures ondulées des sultanes...

Mon ami, un événement incroyable, surprenant, inouï, abasourdissant, surnaturel!... Ne cherche pas, tu ne trouverais jamais! jamais! jamais. Cela dépasse tout ce qu'un cerveau humain pourrait imaginer de prodigieux et d'abasourdissant.

Hier, j'avais interrompu ma lettre, distrait par Hadidjé, au moment même où je traçais son portrait. La journée s'était écoulée sans que j'eusse retrouvé le loisir de la terminer; ce matin, j'étais à déjeuner au château, tout seul, dans mon cabinet, où je me fais ordinairement servir pour ne point interrompre mon travail. Je songeais, en lisant le dernier numéro d'un recueil scientifique, lorsque mon oreille est frappée par le bruit d'une voiture roulant sur le sable. Comme je ne reçois que de très rares visites et que mon ami Georges, le spahi, ne vient qu'à pied, je pensai que c'était mon notaire, accourant me relancer pour quelques affaires; depuis quinze jours, il me reproche de les négliger. La voiture s'arrête devant le perron. J'entends des gens qui courent à travers l'antichambre. Tout à coup un cri, puis des voix confuses qui semblent émues par l'effroi, et enfin de nouveaux bruits de pas précipités comme dans une déroute subite.

Étonné, j'écoute, lorsque soudain une voix de stentor prononce ces mots:

— Mais qu'est-ce qu'ils ont donc, ces crétins-là?... Est-ce qu'ils vont me laisser là longtemps avec mon sac?

Louis, juge si je demeure interdit, stupéfait. Je crois reconnaître la voix de mon oncle défunt, qui, prenant des sons cuivrés de trompette, grossit encore, en ajoutant de son grand ton de commandement:

— François! si je t'attrape, animal, tu vas voir!

Je me lève, je cours à la fenêtre, et j'aperçois distinctement mon oncle Barbassou-Pacha lui-même.

— Tiens, tu es ici, garçon? dit-il.

Moi, je saute par-dessus le balcon et je tombe dans ses bras; il m'enlève de terre, comme si j'étais un enfant, et nous nous embrassons. Tu devines mon émotion, ma surprise, mon saisissement. Les gens nous regardaient de loin, effarés, n'osant encore s'approcher.

— Ah çà! répéta mon oncle, qu'est-ce qu'ils ont donc?... Est-ce que j'ai des cornes?...

— Je vous expliquerai tout cela, lui dis-je; entrez, pendant qu'on enlèvera vos bagages.

— Allons! répondit-il, et fais-moi vite déjeuner, j'ai une faim de loup.

Tout cela était dit avec ce calme d'un homme qui n'a jamais pu s'étonner de rien, et avec cet accent marseillais dont le timbre suffit seul à dénoncer un original. Mon oncle parle sept langues: à Paris, tu le sais, il s'énonce avec la pureté d'un Parisien, mais dès qu'il met le pied en Provence, c'est fini, il reprend le ton, il a *l'assent.*

Il entra d'un pas alerte, en redressant sa haute taille; je le suivis. Arrivé dans mon cabinet, voyant la table servie, il s'assit avec la même aisance que s'il fût revenu d'une promenade dans le parc, se versa deux grands verres de vin qu'il avala coup sur coup en respirant bruyamment avec satisfaction, trancha dans un pâté et commença une attaque sérieuse qui n'admettait pas la moindre possibilité de le prendre pour un spectre. Je le laissai faire, le contemplant toujours ébahi. Quand je le vis en état de répondre:

— Ah çà! d'où venez-vous, mon oncle? lui dis-je.

— Té!... je viens du Japon, tu le sais bien! me répondit-il comme s'il eût nommé le chef-lieu du département; seulement j'ai un peu flâné en route, et cela m'a empêché de t'écrire.

— Et depuis cinq mois, qu'êtes-vous devenu?

— Peuh!... J'ai fait une pointe en Abyssinie pour voir le Négus, qui me devait deux cent mille francs. Il ne me les a pas rendus, le gredin!... Mais tu as l'air tout drôle... Et ce grand *arlerl* de François qui me regarde avec des yeux tout ronds, comme si j'allais l'avaler... Qu'est-ce que j'ai donc de féroce?... Tiens, tu as changé ma livrée! reprit-il, ils ont l'air de gens d'église; est-ce que tu t'es mis dans les ordres?

— Mais, mon oncle, depuis cinq mois nous portons tous votre deuil.

— Mon deuil?... tu veux rire!

— Depuis cinq mois, nous vous croyons mort, et nous avons reçu tous les documents constatant votre décès!

— Ces documents ont dit que je suis enterré, peut-être? ajouta-t-il sans autrement s'émouvoir.

— Mais assurément! dis-je. Nous avons aussi l'acte de votre inhumation!

A ce mot, mon oncle Barbassou n'y tint plus, et il lui prit un de ces accès de rire silencieux à lui particuliers.

— En ce cas... tu allais hériter?... dit-il au milieu de son transport de gaieté, qui lui permettait à peine de parler.

— C'est fait, mon oncle, repris-je, et je suis déjà en possession de tous vos biens!

Cette réponse mit le comble à sa joie, et il repartit de plus belle, si bien, ma foi, que son rire me gagna aussi, pour se communiquer à François... Mais tout à coup mon oncle s'arrêta, comme s'il lui fût venu une réflexion, et, saisissant ma main avec une subite effusion:

— Ah! j'y pense, tu as dû avoir un fier coup de chagrin, garçon?

Il y eut dans ce mot tant de franchise, il partait si bien d'un cœur sans arrière-pensée que, je te le jure, j'en fus ému jusqu'au fond de l'âme; mes yeux s'emplirent de larmes, et je me jetai à son cou pour l'en remercier.

— Eh bien! eh bien! dit-il en me tapant sur l'épaule pour me calmer, pendant qu'il me tenait embrassé, grand bêta, puisque me voilà!

Le déjeuner fini, la table enlevée, nous restâmes en tête-à-tête.

— Voyons, mon oncle, quand vous allez m'avoir expliqué comment on a pu croire à votre mort, il s'agira de courir bien vite accomplir les démarches pour vous ressusciter.

— Des démarches! s'écria-t-il, et pourquoi faire?

— Mais pour rétablir votre état civil et vos droits de vivant.

— On s'apercevra bien, en me voyant, que je ne suis pas dans l'autre monde! répliqua-t-il avec tranquillité.

— Puisque vous êtes considéré comme défunt, vous ne pourriez plus ni rien faire, ni rien signer, ni rien contracter...

— Bon, bon!... laisse donc!... Barbasson Gratien-Claude-Anatole ne s'embarrasse pas pour si peu.

— Vos propriétés, dis-je, vos biens, dont j'ai hérité?...

— As-tu payé les droits d'enregistrement? me demanda-t-il sérieusement.

— Oui, certainement, mon oncle!

— Donc?... Est-ce que tu as l'envie de m'en doubler le coût pour enrichir le gouvernement, qui te le ferait encore payer tout de même à ma vraie mort?

— Comment vouliez-vous faire? dis-je.

— Tu les garderas!... A ton tour, ajouta-t-il d'un ton goguailleur; voilà quarante ans que j'en ai le tracas, à ton tour, petit!... Tu les administreras, tu t'en occuperas; c'est toi maintenant qui me paieras la dépense et le tout!

— Vous n'y songez pas, mon oncle! m'écriai-je. Et même, en supposant que je continue à gérer votre fortune...

— Pardon! dit-il, *la fortune!* elle est à toi, l'enregistrement est payé.

— Notre fortune, enfin, si vous voulez, repris-je en riant, il n'en est pas moins vrai, je le répète, que vous ne pouvez pas rester frappé de mort civile.

— Bah! bah! des idées politiques! D'abord, explique-moi comment je suis mort, cela m'intrigue.

Je lui racontai ce que tu sais de toute cette étrange histoire: la lettre du notaire m'annonçant la cruelle nouvelle apportée par son second, le lieutenant Rabassu, confirmée par des actes des plus authentiques, et accompagnée d'un portefeuille contenant tous ses papiers, des lettres, des valeurs à son nom, des traités signés par lui, attestant enfin une identité qu'il était impossible de contester.

— Mes papiers! s'écria-t-il. Ils n'étaient donc pas perdus?

— Je les ai tous, répondis-je.

— Je comprends maintenant!... C'est la faute de ce maladroit de Lefébure.

— Qu'est-ce que Lefébure? demandai-je.

— Tu vas voir, reprit mon oncle, tout s'explique et devient clair... Mais, j'y pense, avec la nouvelle de ma mort, est-ce que Rabassu n'a pas apporté des chameaux?...

— Aucun chameau, mon oncle!

— C'est drôle!... Enfin, assieds-toi, je vais te conter cela.

Je m'assis, et mon oncle me fit le récit suivant, je te le transcris fidèlement, mon cher Louis, mais ce que je ne puis te rendre, c'est l'inimitable accent de tranquillité dont il l'accompagna, comme s'il m'eût raconté la fête d'un village voisin.

— Figure-toi, dit-il, qu'en revenant du Japon je relâche à Java. Naturellement je descends à terre... Sur le môle, je rencontre Lefébure, un ancien ami au long cours; il a quitté la navigation pour se marier là-bas avec une mulâtresse qui vend du tabac. Je lui dis: — Bonjour, comment vas-tu? — Il m'embrasse et me répond: — Je m'ennuie. — Tu t'ennuies?... Eh bien! viens passer quelques jours à Toulon; j'ai mon navire dans le port, je t'offre le voyage et je te fais ramener le mois prochain par la Belle-Virginie! — Ma proposition l'enchante, mais il me répond: — C'est impossible. — Impossible... Et pourquoi?... — Parce que j'ai là une femme qui ne voudrait pas. — Je lui dis: Il faut voir. — Nous allons à la boutique, la femme fait une scène, elle pleure, elle crie, en l'accablant d'injures; ils se battent... Enfin, à un moment, il se reposent, j'ajoute: — Je lève l'ancre ce soir à six heures... Je t'attendrai jusqu'à six heures cinq. Cela dit, je m'en vais à mes affaires. À six heures, je lève l'ancre et je louvoie un peu. A six heures dix, je partais, quand je vois venir une barque. Je donne ordre de stopper... C'était Lefébure; il me faisait des signaux d'arrêt. Il accoste, monte à bord et nous filons. Quinze jours après, nous relâchons pour quelques heures à Ceylan. Le vingt-sixième jour, en arrivant par le travers d'Aden, nous voyons un mouvement dans le port. C'était une frégate de guerre anglaise portant pavillon amiral, à laquelle on faisait le salut... J'apprends à terre qu'elle amène une mission chargée d'aller faire des représentations au Négus d'Abyssinie. Et voilà que je rencontre le captain Picklok, un de mes anciens amis, que j'ai connu à Calcutta, où il commandait les cipayes. Il me raconte que c'est lui qui commande l'escorte des envoyés. Je dis à Lefébure: — Tiens, le Négus me doit quelque chose... Allons faire un tour?... Lefébure me répond: — Allons faire un tour! — J'achète quatre chevaux, une demi-douzaine de chameaux, que je charge avec mes provisions de bord ... partons avec l'ambassade. Nous nous amusons ... comte. Moi, je connaissais déjà le pays; mais vo ... moitié chemin, à Adoua, où nous faisons une demi-journée de halte, Lefébure fait la connaissance d'une Arabe; il veut y rester jusqu'au lendemain, et me dit: — Pars avec le capitaine, moi, je te rejoindrai demain matin avec le convoi des bagages. — Je pars... Le lendemain, pas de Lefébure. Cela me contrariait, parce qu'il avait gardé les chameaux. Enfin, je continue ma route en pensant que je les reprendrais au retour. Bref, j'arrive à la capitale du Négus juste pour apprendre qu'on est en train de le détrôner. Je veux m'adresser aux Anglais pour faire régler ma petite affaire... Je m'aperçois que j'ai laissé mon portefeuille et mes papiers avec Lefébure, qui tenait les bagages; heureusement, j'avais toujours l'or de ma ceinture. Alors, naturellement, je profite de l'occasion pour aller flâner dans l'intérieur jusqu'en Nubie, où j'ai des connaissances... Je charge le captain Picklok de dire à Lefébure de venir me rejoindre à Sennaar, je trouve le roi de Nubie, il n'était pas très rassuré par la situation politique; il me fait beaucoup d'amitiés, je lui achète des ivoires, des plumes d'autruche...

Trois semaines se passent; pas de Lefébure! Alors, naturellement, je profite de l'occasion pour pousser un peu dans le Darfour; mais ne voilà-t-il pas que le neuvième jour, comme j'arrive aux environs d'El-Obéïd, dans le Kordofan, je rencontre une tribu de pillards des Changallas! Ils m'entourent, je veux me défendre, un grand diable, solide, me saute à la cravate et me fait le croc... Je sens qu'il m'étrangle, je lui envoie un coup de poing dans l'estomac, il tombe à la renverse; seulement, comme sa main restait crispée à mon col, il m'entraîne, les autres m'assaillent à la fois, me voilà pris! Il se trouve que mon coup de poing avait tué le nègre; ce qui n'arrangeait pas mon affaire... On me fourre dans une hutte, lié comme une vergue, après m'avoir volé tout mon or.

J'étais bien gardé. Au bout de huit jours, je me dis: « Barbassou, ton navire est dans le port d'Aden, tu as des affaires qui t'appellent, et tu ne t'en tireras qu'en négociant avec douceur. Il faut te résigner à un sacrifice! » Je fais appeler le chef, et je lui propose pour ma rançon un baril de cinquante bouteilles de rhum, dix fusils à piston et deux uniformes complets de général anglais. Cette offre le tente; mais, comme je lui demandais de me faire conduire d'abord au roi de Nubie, il me répondit qu'une fois là je l'enverrai promener. Enfin, au bout de quatre mois, de négociations en négociations, nous tombons d'accord que je serai ramené à Sennaar, où je m'engage sur ma parole à donner des garanties. Je pars, toujours attaché, avec dix cavaliers. Au bout de quinze jours, nous entrons dans la ville. Je cherche Lefébure, pas de Lefébure! Je vais chez le roi... Il venait de partir pour huit jours de chasse. Cependant, je trouve le cheik gouverneur, je lui raconte mon affaire. Il me dit que le trésor est fermé. Je dis aux cavaliers qui m'accompagnaient qu'ils pouvaient s'en retourner et que d'Aden je ferais parvenir ma rançon. Cela ne les contente pas; ils veulent me prendre par le bras, je lui administre une volée; bref, le cheik me donne une escorte, et je reviens à Goudar. Les Anglais étaient repartis. Je me remets en route pour Aden. Arrivé à Adoua, où j'avais laissé mon ami, je m'informe, je demande Lefébure... pas de Lefébure! Enfin j'ai la chance de retrouver

son Arabe: je l'interroge; elle me répond que le jour même où je l'avais quitté ce farceur-là avait pris, vers deux heures, une insolation, dont il était mort dans la même journée. Je cherche mes bagages, mes chameaux... Plus de bagages, plus de chameaux!... On avait tout envoyé au gouverneur d'Aden. J'arrive à Aden, le colonel me dit que tout ce qui est revenu a été porté à mon bord, avec les papiers trouvés sur mon ami, et qu'on y a joint un acte de décès en règle que mon second s'est chargé de faire parvenir à la famille. Je n'en demandai pas davantage. J'écrivis tout de suite à la femme de Lefébure un petit billet de politesse... J'envoyai à mes Changallas la rançon convenue, en même temps qu'une lettre d'injures au roi de Nubie. Bref, il y avait quatre mois que mon navire était reparti. Je pris le lendemain la malle de Suez... je suis arrivé cette nuit à Marseille... et me voilà!

— En effet, dis-je à mon oncle quand il eut achevé, tout s'explique!... On a dressé l'acte de décès d'après les papiers trouvés sur votre ami Lefébure, et comme c'étaient les vôtres...

— On s'est trompé, et cet imbécile de Rabassu a levé l'ancre pour apporter au notaire la nouvelle de ma mort.

— C'est limpide, ajoutai-je.

— Mais ce qui m'intrigue le plus, reprit-il, c'est de savoir ce que sont devenus mes chameaux!

VIII

COMME tu le penses bien, mon cher Louis, cette résurrection inattendue de mon oncle me plongea dans un ordre de sentiments qui me prirent tout entier. Je ne pouvais me rassasier de le voir, de l'entendre, et j'oubliai si complètement ce jour-là tout ce qui n'était pas lui, que je ne songeai même point à mettre le pied hors du château. Je le suivais de chambre en chambre, je le regardais, j'avais besoin de me convaincre qu'il était véritablement en vie... Quant à lui, revenu bien vite de l'étonnement très passager où l'avait un instant jeté la nouvelle de sa mort, il avait repris ce beau sang-froid que je lui connais... Il présidait à l'arrangement de ses petites affaires, et déballait lui-même ses caisses, pleines de toute sorte d'objets de Nubie, en sifflotant faux des fragments de bamboula qu'il avait encore dans l'oreille.

Le soir, nous en étions au café, lorsqu'il me dit en étendant ses longues jambes sur le divan, de l'air d'un homme qui savoure ses aises:

— Tiens, on est bien ici!... Si tu veux, nous allons y passer quelques semaines.

— Mais autant de semaines que vous voudrez, mon oncle, répondis-je. Et même des mois!

— Parfait!... Mais, reprit-il, est-ce que tu ne t'ennuieras pas?... car, à moins que tu n'aies une distraction...

— Ah! m'écriai-je, me rappelant tout à coup mon harem, j'ai oublié de vous parler de cette affaire!...

— Quoi donc? dit-il. Est-ce que tu l'as déjà, la distraction?...

— Mais, je crois bien, mon oncle!

— Est-elle jolie?

— Mais j'en ai quatre!

A ce mot, mon oncle ne sourcilla pas plus que si je lui eusse annoncé que je m'exerçais sur le pipeau champêtre, pour varier mes loisirs; seulement il allongea le bras, prit ma main, qu'il secoua d'un coup sec, à la manière anglaise, et me dit:

— Mes compliments, mon cher!... Je te demande bien pardon de l'indiscrétion.

— Mais, mon oncle, c'est encore toute une histoire! ajoutai-je, non sans quelque embarras... et c'est toujours votre mort qui l'a amenée!

— Comment ça? Raconte-moi donc la chose.

— Vous savez bien, votre pavillon turc... Kasr-el-Nouzha?

— Je le connais... Eh bien?

— Eh bien! il y a quatre mois, Mohammed-Azis y est arrivé.

— Tiens, dit-il, Mohammed?

— Et vous l'aviez chargé d'une commission, repris-je.

— C'est vrai, s'écria-t-il, je n'y pensais plus!

— Alors... mon oncle...

— Il avait fait sa commission... continua-t-il.

— Oui, répondis-je. Et comme vous étiez mort et que la commission de Mohammed était dans votre héritage, j'ai cru que je devais...

— Bigre! dit mon oncle, tu hérites bien, toi!

— Dame... repris-je un peu hésitant, songez que je ne pouvais pas supposer...

— Enfin, c'est fait, dit-il, n'en parlons plus! Et encore une fois pardonne-moi... Maintenant que je sais la chose, il n'en sera plus question. On ne cause jamais d'affaires de harem entre Turcs. — Seulement, ajouta-t-il, et pour n'y plus revenir, je te conseille de garder Mohammed, entends-tu; il est au pas. Et, pour plus de sûreté, comme je ne dois plus aller flâner par là, tu lui diras de venir me voir

— Voulez-vous que je le fasse appeler tout de suite?

— Non, non, demain, nous avons le temps... Tiens, fais-moi un peu de musique, veux-tu? Joue-moi du Verdi...

Et il se mit à entonner avec sa voix de basse, dans les environs du ton: *Parigi, j cara, noi lasceremmo.*

Nous passâmes une soirée ravissante: conversation, musique et jeu. Il me gagna trois francs au piquet, avec une joie folle. Vers minuit, je le reconduisis à sa chambre. Comme il était prêt à entrer dans son lit:

— *Té!...* s'écria-t-il, j'ai là des valeurs que j'oubliais! — Et, prenant un canif, il alla découdre la doublure de son habit, d'où il tira des papiers.

— Tiens, dit-il en me les tendant, voilà pour sept cent mille francs de traites sur Londres et sur Paris, tu les feras toucher.

— Très bien, mon oncle, répondis-je. Et que désirez-vous que je fasse de cette somme-là?

— Ah! ma foi, ça te regarde, mon *pichoun!...* Tu penses bien, maintenant que tu as hérité, que je ne vais plus me mêler de ces choses!

— Au moins, donnez-moi un conseil!

— Mais alors, mon bon, ce serait encore moi qui en aurais l'ennui... Après ça, reprit-il, garde-les... ça te servira pour me donner mon argent de poche!

Là-dessus, il se coucha, je lui souhaitai le bonsoir, et j'allais sortir, lorsqu'il me rappela.

— Dis donc, André, écris donc au notaire de venir demain.

— Ah! répliquai-je, vous y arrivez enfin!

— Mais je n'arrive à rien du tout! s'écria-t-il du ton le plus décidé. Seulement, je veux savoir ce que sont devenus mes chameaux!... Tu conçois, j'avais l'intention d'en faire cadeau à la Société Zoologique... Il faut qu'on me les retrouve!... Bonsoir!

<h3 style="text-align:center">IX</h3>

A coup sûr, mon cher Louis, je te ferais injure si j'essayais d'appeler ton attention sur l'étrangeté des événements qui me sont arrivés depuis quatre mois. Je ne sache pas que mortel ait jamais passé par des péripéties plus originales. La lettre funèbre du notaire, mon installation à Férouzat, le testament de mon oncle, un harem qui me tombe de Turquie, la prise de possession définitive de mon héritage, le tout couronné par le retour du défunt. Certes, tu en conviendras, il y a peut-être là des incidents qui ne se rencontrent point tous les jours. Cependant, si tu voulais ma pensée, je t'avouerais que tout cela me paraît à cette heure n'être autre chose que le *nécessaire* et le *contingent* philosophiques dans leur raison la plus simple. Je prétendrais même qu'il n'en saurait être autrement pour le neveu de mon oncle, car ce serait méconnaître les plus élémentaires principes de la logique que de s'étonner de ces quelques menues aventures, du moment où Barbassou-Pacha y est introduit comme *cause première.* Le *substratum* de mon oncle agit si puissamment sur ma destinée, qu'il me semblerait tout à fait paradoxal, à mon sens, de supposer que les choses pussent m'arriver comme à un autre. Cesse donc de t'étonner, sinon tu vas tomber au dernier rang de mon estime.

Étant posé que je suis le neveu de mon oncle, j'en reviens au résumé de ma situation. A savoir: feu mon oncle ressuscité; mais il voulait garder ses avantages de défunt, en me forçant de rester en possession de son héritage, et je venais de lui dire bonsoir, tandis qu'il rêvait à ses chameaux... Rien de moins compliqué. Si tout cela n'est pas strictement conforme au caractère de Barbassou (Claude-Anatole), je ne m'y connais plus. Cependant cette journée marquée par son retour devait amener des incidents de quelque importance.

Je venais de quitter mon oncle, et je me dirigeais vers la bibliothèque pour écrire sur-le-champ au notaire, lorsque François m'avertit qu'une femme du *Kasre* m'attendait depuis une heure. Une des servantes grecques venait quelquefois au château, soit pour des messages, soit pour demander mes ordres. Je compris aussitôt que ne m'ayant pas vu, ni dans le jour, ni dans la soirée, mes petits animaux, inquiets, envoyaient aux nouvelles. J'allai à ma chambre, où François me dit qu'elle était. En entrant, je l'aperçus debout, immobile près de la fenêtre, enveloppée de son grand *féridjié* sombre; mais j'eus à peine fermé la porte derrière moi, que tout à coup j'entendis un cri, des sanglots. Le *féridjié* tomba, et je reconnus Kondjé-Gul, qui se jeta à mon cou, me saisit dans ses bras avec les marques du plus violent désespoir.

— Comment, c'est toi? lui dis-je. Tu viens ici?...

Haletante, suffoquée par les larmes, elle ne put me répondre. Je devinai plutôt que je n'entendis ces mots:

— Je me suis échappée! Je viens mourir avec toi!

— Mais tu es folle, folle, folle! m'écriai-je. Pourquoi mourir?... Qu'est-il donc arrivé?

— Oh! nous savons tout! reprit-elle. Barbassou-Pacha est revenu!... Il est terrible!... Il va te tuer, nous aussi, Mohammed aussi!

Et, délirante, elle s'attachait à moi de toutes ses forces, comme si déjà la mort l'eût menacée.

— Mais, enfant! lui dis-je. Tout cela est insensé... Qui t'a conté cette histoire?

— C'est Mohammed... Il a appris le retour du pacha... Il s'est caché.

— Mais mon oncle est très bon; il m'adore, il ne songe même pas à vous voir, rien ne sera changé pour nous par son retour.

En me voyant si tranquille, elle commença peu à peu à se rassurer. Pourtant, elle était trop imbue de ses idées turques pour admettre du premier coup une pareille dérogation aux usages.

— Alors, dit-elle en essuyant ses pleurs, il ne tuera que Mohammed?

— Pas même Mohammed! m'écriai-je en riant. Mohammed est un poltron que je tancerai demain d'importance, pour qu'il ne vous fasse plus de ces histoires.

— Bien vrai? reprit-elle, il n'aura que des coups de bâton?

J'étais prêt à protester, lorsque aux premiers mots je m'aperçus qu'elle soupçonnait que je voulais me jouer de sa crédulité, ce qui offrait le danger de ranimer ses plus vives craintes, car elle n'allait plus rien croire de toutes mes assurances. Je me contentai donc de lui promettre d'intercéder auprès de Barbassou-Pacha. Une fois convaincue que Mohammed ne serait lésé que dans son échine, elle n'y pensa plus, et, avec la mobilité d'esprit qui caractérise ces petits êtres sauvages, elle se mit à babiller en examinant tous les objets de ma chambre, touchant à tout avec une curiosité que l'on ne pouvait assouvir.

— Voyons, maintenant, il faut rentrer, lui dis-je, peu désireux que l'on découvrît cette incartade.

— Oh! non, oh! non, s'écria-t-elle avec une joie d'enfant. C'est chez toi... laisse-moi voir.

— Mais il faut rassurer Zouhra, Nazli, Hadidjé!

— Elles dorment. Je veux rester un peu ici toute seule avec toi!... D'ailleurs, ajouta-t-elle avec une petite mine encore effrayée, si Barbasson-Pacha avait dissimulé, s'il venait cette nuit pour te tuer?

— Mais, encore une fois, tu es folle, dis-je.

— Eh bien, alors, pourquoi me renvoyer si vite?

— Parce qu'il n'est pas convenable que tu quittes le harem, répondis-je. Allons, viens!

— Oh! encore un peu... Je t'en prie, dit-elle avec un baiser.

Le moyen de résister, mon cher Louis? Je te le demande.

Je m'assis, la regardant aller, venir et fureter. Il faut t'apprendre que sous son *féridjié,* qu'elle avait jeté à mon entrée, elle était vêtue d'une sorte de robe flottante en cachemire bleu pâle et brodée de vifs dessins de soie et d'or. De ses larges manches, évasées du bas, sortaient ses bras blancs. Ce costume produisait un effet pittoresque et charmant au milieu de mon appartement très prosaïque dans son confortable, mais qui cependant lui semblait merveilleux. Elle touchait tout, ne pouvait se rassasier de tout voir, et ses questions me tarissaient pas... Au bout d'une demi-heure, jugeant sa curiosité satisfaite, comme elle commençait à fureter des livres déposés sur ma table:

— Allons, Kondjé-Gul, il faut partir, répétai-je.

En disant ces mots, je ramassai son *féridjié...* Je la ramenai au harem. Une pâle lueur éclairait les fenêtres du salon. Hadidjé, Nazli, Zouhra y étaient encore. Te peindre la terreur qui les saisit au moment où j'entrai, ce serait impossible. En entendant des pas, dans la nuit, elles n'avaient point douté que ce ne fût leur dernier instant. Au bruit de la porte s'ouvrant, elles jetèrent un cri; les trois pauvres éplorées s'étaient réfugiées dans un angle...

En m'apercevant avec Kondjé-Gul, elles demeurèrent consternées; en deux mots, je les rassurai.

Quant à Mohammed, il fut impossible de le trouver. Je l'avoue, du reste, que je ne le cherchai qu'avec un médiocre soin; je n'étais pas fâché qu'il payât d'une nuit de transes le mal qu'il avait fait par sa sottise à mes pauvres houris.

<h3 style="text-align:center">X</h3>

J e m'excuse, mon cher Louis, de t'avoir laissé un mois sans lettres, comme tu me le reproches avec un peu d'aigreur. Tu n'as point soupçonné, je pense, que mon amitié pour toi s'attiédissait. La cause de mon silence, c'est qu'en vérité je n'ai rien à t'apprendre. La simplicité de mon existence n'offre au jour le jour que les mêmes redites des événements les plus simples. Partagé entre mon harem et mon oncle Barbassou, je jouis du calme des champs, des bois, qui donne à mon esprit cette libre quiétude que trouble toujours un peu l'atmosphère agitée des villes.

Ne crois point du tout, d'ailleurs, que nous vivions en cénobites dédaignant des distractions mondaines; le capitaine n'est pas homme à mener le train d'un chartreux: il est autant à cheval qu'à pied. Le jour, excursions, chasses, il visite ses filleuls et mes propriétés, et je le garantis que c'est un fier intendant que j'ai là!... Le soir, réceptions au château : le curé, les Morand père et fils, et deux fois par semaine le notaire. Whist à deux sous la fiche, piquets animés, — seulement, ce dernier jeu plus rarement, parce que mon oncle y triche — Vers onze heures, les voitures sont attelées qui remmènent tout ce monde. J'accompagne mon oncle dans sa chambre, nous causons de nos affaires, de *ma fiancée,* car il va sans dire que mon mariage avec sa filleule est convenu, et qu'il ne nous est même pas venu à l'idée de disserter sur ce point. Enfin, quand le sommeil le prend, il se couche, et je m'en vais à El-Nouzha. Nous avons en outre une occupation très sérieuse, qui consiste à fouiller dans le tas de merveilles amoncelées dans les greniers du château.

— Ah! çà, André, me dit un jour mon oncle, avec l'accent de reproche d'un factotum fidèle, tu as là-haut un fouillis de belles choses que tu es très bête de laisser dans l'ombre... A ta place, je sortirais tout ça!

— Sortons tout ça, mon oncle, répondis-je.

Et, là-dessus, nous nous sommes mis au triage, et tu n'as pas idée de ce que nous avons trouvé, toiles de prix, objets d'art, meubles rares, armes de toutes les contrées. Tu verras quel musée cela fait, si tu pousses une pointe jusqu'ici, comme tu me le promets. Vrai, pour un artiste de ta trempe, cela seul vaut le voyage.

Nous faisons aussi des visites aux deux châteaux de la localité, chez les Monbardec, et chez les Cambouliou... mais dans la stricte mesure des convenances de voisinage, l'élément féminin qu'on y rencontre étant classé, par mon oncle, dans les bas-fonds de la zoologie inférieure.

Une fois par semaine, le dîner chez le docteur Morand, homme de beaucoup de valeur, à qui il n'a manqué qu'une plus vaste scène, et le seul mortel qui aurait quelque influence sur le capitaine Barbassou, si le capitaine Barbassou n'échappait par son caractère à toute prédominance extérieure. La vie de famille règne ici dans une heureuse grâce, représentée par une ribambelle d'enfants. Je t'ai déjà parlé du fils Morand, le spahi, et de sa cousine Geneviève.

Geneviève, avec ses dix-neuf ans, est de beaucoup l'aînée de toute une nichée, provenant d'un second mariage de sa mère. Le docteur, riche dans le pays, les a tous recueillis à la mort de sa sœur. Rien de plus charmant et de plus animé que cette maison du bon Dieu, où l'on respire dans l'air un parfum de bonheur paisible et d'honnêteté pure. Il faut voir Geneviève, *la grande,* entourée de ses quatre *petits,* frères et sœurs, à frimousses roses, tous proprets, bien tenus, à la fois diables et soumis, et qu'elle régit avec une jeune raison qui n'est point toujours elle-même exempte d'espièglerie. Est-elle jolie?... J'avoue que je ne saurais le dire; la question de beauté chez elle est si bien primée par un certain charme d'ailleurs, que l'on ne songe point à s'en rendre compte. Elle a certainement de beaux yeux, car son regard attire le regard, on y devine une âme. Georges Morand, son fiancé, l'adore et, tout *Africain* qu'il est, subit lui-même une sorte de domination qu'il se soumet, lui, son sabre et son cerveau brûlé. Ils sont, on ne peut mieux, créés l'un pour l'autre, et ils sont heureux. Elle corrigera la fougue un peu trop provençale du guerrier.

Mon oncle fait profession de détester la marmaille... Inutile d'ajouter que, dès que le capitaine arrive, toute la nichée accourt à lui et ne le quitte plus ses genoux... Il est leur cheval, il leur fabrique des bateaux... Et, l'autre jour, tu aurais pu le voir recousant, en grommelant, un bouton à la culotte de Toto (qu'il avait fait craquer en lui faisant faire la culbute), de peur que Geneviève ne grondât.

Je suis très cordialement choyé par toute la maisonnée, et tu penses si nous dissertons à perte de vue, le docteur et moi. Ancien professeur à la faculté de Montpellier, ses travaux de physiologie l'ont conduit au matérialisme renforcé. Comme il a lu çà et là mes articles spiritualistes, il s'efforce à me convertir... D'un autre côté, mon oncle, mahométan, veut le convertir au déisme. Tu vois d'ici notre accord; on dirait une académie!

A El-Nouzha, toujours même vie; mais il faut, ici, que je redresse une erreur dangereuse où tu me parais l'entretenir, si j'en juge par le ton de tes lettres. Lorsqu'il s'agit de mon harem, tu es vraiment l'air de parler du séjour fantastique et troublant du bienheureux saint Antoine, en proie aux continuelles tentatives des plus belles voluptueuses de la cour de Satan. On dirait même, entre nous, que tu es moins effrayé que curieux de ces terribles flammes. Criminel!... La vérité, c'est que tout devient habitude, et que, les premières effervescences passées, cette existence est beaucoup plus simple que tu ne penses. Sache que mon harem n'est à cette heure, pour moi, que le plus calme intérieur familial, et, sauf que j'ai quatre femmes, tout y a pris définitivement les allures les plus ordinaires du simple ménage. Le soir, causeries, autour de la table du salon, musique et danses, où préside un aimable enjouement, le tout rehaussé par l'éducation de mes sultanes. Je mêle dans mes amours la superbe orientale d'un vizir aux tendres sentimentalités d'un Galaor, et j'en suis vraiment arrivé à des raffinements exquis; bref, le pays de Tendre au paradis de Mahomet, n'était pourtant que, depuis le retour de mon oncle, quelques nuages ont obscurci les rayons de ma lune de miel.

J'ai des querelles avec Hadidjé et avec Nazli, qui veut absolument faire, une fois, une escapade au château, comme Kondjé-Gul, car tu prévois que, l'émotion passée, cette folle de Kondjé-Gul, pour exciter leur jalousie sans doute, et se donner des airs de favorite, n'a point manqué de leur raconter les merveilles de ce lieu qui leur est interdit. Naturellement, je me refuse tout net à cette dérogation, contraire à toutes les traditions de harem. De là, scènes d'amour, pleurs, colères que j'apaise, mais qui se transforment alors en tendres reproches d'épouses dédaignées. Enfin, que te dirai-je? je louvoie comme tous les maris, mais je sens vaguement qu'il y a des événements dans l'air.

Je rouvre ma lettre.

Mon ami, tu ne vas pas t'étonner, n'est-ce pas?... Une nouvelle relative à Barbassou-Pacha!

Avant-hier, comme, selon la coutume, je me livrais à la causerie du soir, au coucher de mon oncle, je vis qu'il bâillait d'une façon insolite. J'avais remarqué déjà ce symptôme et j'en concluais, à part moi, que, repris par ses instincts natifs de vie aventureuse, il commençait peut-être à se trouver à l'étroit dans le département du Gard... A coup sûr, il lui manquait quelque chose!... Et je cherchais enfin dans mon esprit quel aliment nouveau je pourrais inventer pour exercer cette activité dévorante, lorsque, comme je le quittais, il me dit :

— A propos, André, j'ai écrit à la tante que je suis de retour... Elle arrivera probablement d'ici à la fin de la semaine.

— Ah? répondis-je. Eh bien! c'est au mieux, mon oncle, je serai enchanté de nous voir en famille.

— Oui, ça meublera la maison! reprit-il. — Allons, bonsoir, garçon!

Et je le laissai.

Bien qu'il n'y eût rien que de très rationnel dans ce légitime désir conjugal, tu comprends de reste cependant que je me retirai un peu intrigué... Laquelle de mes tantes allais-je voir arriver? Mon oncle m'avait fait part de cet incident d'une façon si naturelle, que je n'avais songé aucunement à lui faire la moindre question indiscrète. Je me mis donc à conjecturer, d'après la situation de son esprit, à laquelle de ses épouses il pouvait bien avoir donné la préférence.

Tout d'abord, je mis à l'écart ma tante Cora, de l'île Bourbon... Il était peu probable que le pacha voulût rien ajouter à ses travaux d'ontologie sur les races de couleur... Ma tante Christina de Postero, à qui son aventure avec Jean Bonaffé méritait une disgrâce, également exclue, il ne restait donc sur les rangs que ma tante Lia Ben Levy, ma tante Gretchen Van Cloth et ma tante Eudoxie de Cornalis, ce qui restreignait déjà de beaucoup la question; mais je l'avoue que j'eus beau mettre en œuvre toutes mes facultés d'induction, étant donné l'âge du capitaine, ses goûts présents, ses projets... je ne réussis qu'à me perdre dans un dédale d'affirmations, de contradictions, dont il me fut impossible de sortir... Ce que j'avais de mieux à faire, c'était d'attendre. J'attendis.

XI

Je n'attendis point longtemps, du reste, car, deux jours plus tard, j'étais encore dans ma chambre, j'aperçus venir une calèche. Une dame qui me parut fort belle et fort élégante l'occupait toute seule. Sur le siège, près du cocher, une femme de chambre; derrière, deux domestiques de haut style dans leur livrée de voyage. La voiture s'arrêta. Au bruit des roues sur le sable, la fenêtre de mon oncle s'ouvrit.

— Hé! bonjour, ma chère, s'écria-t-il.

— Bonjour, capitaine! répondit la dame; vous voyez que l'on ne vous oublie pas, ingrat!

— Je vous en remercie; de mon côté aussi je ne suis pas oublieux.

— C'est fort bien, reprit la dame; mais vous ne descendez pas pour me donner la main? Vous êtes galant!

— Comment donc, dit mon oncle, j'accours!

J'avoue que je demeurai un peu intrigué à la vue de cette voyageuse, dont le grand air ne me rappelait aucune de mes tantes. Barbassou-Pacha avait-il contracté un nouvel hymen depuis son testament? par discrétion, je me tenais coi pour ne point gêner les effusions; mais, comme en sortant de chez lui mon oncle passait devant ma porte, il me dit :

— André, viens-tu?

Je le suivis. Nous arrivâmes au moment où la dame montait les marches du perron, d'un pas alerte.

— Trop tard, capitaine! je ne pouvais pas rester là, clouée dans cette voiture.

Ce reproche n'empêcha point qu'ils ne se serrassent les mains avec une joie très vive. Puis, comme je survenais :

— Embrasse la tante Eudoxie, me dit mon oncle avec sang-froid.

Ainsi renseigné, j'embrassai ma tante, et j'avoue qu'en l'embrassant je ne pus me défendre d'un sourire, en me rappelant ce mot sacramentel.

— Eh quoi! c'est André?... s'écria-t-elle. — Oh! pardonnez-moi, monsieur, reprit-elle bien vite; ce mot de familiarité m'échappait, au souvenir du bel enfant d'autrefois.

— Mais tenez-le pour bien dit, je vous en supplie, madame, répondis-je.

— Oh! non, si vous m'appelez madame.

— Qu'à cela ne tienne, *ma tante*; je serai charmé de revenir au passé pour vous obéir.

— Eh bien! *mon neveu*, ajouta-t-elle, donnez ordre qu'on ait soin de mes gens, et entrons!

Pour te faire son portrait à nouveau, imagine une femme d'environ trente-cinq ans, bien qu'elle en ait quarante-deux sonnés. Un embonpoint, un peu marqué peut-être, mais qui cependant ne lui ôte rien de sa grâce, car elle est grande, ajoute encore à ses airs de patricienne. Le port de tête haut, le regard assuré, profond, tout en elle révélerait une femme supérieure, n'était une extrême simplicité d'allures qui lui semble naturelle. Un son de voix velouté malgré la décision de sa parole; un léger accent chanté lui donne tout à fait la désinvolture d'une grande dame russe. Telle est ma tante. Mon oncle lui avait offert son bras. Dès que nous fûmes au salon:

— Ah çà! vous allez m'expliquer bien vite quelle est cette histoire de trépas qui m'est venue par un notaire, dit-elle en défaisant son chapeau. — Voilà six mois que je me crois veuve!

— Vous pouvez voir qu'il n'en est rien, répondit mon oncle.

— C'est agréable! s'écria-t-elle en riant et en lui tendant une seconde fois la main. — Encore une de vos originalités, sans doute!

— Pas du tout, ma chère; voici André qui pourra vous dire que j'ai positivement passé pour mort, et qu'il a porté mon deuil... Il a même hérité de mes biens.

— A quelque chose malheur est bon, répliqua-t-elle; mais comment vous a-t-on descendu au tombeau par erreur? cela m'intrigue.

— J'étais en Abyssinie...

— Ici près! dit-elle en l'interrompant.

— Oui, reprit mon oncle. Un ami qui voyageait avec moi est resté en route pendant que j'allais en avant; il est mort si maladroitement que, comme il avait avec lui mes bagages, mes papiers ont servi à dresser son acte de décès. Ce n'est qu'à mon retour ici que j'ai su, cinq mois plus tard, que j'étais tenu pour défunt... Vous voyez comme c'est simple.

— En effet, dit ma tante, ces choses-là arrivent à tout le monde! Cela vous apprendra à ne plus m'emmener dans vos voyages... Est-ce aussi à cause de cette promenade en Abyssinie que je ne vous ai pas vu depuis deux ans?... Restez, monsieur mon neveu, ajouta-t-elle d'un ton plaisant, c'est instructif, une scène de ménage; cela forme... Allons, répondez, capitaine.

— Deux ans?... répliqua mon oncle. Est-ce qu'il y a vraiment deux ans?

— Consultez vos papiers de bord, si on ne les a pas enterrés avec votre ami...

— Pardonnez, chère Eudoxie, j'ai eu tout ce temps d'immenses affaires.

— Oui, reprit ma tante, on les connaît vos grandes affaires, et j'en ai appris de belles! Savez-vous ce qu'on m'a dit lord Clifden, à Pétersbourg, il y a trois mois, en me complimentant sur mon deuil de veuve?... — qui m'allait fort bien, soit dit en passant; — il m'a affirmé que, de votre vivant, vous avez été bigame.

— Comme c'est vraisemblable! s'écria mon oncle avec aplomb.

— Il m'a déclaré vous avoir vu à Madras avec une Espagnole, jolie, et jeune, perfide que vous êtes! laquelle se parait ouvertement du nom de senora Barbassou. — C'était bien la peine de m'enlever pour me traiter ainsi!

— Lord Clifden vous a fait une histoire, ma chère, et c'est un très mauvais plaisant. J'espère que vous ne l'avez pas cru.

— Ma foi, vous êtes un si grand original! répondit-elle en riant.

— Et vous, reprit mon oncle, dont le sang-froid n'avait point été un instant ébranlé, qu'avez-vous fait?... Où étiez-vous?...

— Oh! s'il me fallait remonter au jour de votre départ, je m'y perdrais, répondit ma tante. Il y a un an, à cette époque, j'étais dans mes terres de Crimée, où je me suis ennuyée cinq mois; puis j'ai passé l'hiver à Pétersbourg, le printemps à mon château de Corfou, où j'ai eu l'avantage d'avoir toutes mes aises pour vous pleurer. Enfin, j'étais à Vienne depuis deux mois, lorsque, il y a huit jours, j'ai reçu de mon intendant la lettre où vous me faisiez l'honneur de m'apprendre votre résurrection en même temps que votre désir de me voir. — Vite, j'ai fait mes visites d'adieu, et me voilà. Maintenant, ajouta-t-elle en me tendant un plaid, si vous voulez bien me permettre de me défaire de ces habits de voyage, vous mettrez le comble à mes vœux.

— Je vais vous conduire à votre appartement, répondit mon oncle.

— Mon neveu, dit-elle, en me faisant une révérence, préparez-vous à servir mes caprices, j'en ai beaucoup quand j'aime... A votre tour: tenez-vous-le pour dit!

Ils sortirent, et je demeurai tout étonné de leur mutuel accueil. Tu comprends déjà l'effet que devait me produire ma tante, et je n'étais pas moins surpris de ce que je découvrais aussi de nouveau chez mon oncle. Un changement complet s'était opéré. Il ne jurait plus; son langage, ses manières avaient repris tout à coup la correction la plus mondaine, sans contrainte, sans embarras et avec une mesure si naturelle, qu'elle eût révélé véritablement la plus longue pratique des salons. Il n'avait point bronché. Sa galanterie franche n'avait rien d'apprêté; c'était un autre homme, et il est évident que ma tante Eudoxie de Cornalis n'avait jamais connu que cet homme-là.

— Eh bien! comment trouves-tu ta tante? me demanda-t-il, comme il rentrait au bout de cinq minutes.

— A ravir, mon oncle, et gracieuse au possible!

— Attendais-tu, par hasard, une guenon? s'écria-t-il.

— Certes non! répondis-je. Mais ma tante pouvait être la beauté même, sans posséder ce caractère et ces qualités d'esprit que je lui soupçonne.

— Oh! tu ne peux guère encore la juger, reprit-il négligemment. Tu verras cela plus tard; c'est une femme!

Ma tante ne redescendit qu'au déjeuner. A son entrée, il y eut comme une sorte de rayonnement joyeux dans la salle, ordinairement peuplée de mon oncle et de son neveu. Mon oncle, à coup sûr, ressentit la même impression que moi, car, se penchant de mon côté, et avec son superbe flegme, il me dit à mi-voix:

— Vois-tu déjà comme cela meuble!

Ma tante s'assit, et, tout en ôtant ses gants, promena son regard sur la table, sur les crédences, sur les gens et sur l'arrangement de la salle.

— François, dit-elle au vieux valet de chambre de mon oncle, envoyez-moi, je vous prie, le jardinier à quatre heures.

— Oui, madame la comtesse.

— Et puis aussi le maître d'hôtel... que je ne vois point là.

— Le maître d'hôtel, répliqua mon oncle, c'est moi.

— Parfait, mes compliments, reprit-elle, j'aurais dû m'en douter.

— Il me semble cependant que je m'en tire bien. Est-ce que ce mobilier nouveau n'est pas de votre goût?

— Il est très beau, au contraire, et j'y reconnais votre passion de brocanteur de belles choses; mais il y manque la vie animée. — Qu'est-ce que c'est, je vous le demande, que ces grands vases, ouvrant à la poussière des bouches immenses?

— Ces mandarins! dit mon oncle, ils viennent de chez l'empereur de la Chine.

— Ah! les hommes, s'écria ma tante en riant! ils seraient dans le paradis qu'ils oublieraient de contempler l'Éternel! — Mais, capitaine, mon époux et seigneur, à quoi vous sert donc d'avoir des serres pleines de fleurs, si vous n'en réjouissez pas vos yeux?

Le déjeuner fut charmant, enjoué. Tout en devisant, d'un signe ma tante donnait ses ordres à François pour ces mille soins qu'une femme seule sait inventer et, comme par enchantement, mon oncle trouvait tout sous sa main: avant qu'il eût le temps de demander à boire, son verre était rempli. Nous n'avions jamais été servis de la sorte. Quand nous eûmes quitté la table:

— Allons faire un tour dans le parc, dit ma tante.

Elle prit mon bras, nous partîmes. Je ne te ferai point un récit de cette promenade pendant laquelle, ma tante et moi, nous achevâmes de cultiver notre connaissance; nous fûmes bientôt en grande sympathie. Avec un tact suprême, et sans paraître y toucher, au bout d'un quart d'heure, par des questions discrètes, elle m'avait amené à tout lui raconter de moi, depuis a jusqu'à z, mes études, mes goûts, y compris bien entendu mes fredaines de garçon, qui la firent plus d'une fois sourire. J'en exceptai pourtant, tu le penses, les révélations sur ma vie de pacha. Mon oncle marchait près de nous, nous laissant causer; on eût dit vraiment qu'il reprenait son train marital, interrompu la veille, sans qu'aucun incident appréciable en eût troublé le cours. A un moment, nous passâmes devant le sentier qui mène à la maison turque.

— Allons entrons à El-Nouzha! dit ma tante.

A ce mot, je jetai vers mon oncle un regard de détresse; lui, ne sourcilla point.

— La porte de communication est condamnée, dit-il; Kasre-el-Nouzha est loué.

— Loué! s'écria-t-elle; à qui donc?

— A un grand personnage, un ami de Constantinople, Mohammed-Azis; vous ne le connaissez pas.

— Ingrat! reprit-elle en riant, c'est ainsi que vous gardez le culte de mon souvenir.

Elle n'insista pas. Tu devines si je respirai.

Au bout d'une heure de promenade à travers le parc, ma tante Eudoxie avait achevé ma conquête. Pourtant, bien que tout en elle excitât ma curiosité, je l'avais peu interrogée, ne voulant point, par convenance, faire mine de tout ignorer de son existence, situation en effet bizarre pour un neveu. Elle me parut, du reste, très disposée à me répondre sans détour et à me traiter en camarade. Ce qui me surprenait par-dessus tout, c'était l'attitude de mon oncle, qui ne m'avait jamais plus parlé d'elle que de ma tante Cora, des Grands-Palmiers. Il régnait entre eux le ton affectueux des meilleurs ménages là évoquaient le passé, et je découvrais que leurs liens n'avaient jamais été relâchés, malgré les procédés mahométans de mon oncle, dont elle semblait vraiment n'avoir aucun soupçon. J'apprenais qu'elle l'avait suivi à son bord, dans beaucoup de ses voyages, que, il y a deux ans, il avait demeuré six mois chez elle à Corfou.

— Quant à lui, il causait avec l'innocence parfaite d'une âme si simple que j'en venais à la conviction qu'il devait se trouver aussi bien en règle avec ses autres hymens, et qu'il n'eût point été plus embarrassé avec ma tante Van Cloth, si par hasard elle fût survenue.

Comme nous rentrions au château, ma tante me pria de faire porter quelques lettres à la poste. J'allai chez elle pour les prendre; elle avait eu le temps d'en écrire une demi-douzaine pour tous les pays. Tandis qu'elle les cachetait, j'examinai les mille objets dont elle avait déjà meublé son boudoir: des fleurs dans les vases, des livres, des albums sur la table; sur la cheminée, quelques portraits dressés sur de petits chevalets dorés, parmi lesquels une miniature admirable, tête d'homme, jeune, superbe, en costume turc brodé d'or, coiffé d'un fez orné d'une aigrette de pierreries.

— Reconnaissez-vous ce monsieur? dit ma tante, comme je me penchais pour regarder de plus près.

— Quoi? m'écriai-je, serait-ce mon oncle?

— En personne, dans ses atours de grand mamamouchi; c'est une fière rareté! car vous savez qu'il a des idées turques là-dessus: « on ne doit pas laisser prendre son image. »

— C'est ma foi vrai, dis-je. C'est le premier portrait de lui que je vois.

— J'ai tout lieu de croire qu'il est l'unique, reprit-elle en riant; c'est la plus laborieuse victoire que j'aie jamais remportée sur lui.

Nous nous mîmes à parler de mon oncle, de ses originalités, mêlées à des facultés si rares. Elle me raconta certains traits de sa vie qui ne départaient point les légendes de quelques héros d'autrefois, entre autres, l'histoire de leur mariage: la voici en trois mots:

Ma tante, descendante d'une des plus grandes et des plus riches familles grecques, habitait avec son père un château de Thessalie, Pays en partie mahométan. Pendant les fêtes du bairam, les Turcs commencèrent un massacre de chrétiens qui se prolongea trois jours durant. Quelques familles, réfugiées dans une église, s'y étaient fortifiées et se défendaient désespérément avec leurs serviteurs. Déjà les assassins avaient brisé la porte du sanctuaire, tout allait être égorgé, quand soudain un homme arrive au galop, à peine suivi de quelques soldats. Il frappe de son cimeterre à coups redoublés, en plein dans la foule. Il atteint le portail, faisant cabrer son cheval sur les dalles; il tue, il terrifie. Les chrétiens sont sauvés! Ce cavalier... C'était mon oncle, qui commandait alors la province.

Les malheureux échappés à la mort le pressent, l'entourent; les filles et les femmes embrassent ses genoux. Ma tante était parmi les éplorées, elle avait quinze ans, elle était belle comme le jour. Tu devines si son imagination fut saisie à la vue de ce superbe sauveur. Mon oncle de son côté avait reçu le coup de foudre en contemplant tant de beauté. Ayant à juger et à punir des rebelles, il établit son quartier général dans le château des Cornalis. Il fait comme vingt têtes et demande la main d'Eudoxie, que, malgré sa reconnaissance, son père refusé d'accorder à un général turc. Au désespoir des amants, ils se séparent en échangeant des serments d'amour éternel. — Bref, après trois mois de correspondances et d'entrevues secrètes, un enlèvement, aussitôt couronné d'hymen.

Ce fut à la suite de cette circonstance que, converti par l'amour, et encore une fois disgracié du reste pour avoir trop bien exercé la justice en faveur des chrétiens, mon oncle quitta pour la dernière fois le service du sultan. Le pardon des Cornalis s'ensuivit: alors aussi il obtint du pape le titre de comte du Saint-Empire.

Tout cela l'explique comment ma tante, héritière de grands biens, possède de son chef une fortune des plus indépendantes.

XII

« Je n'ai guère eu le temps de t'écrire, mon cher Louis. Nous vivons en famille depuis une quinzaine de jours, et, pendant ces quinze jours, Férouzat s'est entièrement modifié. Ma tante Eudoxie est en effet très *meublante*, ainsi que l'avait annoncé mon oncle, apporte parmi nous une magnétisation des plus attrayantes. Ses manières ont tout naturellement introduit dans notre cercle d'amis une petit fonds d'étiquette, qui n'exclut point les libertés de la villégiature, ni ce certain laisser-aller élégant qui est une des grâces des gens de bonne compagnie. Comme il était à prévoir, la comtesse de Monteclaro, fort liée autrefois avec le docteur Morand, ne pouvait manquer de se prendre de très vive amitié pour Mlle Geneviève; il en résulte que Mlle Geneviève et les enfants passent à peu près toutes les journées au château. Le soir, nous avons des *raouts* auxquels ne convié l'élément jeune du voisinage; ma tante, excellente musicienne, organise des concerts, et le tout se termine parfois par des saute...es.

Comme tu le devines, ma tante est au courant des fameux projets de mon oncle: elle connaît Anna Campbell, la péleule du pacha. Il faut l'entendre le railler sur ce personnage, et par lequel elle prétend que le capitaine est rentré dans le giron de sa foi sans s'en douter; — elle dit qu'Anna est charmante. Ainsi choyé, je vis du reste à ma guise, parfois occupé tout le jour dans la bibliothèque.

Dans ma prochaine épître, je te raconterai ce qu'il y a de nouveau à El-Nouzha, depuis que j'ai suspendu ce côté de mon intéressante histoire. Il y a du progrès parmi mes houris, et leur éducation se fait. Nous marchons sur des roses.

XIII

MON ami, on calomnie les Turcs: c'est positif. Il ne suffit pas de dire, ou de croire avec le vulgaire que ces gens à turbans croupissent dans le matérialisme et ne sont point civilisés, il faudrait encore les convaincre d'erreur. Absolus dans une singulière infatuation de nos idées, de nos mœurs et de nous-mêmes, nous tranchons volontiers, par des décisions souveraines, les plus hautes questions de sentiment. Les tournois, les cours d'amour d'Isoure, et le collège de la gaie science ont réglé le culte du parfait amant pour sa dame. Notre prétention au troubadourisme n'a jamais décliné. Les mièvreries de l'Astrée se sont érigées en code, et nous avons même réussi à faire accepter cette croyance que: le chevalier français est le parangon des belles manières d'amour, le type achevé des grâces galantes. Le: « Mourir pour sa belle » éclôt si naturellement sur nos lèvres, que le moindre sous-lieutenant le pourrait chanter à Célimène, sans la faire éclater de rire.

Cependant tu conviendras, je l'espère, qu'il faudrait peut-être en rabattre un peu de ces formules banales... Que nous sachions aimer; ce n'est pas là une grande affaire. Entre nous, philosophes, le tout est de savoir si notre idéal est l'idéal supérieur; si notre culte pour la femme est plus digne d'elle et de nous que le culte tout païen des peuples orientaux. — Ici, se dresse tout d'abord la question primordiale: polygamie, monogamie, deux institutions résultant de lois humaines et divines, inscrites et définies toutes deux dans des codes de morale et dans des livres saints. L'une prenant sa source dans la Bible et restant fidèle à ses traditions; l'autre naissant un jour des simples conventions d'une société nouvelle. De ce que notre orgueil admet d'emblée la supériorité de notre civilisation vieillie, il ne faudrait point conclure cependant que nous possédons seuls la notion du vrai absolu. La toute-sagesse n'est qu'en Dieu, et la Vérité n'existe pour nous que selon le lieu, les mœurs et le temps. Jacob épousant à la fois Lia et Rachel, les deux filles de Laban, n'était-il pas plus près que nous du sentiment primitif de la loi naturelle et de la révélation? Oserais-tu le blâmer, toi chétif, de ce que, cédant aux supplications de sa Rachel bien-aimée, il épousa même un peu par surcroît sa servante Bala, à la seule fin de se donner un fils?... En présence de cette idylle de l'âge patriarcal, que deviennent nos théories, nos idées, nos préjugés, fruits d'une éducation vaine.

Certes, tu ne me feras point l'injure de croire que, chancelant dans mes croyances, je songe à déserter ici les principes dans lesquels je suis né. Mais une étude aussi sérieuse que celle à laquelle je me dévoue, réclame le plus tendre et le plus loyal examen... Je ne juge pas, je constate... En fait, il est positif que de nos jours encore les peuples inscrivant dans leurs lois la pluralité des femmes sont beaucoup plus nombreux que les peuples monogames... L'autorité de la statistique démontre que sur un milliard d'habitants de la terre, le christianisme, avec toutes ses branches et judaïsme compris, ne compte que pour deux cent soixante millions d'âmes, — selon Balbi — deux cent quarante millions, selon la Société biblique de Londres. Le reste: Mahométans, Bouddhistes, Pyrolâtres, Idolâtres cultivant plus ou moins la polygamie, il en résulte que sur notre globe terraqué, les monogames ne sont positivement que dans la proportion d'un tiers. Voilà la vérité vraie!...

Avons-nous tort?... Ont-ils raison?... Décider sur ce point n'est point mon affaire. Des philosophes et des théologiens autrement entêtés que moi y ont perdu leur latin aussi bien que leur grec. Voltaire, qui était fort subtil, a résolu la question à sa manière, en supposant qu'un Dieu imaginaire avait décrété cette originale inégalité de situation, en disant:

« Je vais tirer une ligne du mont Caucase à l'Egypte, et de l'Egypte au mont Atlas: tous ceux qui habiteront à l'orient de cette ligne pourront épouser plusieurs femmes; ceux qui seront à l'occident n'en auront qu'une. »

Et, de fait, il en est ainsi. 

Mais, ce point important résolu, il nous reste à élucider une question plus haute, toute de sentiment. Le culte de la femme étant notre seul objectif, il s'agit de décider de quel côté de la ligne ce culte est le plus sacré, le plus digne et le plus flatteur pour elle. A coup sûr, notre dogme est plus pur, notre loi plus divine. Cependant, en juges sincères, il nous faudrait peut-être examiner si nous ne dérogeons pas à nos principes absolus. Et, je l'avoue, ce n'est point sans quelque embarras que j'aborde ici ce point délicat. Devant tout tribunal, la polygamie est un cas pendable... Je le veux bien, mais ne pourrait-on pas dire que, dans la pratique, la plupart savent fort bien que la loi n'est pas observée... Quel juge, le plus austère, n'y a point contrevenu? En somme, confessons-le tout bas si tu veux, mais à moins d'avoir catalogué ses amours, comme Don Juan, et sans être un Lovelace, quel est l'homme de trente ans, je te prie, capable de se rappeler le nombre de ses maîtresses?... Quoi, c'est là cette arrogante dont nous faisons si grand bruit? Diras-tu qu'il ne faut voir dans ces erreurs que la licence d'une dépravation tolérée au profit d'un idéal de vertu!... Mais déduis-en les conséquences fatales de cette hypocrisie. Que deviennent les aspirations de nos vingt ans, les illusions, les rêves dans ces liaisons banales, dans ces promiscuités dégradantes qui sont le courant de nos mœurs, et d'où l'on sort à trente ans sceptique, le cœur et l'âme flétris?... De ces ivresses malsaines, que recueillir, sinon le mépris de la femme et le doute de toute vertu?...

Chez le Turc, l'amour illégitime n'existant pas, la femme est un objet de respect absolu. N'ayant jamais un maître, elle ne saurait déchoir à ses yeux. Achetée esclave, elle devient épouse le jour où elle entre au harem; ses droits sont sacrés, elle ne peut plus être abandonnée. Les lois la protègent, elle a une position reconnue, un titre... ses enfants sont légitimes, et si par hasard...

J'interromps cette digression philosophique pour t'annoncer un événement majeur... El-Nouzha vient d'être le théâtre de péripéties sanglantes... Une révolte s'est déclarée parmi mes sultanes.

XIV

OMMENT a éclaté ce coup de foudre, au moment même où je me berçais de la plus innocente quiétude?... Il n'est possible de le comprendre qu'en remontant le cours des faits intimes que les changements survenus à Férouzat m'avaient fait négliger.

Tu n'as pas oublié, je pense, la terrible alerte jetée dans mon harem par la nouvelle de la résurrection de mon oncle. Cette journée de transes et d'angoisses avait été vraiment très cruelle pour mes pauvres houris, s'attendant à quelque drame turc et funèbre. Les terreurs dissipées, une recrudescence d'expansion s'était exhalée de tous les cœurs; mais, par disgrâce, je te l'ai dit, un petit détail en apparence insignifiant de cette journée devait troubler l'harmonie jusque-là si parfaite, et susciter des jalousies. Kondjé-Gul était allée au château, et une envie folle de tenter pareille escapade s'était logée dans la tête de Nazli et de Zouhra. J'avais dénoncé ma formelle opposition. Ce désir puéril s'était naturellement changé en idée fixe, du moment qu'il avait rencontré un obstacle. Dans le cercle restreint de pensées où elles se meuvent, leurs imaginations s'étaient montées. La curiosité, l'attrait du fruit défendu... Bref, voyant ma désolation réelle, qui s'avivait encore par mille soupçons jaloux d'une préférence pour Kondjé-Gul, j'en étais presque venu à ma résolution de céder une fois, lorsque ma tante arriva, ce qui coupait court à toute velléité de faiblesse.

Je me croyais donc armé d'une triomphante raison de refus; mais il en fut tout autrement. En apprenant que la femme de mon oncle était au château, elles me demandèrent à faire sa connaissance. Selon l'usage turc, elles devaient même, comme cadines, une visite à la femme de mon oncle, « que son titre d'épouse légitime mettait hiérarchiquement au-dessus d'elles ». Je m'en tirai en leur objectant que, ma tante étant chrétienne, sa foi défendait toute relation musulmane.

... ô ami, ce qui distingue particulièrement la femme turque de la femme perfectionnée par notre civilisation remarquable, c'est la forme du respect instinctif, inné, qu'elle garde toujours pour l'homme. L'homme est le maître, le supérieur; elle est sa servante et il ne viendrait jamais à l'idée qu'elle pût être son égale. Le Koran, sur ce point, n'a guère modifié la tradition biblique. Malheureusement, je le confesse, j'ai dérogé dans mon ménage à la loi musulmane. Epris d'un idéal supérieur, tu comprendras, sans que je l'énonce, que mon premier soin a été d'abolir l'esclavage du harem, en inculquant tout d'abord à mes houris des principes conformes à mon titre de chrétien. Je voulais, nouveau Prométhée, animer de l'étincelle divine ces jeunes et belles barbares, encore attardées dans leurs superstitions d'Orient; je voulais élever leur âme, cultiver leur esprit, en faire mes compagnes enfin et non plus des jouets.

Je puis proclamer, avec orgueil, que j'ai en partie réussi dans ma tâche. Trois mois de ce régime ne s'étaient point écoulés que toute trace de joug avait disparu. Cependant, je dois en faire l'aveu, l'éducation de leur intelligence ne marchait point du même pas que la culture de l'âme, et les exposait encore à bien des solécismes. J'avais d'ailleurs intérêt à les tenir dans une certaine ignorance des lois absolues de notre monde. Imbues de leurs croyances natives, leur crédulité acceptait sans hésitation tout ce qu'il me plaisait de leur raconter sur « les usages des harems de France », et elles s'y conformaient sans prétendre à plus de science. Il n'en résulta pas moins dans leur esprit des principes d'indépendance et de volonté qui devaient naître avec l'élévation de leurs sentiments. Cette notion d'un amour plus tendre et plus vrai leur était désormais une arme contre mon autorité absolue. Heureux d'être un amant plutôt qu'un maître, je n'y perdais rien; l'amour s'avive de ces mille jolis stratagèmes d'une femme qui aime, qui veut... et ne veut pas. Et moi, j'avais quatre femmes. De leur côté, n'ayant d'autre ambition, d'autre souci que de me plaire, comme à l'unique objet de leur commune flamme, chacune d'elles s'efforçait à me conquérir pour prendre avantage sur ses rivales, émulation dont je goûtais les charmes. Cependant, bien que je fisse le partage de mes tendresses avec une équité rare, je n'évitais pas toujours entre elles les querelles de jalousie. C'étaient alors des tristesses, de tendres reproches, nuages se fondant en pleurs. L'accord revenait avec ses gaietés folles; mais tu ne sais pas ce que c'est que de tenir dans la concorde d'un parfait ménage ces imaginations mobiles, exaltées par leur soleil d'Orient qui mêlaient leurs superstitions aux idées supérieures dont je m'efforçais de leur inculquer les notions, et qu'elles prenaient parfois à contresens. Tout cela produisait des originalités charmantes. Mes petits animaux devenaient femmes, et, avec le sentiment d'un amour plus réfléchi, je voyais poindre aussi des caprices de coquetterie mutine, au moindre soupçon de préférence dont elles croyaient pouvoir m'accuser.

Il faut te dire que Kondjé-Gul, réellement très intelligente, s'était mise à étudier avec beaucoup d'ardeur; il s'ensuivit naturellement qu'elle profita mieux des leçons que les autres prenaient en se jouant. En trois mois, elle avait su passablement le français; c'était elle qui leur traduisait les romans. De là, une supériorité qui devait déjà susciter quelques envies, n'eût été par surcroît la fameuse escapade au château, dont la folle leur faisait des récits merveilleux pour se donner des airs de favorite. Je dois ajouter aussi que Kondjé-Gul, jalouse à l'excès, laissait bien éclater parfois ses fougues ombrageuses. Hadidjé, je ne vois vraiment pas pourquoi, excitait particulièrement ses craintes. Hadidjé avait la tête fort vive. Il en résultait entre elles des froideurs; ce n'étaient là cependant que de légers brouillards sur mon azur. A la passivité du harem, j'avais substitué l'amour; à l'obéissance, l'élan du cœur et des libres expansions.

Pourtant, je dois ajouter aussi qu'en s'élevant à de plus pures notions du vrai, mes houris gardaient trop des instincts de leur race pour ne point s'enorgueillir comme des enfants de leur situation nouvelle. Egales toutes dans leurs droits, elles prétendaient au même rang. Il en advint que Hadidjé, Nazli et Zouhra prirent à la fin ombrage de Kondjé-Gul. Kondjé-Gul avait le tort de viser à les dépasser. « Kondjé-Gul, disaient-elles, voulait faire la savante. Kondjé-Gul prenait des airs de sultane validé. » Je dois avouer que cette coquette ne s'appliquait que trop bien à leur faire sentir ses avantages, dont elle était un peu fière. Un soir, elle se mit au piano et, négligemment, joua un bout de valse qu'elle avait appris en secret pour me faire une surprise. Tu devines l'effet. Ce triomphe acheva d'exaltation des esprits; la soirée se passa en bouderies. Enfin, un jour, en arrivant au harem, je trouvai Kondjé-Gul enfermée chez elle tout en larmes. L'orage, longtemps suspendu, avait fondu sur sa tête altière; Hadidjé, Zouhra, Nazli, l'avaient battue.

J'apaisai encore les discordes au moyen d'une nouvelle déclaration de principes. La réconciliation fut scellée dans une effusion générale; mais une faction était née. Au moment où je m'y attendais le moins, Nazli, Hadidjé et Zouhra reprirent leur idée de venir en secret au château. Ce projet, toujours caressé, qui n'avait donné jusque-là qu'une suite d'escarmouches détachées, fut alors poursuivi en corps de troupes, combinant leurs manœuvres de siège avec une entente rare de hardiesse et de prudence. Leur acme, c'était la tendresse et ces mille cajoleries de femmes qui nous font presque toujours céder, de guerre lasse, à leurs plus injustes volontés. Mon ménage oriental ne marchait plus que sur des fleurs... mais le piège était sous la jonchée... Au bout de quelques semaines, quand je fus bien enlacé dans les rets subtils de leurs astuces, la tactique changea avec ensemble; elles ne dirent plus un mot de Férouzat, seulement, je vis bientôt s'accuser çà et là des caprices frivoles, des maussaderies soudaines, des refus inattendus.

Mes odalisques étaient civilisées.

J'étais trop bon tacticien moi-même pour me laisser déborder par ce jeu de coquetterie, dont je feignais de ne point voir l'accord. Au moindre succès qu'elle semblait remporter sur moi, je détournais aussitôt mon attention sur Kondjé-Gul, et la faction se débandait, se rendait tout

-entière à merci. Malheureusement, Kondjé-Gul, confiante dans ma faiblesse pour elle, voulut tenter une victoire décisive par un grand coup d'éclat. Un de ces derniers soirs, comme elle m'avait accompagné jusqu'à la porte secrète, elle la franchit tout à coup, en riant, et prit sa course vers le château en plein parc de Férouzat. Je m'élançai sur ses traces et l'eus bientôt atteinte, embarrassée qu'elle était de ses babouches et de sa robe traînante. Je la ramenai au harem, où les autres semblaient attendre tout en émoi le résultat d'une aussi audacieuse tentative. J'appris là « qu'elle s'était vantée d'obtenir sur elles ce nouveau triomphe ». L'esclandre était publique. Après un tel acte de révolte, il fallait un exemple; je fus sévère, une scène terrible s'ensuivit. Kondjé-Gul avait trop d'orgueil pour s'humilier devant ses rivales qui se réjouissaient de sa défaite. Égarée par le dépit, emportée par sa folle tête, elle amena entre nous une brouille complète; pendant trois jours, elle resta hautaine, arrogante, acceptant sa disgrâce, sans daigner faire un pas vers une réconciliation. Inutile de te dire si Nazli, Hadidjé et Zouhra redoublèrent de tendresse et de soins.

J'en étais là, lorsque survint l'événement capital que j'ai entrepris de te narrer.

L'autre soir, j'étais au harem, Nazli et Zouhra jouaient des airs turcs sur la cithare, tandis que Hadidjé, assise à mes pieds, la tête appuyée sur ses mains croisées sur mes genoux, murmurait en chantant les paroles de chaque mélodie. Kondjé-Gul, digne et froide, dans l'attitude à la fois provocante et résignée d'une rebelle endurcie, fumait une cigarette auprès de la vérandah; mais les coups d'œil furtifs qu'elle jetait sur Hadidjé démentaient son calme affecté. Depuis l'avant-veille, nous n'avions point échangé une parole; elle s'était ce jour-là attifée avec une étonnante recherche comme pour me faire contempler les splendeurs de mon paradis: son admirable chevelure, en longues tresses, pendait un peu en désordre sous la calotte brodée de perles. En dépit d'un grand voile de gaze dont elle feignait de s'envelopper pour dérober ses attraits à mes regards profanes, son corsage mal attaché tombait juste à point pour laisser voir les délicieuses fossettes de ses épaules, et les blancheurs de sa poitrine de neige. Son visage de Vénus irritée avait une expression mutine et résolue. Elle avait mis du noir sous ses yeux (ce que je proscris) et s'était allongé les sourcils, qui se rejoignaient à la turque... La criminelle était adorable ainsi.

À un moment, la musique cessa.

— André, me dit Hadidjé, ne veux-tu pas venir un peu au jardin?

— Allons! répliquai-je, et je me levai.

Elle prit mon bras. Zouhra et Nazli nous suivirent. En sortant par la vérandah, je passai près de Kondjé-Gul; elle fit un mouvement de recul superbe, comme si elle eût craint que sa robe ne fût frôlée par moi. Et, foudroyant Hadidjé sous l'expression de son mépris, elle s'enveloppa de son voile et s'accouda sur la balustre, nous regardant partir. Il faisait ce soir-là un délicieux temps d'automne. L'air était tiède, le ciel clair étoilé. Sous nos pas bruissaient les feuilles sèches. Hadidjé voulut faire une promenade en bateau, nous allâmes vers le lac. Tout en voguant par les éclaircies d'arbres, nous apercevions parfois Kondjé-Gul dont la silhouette immobile se détachait comme une ombre solitaire, devant la fenêtre illuminée du salon.

— C'est bien fait! dit Hadidjé qui ramait avec Nazli, elle s'ennuie! Aussi pourquoi veut-elle prétendre à des privilèges sur nous!... Restons ici.

— Oh! répondit Zouhra nonchalante sur ses coussins, pas toute la soirée, car il fait un peu froid.

— Pourquoi n'as-tu pas pris ton *féridjé*, frileuse? reprit Nazli.

— Je vais aller le chercher si tu veux, dis-je à Zouhra.

— Oh! non, répondit-elle vivement; si tu nous laissais nous aurions peur.

— Eh bien! je vais y aller, moi, reprit Hadidjé, qui tenait à son idée. Abandons.

Nous accostâmes au plus près du château, et Hadidjé, peu rassurée malgré tout, s'éloigna en courant.

— Regarde-moi bien tout le temps, n'est-ce pas? me dit-elle en ramassant sa longue jupe.

Nous la vîmes bientôt atteindre la vérandah sans périls. Elle monta les degrés, passa devant Kondjé-Gul. Il nous sembla que Kondjé-Gul lui parlait avec véhémence, et qu'elle lui répondait sur le même ton. Enfin elles étaient rentrées toutes deux, quand tout à coup nous entendîmes des cris perçants. Prévoyant quelque algarade entre mes deux jalouses, je m'élançai, suivi de loin par Zouhra et Nazli, tremblantes de rester seules. En entrant au harem, je trouvai Hadidjé et Kondjé-Gul les cheveux épars, les vêtements déchirés, enlacées l'une à l'autre. Kondjé-Gul s'était armé d'un petit poignard d'or qu'elle portait dans ses cheveux, elle en frappait Hadidjé. A ma vue, elle s'enfuit, et courut s'enfermer dans sa chambre.

Nous nous empressâmes auprès de la pauvre Hadidjé. Elle avait été atteinte à l'épaule et le sang coulait. Par bonheur, l'arme, trop inoffensive pour blesser grièvement, n'avait pu pénétrer; mais, brisée sur le coup, elle avait produit une assez large égratignure. Je fus bientôt rassuré. J'apaisai les

cris, non sans efforts. Mohammed et les gens étaient accourus, je les renvoyai tous, et ayant calmé Nazli et Zouhra, j'étanchai la blessure avec de l'eau. Au bout de quelques minutes, Hadidjé qui s'était crue morte, reprit elle-même son sang-froid et ne se plaignit plus que tout juste ce qu'il fallait pour rester intéressante. Je l'interrogeai alors. Elle nous dit que, comme elle était entrée dans le salon pour prendre un *féridjé*, Kondjé-Gul l'avait suivie, et là, s'abandonnant tout à coup à une scène de violence, elle l'avait accusée d'être la cause de sa disgrâce, lui reprochant d'hypocrites manèges pour m'accaparer. Hadidjé, suivant sa version, n'avait répondu qu'avec une extrême douceur, lorsque soudainement Kondjé-Gul, exaspérée, s'était précipitée sur elle avec son poignard.

Je connaissais trop le caractère de Hadidjé pour ajouter foi entière à tout son récit; mais il importait de couper court à de telles équipées. Le bonheur de mon ménage, jusque-là si paisible, était compromis si je n'agissais point en époux équitable et sévère. Après l'attentat commis par Kondjé-Gul, mes houris, la tête montée, réclamaient une vengeance éclatante, et demandaient déjà que je la livrasse au cadi. — Le cadi, c'était beaucoup. — J'eus peine cependant à désarmer leurs rigueurs; enfin elles s'en tinrent à un châtiment moins tragique, qui se bornait à l'exclusion de cette indigne compagne et à son renvoi.

Je promis de donner satisfaction à leur légitime courroux. Et, laissant Hadidjé aux soins de Zouhra et de Nazli, je déclarai que j'allais, à l'instant, faire subir un interrogatoire à la coupable... après quoi, je prononcerai la sentence.

Kondjé-Gul s'était enfermée chez elle. Je la trouvai assise sur son lit défait, et dont les coussins semblaient avoir été foulés dans un accès de désespoir et de rage: une attitude de foudroyée, le regard sombre, ses mains contractées sur ses genoux. Son visage et son cou portaient la trace des ongles de Hadidjé. Le noir de ses yeux s'était, par places, étendu sur ses joues, et l'avait toute barbouillée. L'air d'une petite sauvage avec des grâces d'enfant.

Elle ne bougea pas à mon entrée; je marchai jusqu'à elle, et avec l'accent solennel d'un juge:

— Malheureuse... qu'as-tu fait? lui dis-je.

Elle garda le silence et demeura immobile, les yeux fixés sur le tapis.

— Après une belle action, ne répondras-tu pas? repris-je.

— Pourquoi l'aimes-tu?... dit-elle enfin d'un ton farouche.

— Et pourquoi t'aimerai-je, toi? répliquai-je, quand ton méchant caractère, ta jalousie l'emportent à la désobéissance, au crime?... quand tu suscites parmi nous des querelles et des désordres?

— Alors tu ne m'aimes plus? s'écria-t-elle avec explosion.

Mon interrogatoire s'égarait.

— Ce n'est point l'heure de te répondre. En ce moment, je te demande compte de l'action que tu viens de commettre.

— Eh bien! si tu ne m'aimes plus, je veux que tu me l'avoues, et je mourrai! Que t'ai-je fait pour que tu me préfères Hadidjé? Elle est plus belle que moi, peut-être? Si tu me trouves laide, ajouta-t-elle avec l'accent d'un désespoir concentré, dis-le-moi, j'irai me jeter dans le lac, et tu ne me verras plus!

— Mais non, je ne dis pas cela, repris-je, essayant d'arrêter cette diversion.

— Alors, que me reproches-tu? Hadidjé t'aime mieux que moi peut-être?

— Il ne s'agit point des sentiments de Hadidjé ni des miens. Il s'agit de tes violences, du coup de poignard dont tu l'as frappée!

— Pourquoi m'a-t-elle dit que tu l'aimes mieux que moi? répondit-elle.

— Elle t'a dit cela?

— Oui! Et elle prétend que tu l'as juré. Moi, je ne veux pas être aimée comme une esclave. J'ai appris dans tes livres que les femmes de ton pays meurent quand elles ne sont plus aimées; si tu ne m'aimes plus, je veux mourir! Tu m'as dit que j'ai un cœur, une âme, une intelligence comme elles, et que l'amour d'une femme la fait égale de son maître. Oses-tu dire, ingrat, que je ne t'aime pas? Ai-je jamais été jalouse de Zouhra, de Nazli? Pourquoi cette Hadidjé serait-elle tout pour toi? Si tu ne veux plus de moi, ajouta-t-elle avec une explosion de douleur, eh bien! coupe mes cheveux, rase mes sourcils, et mets-moi avec les servantes!

En disant ces mots, elle s'était jetée à mes pieds, qu'elle embrassait comme en délire. Ses larmes ruisselaient sur ses joues, sur mes mains qu'elle couvrait de baisers. Dans le désordre de son affliction, elle avait des accents d'une si poignante détresse que, décidé à punir, je me sentais attendri malgré moi. Devant ces élans d'une passion qui ne concevait rien en dehors de sa fureur jalouse, je m'apercevais que j'essayais vainement d'éveiller en elle la conscience de son action coupable. Elle n'écoutait, ne ressentait que le cri de sa propre douleur. — Je ne t'aimais plus et j'aimais Hadidjé! — Ces mots revenaient sur ses lèvres avec des sanglots si déchirants que, ému de pitié, oubliant mes résolutions, je ne pus me défendre de laisser échapper une parole de protestation. A peine l'eus-je prononcée:

— Est-ce vrai?... s'écria-t-elle. Tu m'aimes; le jurerais-tu?...

Je compris mon imprudence, mais il était trop tard. Kondjé-Gul, passant de l'affliction à la joie, m'avait enlacé de ses bras.

— Eh bien! oui, dit-elle, j'ai été folle; depuis trois jours, j'aurais dû me jeter à tes pieds! Si tu savais comme j'étais malheureuse de ta froideur! Tiens, quand tu es entré tout à l'heure, croyant t'avoir perdu pour toujours, je cherchais comment j'allais me tuer... Mais tu m'as pardonné, n'est-ce pas?... Non, ne me parle pas d'elles! reprit-elle vivement, voyant que j'allais répondre. Tu sais bien que je ne suis plus comme elles; tu as formé mon cœur pour un autre amour que celui du harem. Je ne l'aime plus comme elles, moi!... Mais toi, tu m'aimeras comme tu voudras, comme ta servante, si c'est ta volonté. Enferme-moi pour me punir; je ne te demande rien que de te voir, que de t'aimer. Oui, j'ai mal fait de frapper cette Hadidjé; tu sais bien que je suis encore une sauvage, puisque tu me le dis souvent... Eh bien! apprends-moi tes sentiments, ta religion... Dis comment tu me veux? ajouta-t-elle enfin d'une voix si douce et si attendrie que j'en fus tout remué.

J'étais atterré de ce langage, de cette éloquence passionnée que je ne soupçonnais même pas et que j'entendais sortir de ses lèvres pour la première fois. Le papillon de l'âme avait ouvert ses ailes, Psyché était née à l'amour... non plus à cet amour passif et vague qui n'était que l'éveil des sens et de la volupté, mais à cet amour du cœur qui est la vie, avec ses souffrances, ses joies, ses délires. Je la contemplais tout surpris, me sentant attiré par je ne sais quel charme nouveau...

Louis, que te dirai-je? Une heure après être entré chez Kondjé-Gul, notre brouille, ses jalousies, son crime, le châtiment promis, tout était oublié.

Cependant, revenu à une plus exacte appréciation de ma défaite, je ne pus me dissimuler l'embarras qui allait résulter pour moi d'une aussi étrange conduite. Il était au moins bizarre de laisser voir à mes femmes que la scène de violence et le coup de poignard reçu par la pauvre Hadidjé fussent devenus précisément une cause de réconciliation... Comment reparaître devant la victime à qui je devais justice?... Il était vraiment impossible de montrer un tel dédain du fas et du nefas, en couronnant son attentat par un aussi incroyable pardon: qu'allaient dire Zouhra et Nazli? C'en était fait de mon autorité, de mon caractère.

Il fallait donc à tout prix voiler ma trop imprudente faiblesse, jusqu'à ce que les passions fussent apaisées, jusqu'au moment enfin où une démarche de Kondjé-Gul, auprès de Hadidjé, pourrait amener l'excuse d'un égarement fâcheux. Mais, aux premiers mots que je prononçai pour faire appel à sa raison, Kondjé-Gul, tout orgueilleuse de m'avoir reconnu, se faisant une arme de ma défection même, ne voulut point entendre parler d'humiliation auprès d'une rivale; en vain je lui représentai que ma dignité, les convenances et la justice étaient en jeu. Elle tenait à sa victoire et ne voulait rien rabattre de ses avantages. A la fin pourtant, elle comprit la gravité de ma situation.

— Eh bien! sais-tu? me dit-elle, voilà ce que nous ferons, et ce sera très gentil. Tu leur diras que tu as été inexorable, et que tu m'as traitée comme une odieuse créature. Moi, j'aurai l'air encore plus fâchée contre toi. Devant elles nous nous bouderons, nous leur ferons croire que tout est décidément fini entre nous, que tu as décidé de me renvoyer, de me faire vendre.

— Quelle idée! lui dis-je.

— Je t'en prie... Ce sera si charmant, ce secret!... Et alors il me semblera que je suis plus aimée qu'elles.

— Parce que nous les tromperons, je suppose.

— Eh bien! oui, s'écria-t-elle en riant, parce que nous les tromperons! — D'ailleurs, ajouta-t-elle d'un ton convaincu, tu comprends bien toi-même qu'il ne serait pas raisonnable d'agir autrement. D'abord, je te le déclare, jamais je ne demanderai pardon à cette maudite Hadidjé!

Il fallait bien accepter momentanément ce compromis, qui sauvegarderait au moins les exigences du décorum. En quittant Kondjé-Gul, je rentrai prudemment au château, de peur d'éveiller les soupçons de mes femmes.

XV

HUIT jours se sont écoulés depuis les événements dramatiques dont je t'ai raconté le singulier dénouement. Me voilà décidément en état de feintise réglée dans mon ménage: j'ai une intrigue cachée avec une de mes femmes. Kondjé-Gul, jouant la froideur, accentue son rôle avec des affectations mélancoliques mêlées de façons hautaines du plus curieux effet, et la folle en est ravie. Après deux ou trois jours de claustration, elle a reparu; elle cause cyniquement de son prochain départ et s'en réjouit. Nous nous traitons comme des époux définitivement divorcés, qui se paient néanmoins,

en gens bien élevés, une dernier tribut de stricte politesse après un irréparable désaccord. Hadidjé, Zouhra et Nazli, confiantes dans une victoire qui leur paraît désormais assurée, admirent mon grand caractère de justicier.

Mon cher Louis, faut-il te confesser le plus étrange résultat de cette affaire? — Oui, n'est-ce pas? — Je t'ai promis que cette étude psychologique serait sincère et que rien n'y serait éludé. Eh bien! dans mes observations d'analyste, ce mystère avec Kondjé-Gul, ces saveurs de fruit défendu, sont très certainement ce que j'ai encore découvert de plus exquis.

Dans ces entrevues cachées, j'ai découvert chez Kondjé-Gul, décidément douée d'une intelligence ouverte et droite, mille grâces que je n'avais même pu soupçonner dans nos habitudes de harem. Rien de plus étrange et de plus charmant que cet amour d'esclave, encore humble et craintif, et comme ébloui dans le rayonnement de son rêve. Ses idées orientales, ses superstitions d'enfance, se mêlant aux notions indécises qu'elle a de notre monde et d'un idéal plus vrai, forment dans son cœur et dans son esprit le plus original contraste. On dirait un oiseau soudainement surpris de se sentir des ailes, et qui n'ose encore s'élancer dans l'espace. Joins à tout cela les fougues d'une passion exaltée peut-être par la solitude, ou par la satisfaction d'une victoire obtenue sur ses rivales, et, si tu blâmes ma conduite, tu comprendras du moins les séductions qui ont précipité ma chute.

A Férouzat, grande nouvelle, les chameaux sont retrouvés! Une lettre du capitaine Picklok nous l'annonce. Mon oncle est dans la joie; nous projetons un voyage à Marseille pour aller les recevoir. D'autre part, ma tante a entrepris, sans avoir l'air d'y toucher, une grande œuvre de bienfaisance avec le docteur Morand. — Il faut te dire que le docteur a découvert ici, il y a quelques années, une source d'eau thermale ferrugineuse dont les effets ont été vraiment merveilleux sur quelques rares sujets qu'il a pu attirer dans ce trou. Il s'agit d'établir une sorte d'hôpital pour les convalescents. Ma tante a tout de suite décidé qu'elle, mon oncle ou moi, nous en ferions les fonds. Une centaine de mille francs sont plus que suffisants pour cette modeste fondation. Seulement, par un sentiment de délicatesse et pour voiler toute apparence d'ostentation, il a été convenu avec le maire et le curé qu'on ferait appel à des souscriptions pour donner une apparence de charité commune, et dissimuler un bienfait tout personnel en y associant le pays. Il s'ensuit que Férouzat a eu la visite du préfet, orné de quelques conseillers généraux, et que, de plus, ma tante a organisé un comité des notables du voisinage. Je suis naturellement son secrétaire, et je te laisse à penser si son activité me surmène.

Je t'assure qu'il y a dans ma tante l'étoffe d'un homme d'État.

XVI

MON ami, un incident d'ordre public et d'une gravité tout exceptionnelle vient de me jeter dans le plus grand désarroi.

L'autre matin, ma tante partait en tournée pour sa fameuse affaire.

— André, me dit-elle, accompagnez-moi comme un beau neveu, j'ai besoin de vous.

Et nous voilà partis en calèche dans la grande allée du château; moi, pensant que nous allions chez le docteur ou chez les Cambouliou. Arrivés à la grille, Bernard, du haut de son siège, demanda les ordres.

— A El-Nouzha, dit ma tante.

— Quoi! m'écriai-je, chez Mohammed-Azis?

— Oui, reprit-elle, le nom de Son Excellence fera très bien sur notre liste. Il y sera comme un gage de nos bonnes relations extérieures.

— Y songez-vous? Un mahométan!

— Bon, la charité d'un infidèle ne se distingue pas dans les effets de la charité d'un chrétien.

— Mais il vit fort retiré, une telle visite va beaucoup le surprendre.

— Vous êtes lié avec lui, vous êtes mon introducteur, rien de plus correct; c'est pourquoi je vous ai emmené.

Rien de plus correct en effet: j'étais pris, et je n'avais plus à espérer que dans la tenue de Mohammed-Azis et dans son baragouin, qui rendrait du moins la conversation si difficile que j'y interviendrais aisément. Nous roulions toujours; ma tante était ravie. Je réussis assez bien à dissimuler mes préoccupations.

Au bout d'un quart d'heure nous arrivions devant la demeure de Son Excellence. La porte était fermée, comme toujours. Le valet de pied descendit, sonna, nul ne répondit. J'espérai un instant; mais au troisième coup de cloche ordonné par ma tante, un des gens de Mohammed, cerbère à poste fixe de ce côté, parut dans l'encadrement de la petite porte.

— Son Excellence Mohammed-Azis est au château, n'est-ce pas? lui cria ma tante. Annoncez-lui la visite de M. André de Peyrade.

Me reconnaissant dans la voiture, Cerbère hésitait. Il allait tout bonnement ouvrir pour faire passer la calèche. Je lui enjoignis vivement d'obéir à ma tante. Faire avertir Mohammed, c'était déjà le mettre sur ses gardes.

— Il est inutile de faire entrer la voiture, me dit ma tante, nous traverserons la pelouse à pied. — Y est-elle encore, la pelouse?

— Oui, ma tante.

— Alors, donnez-moi la main pour descendre, et en avant! Si Son Excellence ne reçoit pas, j'aurai du moins entrevu un coin du parc... Quelle idée a eue le capitaine de lui louer cela?

Elle m'entraîna sans plus de façons, et nous entrâmes.

— Oh! les sycomores sont devenus superbes, dit-elle.

A ce moment, nous aperçûmes Mohammed descendant le perron et venant au-devant de nous.

— Ah! Son Excellence est dans les vieilles idées, reprit ma tante, et garde le costume des croyants. Puisqu'il vient hâtons-nous, par politesse.

Le péril était imminent, et rien ne pouvait plus m'en sauver. Je fis appel à tout mon sang-froid. A quelques pas de Son Excellence, je me détachai vivement et courus à lui.

— Attention, lui dis-je à mi-voix, c'est ma tante. Tiens-toi, et qu'elle ne soupçonne rien!

Je lui fis alors la présentation officielle en m'énonçant en ce fameux *sabir* que tu sais. Mohammed ébauchait déjà, dans le même idiome, un compliment digne autant qu'obscur, quand ma tante, tout à coup, lui répondit dans le turc le plus pur... Je me sentis perdu.

Une minute après, nous étions installés dans le salon du sélamlik. Ma tante exposa l'objet de sa démarche. Je dois dire que cet animal de Mohammed joua son rôle avec une gravité des plus plaisantes, bien que pourtant un peu craintive, comme s'il eût senti planer dans l'air un des coups de bâton à l'aide desquels sans doute mon oncle l'avait stylé. Je ne le quittai pas du regard, et ses yeux allaient de ma tante à son neveu avec une expression de détresse. Il suait à grosses gouttes. Enfin, sur un signe de moi, il avait promis généreusement sa souscription, et ne s'en était pas mal tiré.

Je respirais déjà, allégé de mes transes, lorsque ma tante, au moment de clore l'entrevue, lui exprima, dans les formes de la plus gracieuse étiquette, le désir de faire une visite à ses filles, dont elle serait enchantée de faire la connaissance.

J'eus un étourdissement. Refuser l'entrée du harem à une femme du rang de ma tante, c'était une offense; elle savait trop les coutumes musulmanes pour qu'il fût possible de lui opposer une défaite. Mohammed, toujours majestueux, n'hésita point à répondre par un salut d'acquiescement ravi, et, sans le moindre embarras, il se leva en disant qu'il allait leur faire annoncer cette bonne fortune. Je fus un peu rassuré. A la façon dont le drôle avait joué l'Excellence, il était évident que ce n'était point la première fois qu'il se trouvait appelé à sauver la situation.

— Vous voudriez bien me suivre, me dit en riant ma tante, lorsqu'il nous eut quittés.

— Certes oui, répondis-je d'un ton assez dégagé. Pourtant si ses filles lui ressemblent, avouez qu'il vaut peut-être mieux rester sur l'illusion.

— Innocent! Avec un Turc, on ne sait jamais ces choses-là.

Mohammed entrait dire à ma tante qu'elle était annoncée, et, la précédant en grande cérémonie, il lui ouvrit les portes communiquant au harem. Je restai seul. Qu'allait-il advenir? Bien que je fusse déjà tranquillisé par l'incroyable aplomb de mon eunuque, l'instant était critique. Il était évident qu'il devait y avoir une grande agitation parmi mes houris. A l'aise dans leurs bavardages, puisque ma tante parlait le turc, elles allaient peut-être naïvement tout trahir. Qu'une d'elles prononçât mon nom, ma tante savait tout.

J'attendais, dans une inquiétude que tu devines. Enfin, après une demi-heure d'anxiétés cruelles, le bruit de la porte dans la pièce voisine m'avertit que j'allais connaître mon sort. Ma tante entra, je n'osais la regarder. Par bonheur, aux premiers mots, je compris que j'en avais été quitte pour la peur: elle complimentait Mohammed d'être un aussi heureux père, lui promettant de revenir souvent dépenser quelques heures avec ses aimables filles, et nous prîmes congé de Son Excellence.

Au retour, ma tante ne tarit pas d'éloges sur les jeunes musulmanes en me raillant de ma longue attente solitaire, séparé par quelques murs de si jolis oiseaux emprisonnés dans leur cage d'or. Pendant tout le déjeuner, elle régala mon oncle de la description de ces merveilles de beauté. Il me regardait du coin de l'œil, d'un air furibond.

Dès que je pus m'échapper, je courus à El-Nouzha pour interroger Mohammed sur ce qui s'était passé au harem. Il me raconta la scène dans ses plus grands détails. Nazli, Hadidjé et Zouhra étaient seules lorsqu'il avait été les préparer à la visite de ma tante. Kondjé-Gul, lisant dans sa chambre, on ne l'avait point fait avertir. A la nouvelle d'un si grand événement, mes houris avaient jeté des cris de joie. Dressé par mon oncle à ne jamais oublier son rôle de père, il avait eu le soin de leur rappeler que, par suite

des convenances particulières à la France, elles ne devaient point laisser soupçonner qu'elles me connussent... Elles avaient promis ce qu'il avait voulu, jurant d'observer toutes ses recommandations. A sa vue, mes houris se levèrent un peu intimidées, ma tante les mit bien vite en confiance avec un compliment et la conversation s'engagea. Inutile de te dire que la toilette de la comtesse de Monteclaro en fut le principal thème.

Je ne te peindrai pas l'émoi dans lequel je trouvai mes sultanes, ni les récits qu'elles me firent à leur tour de ce grand événement. Leurs imaginations lancées s'entretenaient déjà de la nécessité absolue de rendre la visite de ma tante, dont la grâce les avait si naturellement charmées qu'elles ne supposaient même plus qu'il pût naître un obstacle à des relations si bien engagées. Elles ne tarirent pas de la soirée sur les incidents de cette heureuse aubaine, affectant devant Kondjé-Gul, laissée à l'écart, et qu'elles comptaient bien ne point associer à leur existence nouvelle, de rappeler tous les gracieux propos que la femme du pacha leur avait prodigués. C'était à coup sûr une revanche éclatante de cette escapade d'un soir dont leur rivale était si fière. La pauvre Kondjé-Gul, déjà désolée de n'avoir point eu sa part de cette fête inattendue, écoutait en silence, m'interrogeant des yeux tout atterrée. Je la rassurai d'un geste, laissant bavarder les folles, et déborder les effervescences de joie, des projets renversants qu'il eût été inutile de discuter.

Je songeais, à part moi, au dénouement forcé de cette complication imprévue. Bien que j'en fusse quitte cette fois pour la peur, le voile qui couvrait les secrets d'El-Nouzha ne tenait plus qu'à un fil; ma tante n'était point femme à s'abuser longtemps; le moindre mot imprudent, le moindre indice, allaient éveiller le soupçon dans cet esprit si subtil. La curiosité aidant, je n'étais même pas sûr, au fond, qu'elle ne se prêtât point avec empressement à un échange de relations avec les filles de Son Excellence; c'était à faire frémir.

Le résultat de mes réflexions fut de prendre un parti décisif pour couper court à des péripéties plus que délicates et trop faciles à prévoir. Notre séjour à Férouzat touchait à sa fin, et nous devions passer l'hiver à Paris; je résolus donc de brusquer le départ et de déménager sur-le-champ mon harem. Une fois perdu dans le bruit et la foule, mon secret serait en sûreté.

Le déménagement est décidé. Une conversation avec mon oncle a tout simplifié, car, comme bien tu le penses, j'ai dû m'ouvrir à lui sur le péril d'une semblable aventure, qui pourrait peut-être faire faire à ma tante un retour sur quelques incidents restés obscurs du passé du capitaine. Barbassou-Pacha ne s'en est pas troublé autrement; mais il a approuvé mes résolutions, et, tout en pestant un peu contre moi, m'a donné tout aimablement l'aide de sa haute expérience. Il avait, ou plutôt j'ai, paraît-il, à Paris, un hôtel qui était expressément installé pour Son Excellence Mohammed-Azis, lorsque mon oncle y faisait un séjour; des ordres ont déjà été expédiés de le tenir prêt. D'autre part, les raisons plausibles d'un voyage m'ont été préparées; une prétendue affaire importante, dont nous causons depuis quelques jours devant ma tante, « pourrait bien réclamer ma présence ». Vrai, le sang-froid de mon oncle est admirable.

En ce qui concerne El-Nouzha, faut-il dire si les éventualités d'un départ ont été l'objet d'un enthousiasme indescriptible. L'idée de venir à Paris a enflammé toutes les têtes et fait oublier sans regret les visites à Férouzat. Pour dérouter les conjectures, Mohammed partira demain ostensiblement pour Marseille, comme s'il retournait en Turquie. Les fraîcheurs de novembre ont commencé, rien de plus naturel que ce rapatriement qui, par un détour, aboutira au faubourg Saint-Germain où je le rejoindrai la semaine prochaine.

XVII

C'EN est fait! Tout s'est exécuté sans la moindre anicroche. Je t'écris de Paris, dans notre hôtel de la rue de Varennes, où il me semble revenu après des années d'absence, tant il s'est passé d'événements depuis six mois que je l'ai quitté. Tout ce qui m'entoure se rattache à un train de vie si loin de moi, que ce n'est que par un effort de pensée que je m'y retrouve et m'y reconnais.

Mon harem est installé rue de Monsieur, dans un superbe hôtel dont les jardins vont jusqu'au boulevard des Invalides. Mon oncle a véritablement le génie d'un épicurien antique égaré par hasard dans notre siècle; tu vois la rue, d'aspect froid et presque déserte. On s'y croirait dans un coin de Versailles aristocratique. Mon mystère est là bien caché! Mohammed à Paris n'est plus un ministre exilé; c'est tout modestement un riche Turc épris des goûts de la civilisation. Il s'appelle Omer-Rachid-Effendi, nom sous lequel il y est déjà venu deux fois. Mes houris sont émerveillées et leur joie ne se pourrait décrire. Naturellement, il s'est agi tout d'abord de les européaniser. D'après mes ordres, — car, comme tu t'en doutes, je ne parais pas, — le grand coutu-

...ster a été appelé par Mohammed. Quelle affaire! L'écueil était de rendre gauches ou guindées les allures orientales, emprisonnées tout à coup dans les géhennes de la civilisation. Par un heureux compromis de la mode, l'habile artiste leur a inventé des toilettes qui sont des miracles de bon ton et de simplicité. Rien de plus réussi que cette métamorphose: la coiffure surtout la complète à ce point, que je ne retrouve plus du tout mes almées sous le petit chapeau coquet de nos Parisiennes. Je te le répète, c'est une transfiguration pleine de surprises et d'attraits imprévus. Sous le costume de nos élégantes, cet éclat de jeunesse et d'excentrique beauté que j'admirais à El-Nouzha, m'apparaît avec je ne sais quel prestige de grâces nouvelles, que la comparaison immédiate avec les femmes de notre monde me fait mieux comprendre. Elles gardent, dans ces atours civilisés, un petit parfum de jeunes étrangères de distinction du plus piquant effet.

Une fois à Paris, naturellement, tout change, et leur existence n'allait plus s'écouler entre les quatre murs du harem. Elles étaient libres enfin de courir les promenades et de faire des excursions; mais là encore, grande affaire et la plus sérieuse... Aller par les rues, aux Champs-Elysées, au bois, le visage découvert comme des infidèles, c'était grave! Impossible de se résoudre à cet impudique oubli de la loi musulmane, et je l'avouerai-je, je ressentis moi-même je ne sais quel froissement bizarre à cette pensée. — J'en suis venu là!... Cependant, sortir enveloppées dans leurs triples voiles, il n'y fallait pas songer sous peine d'attirer partout sous leurs pas les remarques des badauds. Enfin, après bien des hésitations, Zouhra, la plus brave, se risqua à sortir avec moi, cachée au fond d'un coupé, et protégée par une sorte de mantille très épaisse qui, après tout, n'était guère moins impénétrable qu'un yashmack; puis, la curiosité aidant, la coquetterie peut-être combattant un peu l'instinct pudique, elles s'enhardirent, et firent un beau jour une promenade au bois, en landau, avec Mohammed. De mon côté, j'y allai à cheval et j'y rencontrai sans avoir l'air de les connaître. Tout se passa au mieux. L'équipage est simple et sévère, comme il convient à un étranger de distinction. Déguisé en Européen, Mohammed garde cet air de dignité sereine comme il convient à un père promenant ses trois filles. Rien enfin qui puisse éveiller l'attention; si quelque œil noir se trahit sous les voilettes brodées, la mode permet de les cacher suffisamment les traits pour dérober la beauté de mes sultanes aux regards trop hardis.

Il va sans dire que la pauvre Kondjé-Gul, toujours tenue à l'écart, n'est point de ces ébats; mais nous y gagnons des heures de liberté. Dès le second jour, pendant que mes femmes étaient au bois, nous sommes partis bras dessus, bras dessous, en vrais amoureux; c'était charmant! Nous gagnâmes à pied les boulevards. Tu devines ses ravissements à chaque pas. C'était la première fois qu'elle sortait seule à mon bras, qu'elle se sentait libre et comme évadée des murs du harem.

Nous avons déjà fait plusieurs de ces fugues, et rien n'est adorable comme les joies d'enfant de Kondjé-Gul: tout est nouveau pour elle. Transportée, comme par magie, de la monotone existence d'El-Nouzha dans ce milieu de splendeur, de liberté, de vie, elle croit marcher dans un songe; l'espace seul l'enivre. Nous faisons mille projets; tout d'abord, nous avons décidé qu'elle prendra une situation définitive à l'égard de mes femmes, et qu'elle vivra désormais séparée dans une autre partie de l'hôtel, où elle aura son service particulier. Nous pourrons ainsi nous voir sans contrainte, et elle n'aura plus à subir les dédains de mes folles, qui prennent à la fin trop au sérieux sa disgrâce apparente, depuis notre arrivée à Paris. Mon orgueilleuse, consciente de son ascendant sur moi, ferait assurément quelque jour un éclat. D'ailleurs Kondjé-Gul, je te l'ai dit, m'offre un sujet d'étude de plus en plus attachant. Tu dois comprendre ce qu'il y a de tendre et de captivant dans cette initiation progressive; c'est une âme que je vois naître et se former. Il n'est point jusqu'à cette intelligence si ouverte qui ne soit pour moi un sujet de surprises sans nombre. J'y découvre parfois des originalités de vues, de sentiments sur les choses de notre monde dont la justesse me plonge dans l'étonnement; ses progrès sont surprenants, et, sachant ce qui lui manque pour être *civilisée*, comme elle dit, elle veut tout apprendre.

Mon oncle et ma tante sont à Paris.

<h2 style="text-align:center">XVIII</h2>

N mois sans nouvelles, me dis-tu. Et tu parles ironiquement de mes loisirs, et tu me railles sur ce fameux système que je vantais comme une simplification de la vie. Si j'en juge d'après ton verbiage, tu me crois empêtré dans des soucis troublants dont je prétendais justement m'affranchir; tu me vois allant, venant, courant, sans cesse occupé de mes quatre femmes, et n'ayant plus même le temps de t'écrire.

Leur installation terminée, mes quatre femmes me lais-

sent l'esprit beaucoup plus libre que la moindre de mes liaisons d'autrefois. Pas de préoccupations, pas de jalousies, pas de craintes. Aucune de ces corvées mondaines qui vous prennent tout entier... vous forcent de suivre l'objet aimé au théâtre, de le conduire au bal, pour le contempler coquetant, décolleté jusqu'au dos, avec quelque ami intime qui sera peut-être son amant le lendemain? Mes amours plus pudiques sont cachées au fond de mon harem à tout regard profane, et je suis toujours attendu. J'ai ma clef dans ma poche. À tout moment du jour et de la nuit, je puis arriver en maître, sans quitter le club, le monde, mon travail, ou mon plaisir une heure plus tôt. Telle est cette existence agitée que tu me supposes.

Les choses sont réglées, d'une façon définitive. Cette nouvelle existence n'est qu'une suite d'enchantements pour mes almées, et j'ai vraiment à cette heure l'idéal du harem, sans les monotonies qui résultent fatalement du système de claustration. Sous l'influence de nos mœurs raffinées, leurs idées se transforment peu à peu. Elles ont des femmes de chambre françaises, et l'étude de nos élégantes mondaines leur révèle mille formes de coquetteries nouvelles. Mes petits animaux deviennent femmes; ce seul mot te dit tout le charme de cette aventure, dont toi seul au monde possèdes le secret.

Ainsi que nous l'avions résolu, Kondjé-Gul est séparée de ses trop jalouses compagnes. Hadidjé, Zouhra et Nazli n'ont vu dans ce fait que la confirmation de sa disgrâce et la sachant reléguée dans un coin de l'hôtel, elles se croient de plus en plus assurées de leur triomphe. La discrétion de mes gens est à toute épreuve; ils servent comme des muets de sérail; il s'ensuit donc que nous sommes désormais libres comme l'air. Quand je veux sortir avec *elle*, je viens faire une courte visite à mes femmes; au bout d'un quart d'heure de causerie, je les quitte, et je pars avec ma voiture, au fond de laquelle ma favorite est blottie. Tu vois comme c'est ingénieux, simple et délicat; cependant, il y a encore là une sorte de gêne pour moi, et pour ma pauvre Kondjé, un isolement très dur. Elle lit et dévore tout ce que je lui apporte de livres; mais les journées sont longues, et Mohammed, accaparé par les autres, ne peut l'accompagner au dehors. Aussi, ai-je songé à lui faire quitter tout à fait le harem pour l'affranchir des dédains que mes autres folles trouvent encore parfois l'occasion de lui infliger. La difficulté était de me procurer un chaperon, une manière de duègne convenable et sûre que je pusse mettre auprès d'elle dans quelque logis séparé: cette duègne est trouvée. L'autre jour, nous causions tous deux d'un petit hôtel que j'ai découvert dans le haut des Champs-Elysées, et d'une gouvernante anglaise qui me semblait assez posséder les qualités de mère postiche.

— Si tu voulais, me dit-elle, tout serait bien plus facile à arranger.

— Comment?

— Au lieu de cette gouvernante que je ne connais pas, j'aimerai bien mieux ma mère... Je serai si heureuse de la revoir!

— Ta mère? m'écriai-je étonné, tu sais donc où elle est?

— Mais oui, puisque je lui écris souvent.

Elle me révéla alors cette histoire de sa vie que je n'avais jamais songé à lui demander, la croyant seule au monde, et il y a là toute une révélation de ces mœurs turques si étranges pour nous. La mère de Kondjé-Gul, je te l'ai dit, était une Circassienne venue à Constantinople pour entrer au service d'une cadine du sultan. Kondjé-Gul, enfant, étant très belle, la mère ambitieuse avait pressenti en sa beauté l'espoir d'une fortune brillante. Pour la lui assurer, selon un usage assez commun chez les musulmans, elle l'avait cédée, à douze ans, à une famille qui s'était chargée de l'élever, mieux qu'elle n'eût pu le faire, jusqu'au jour où elle serait en âge d'être recherchée comme cadine ou comme épouse: ce qui s'était accompli, tu le sais, moyennant une somme assez ronde offerte par Mohammed. La pauvre Kondjé-Gul avait donc suivi sa destinée. Elle me raconta enfin que, depuis quelques années, sa mère, ayant trouvé une meilleure situation pour elle-même chez un consul de France à Smyrne, y avait appris le français. L'idée de Kondjé-Gul était une trouvaille, et je l'adoptai; aussitôt elle écrivit à Smyrne, quelques jours plus tard, elle recevait une réponse. J'ai envoyé l'argent nécessaire, dans un mois sa mère arrivera. La maison qu'elles habiteront ensemble est louée, c'est le petit hôtel du comte de Téral, qui retourne à Lisbonne; on dirait vraiment qu'il l'a aménagé pour moi.

<h2 style="text-align:center">XIX</h2>

U te plains encore de mon silence, et tu m'écris pour m'accabler d'injures, mêlant à des ironies qui cachent mal la curiosité puérile des aperçus philosophiques d'un *snobisme* parfait. En vérité, on dirait toujours, au ton de tes lettres, que je suis toujours sous le coup de péripéties étranges, et que tu espères tous les matins l'annonce de quelque cataclysme. Pour aujourd'hui, ton espoir d'un événement important ne sera point déçu, et je t'apporte une nouvelle qui a son prix. L'événement est de l'ordre moral le plus sévère, tu peux donc l'écouter sans trouble.

Tu sais que, depuis deux semaines, mon oncle et ma tante sont à Paris, ils y resteront tout l'hiver. L'hôtel de la rue de Varennes a repris son faste: réceptions, dîners, enfin le train que tu sais, mais orné cette fois des grâces de la comtesse de Monte-Claro, ce qui y constitue ce fonds de joies de la vie de famille qui nous manquait un peu autrefois. Ma tante a trouvé ici un jeune cousin, le comte Daniel Klusko, garçon charmant dont je fais mon ami; ces détails indiqués, j'en reviens à mon histoire.

L'autre matin, après le déjeuner, comme j'allais rentrer chez moi, car, quoi que tu en penses, je travaille beaucoup en ce moment, mon oncle me retint et, sans plus de préparation, me dit:

— A propos, André, j'attends aujourd'hui à dîner Mme Saulnier et ma filleule Anna Campbell, ta future; je ne serais pas fâché de vous faire faire connaissance. Si, par hasard, tu étais curieux de la voir, ne te laisse pas engager à quelque partie de club, et rentre à l'heure.

— En vérité, s'écria ma tante en riant, et sans me laisser le temps de répondre: à cette façon de dire les choses, ne croirait-on pas qu'il s'agit d'une poupée que vous avez l'intention de lui offrir pour sa fête?

— Où diantre voyez-vous cela, ma chère? reprit le capitaine avec son imperturbable sang-froid.

— Je vois, diantre, que cette petite connaissance que vous voulez leur faire faire, avant de les marier, me paraît en effet nécessaire.

— Bah! ils ont encore au moins toute une année devant eux! Cette affaire-là n'a rien à voir d'ailleurs avec le romanesque. Enfin, reprit-il en s'adressant à moi, si ça te va pour aujourd'hui, te voilà prévenu.

— Parfait! ajouta ma tante. Eh bien! André, ça vous va-t-il?

—Mais, dis-je à mon tour en riant de leur débat, je pense que mon oncle ne doutera pas plus que vous de mon empressement.

— Eh bien! c'est convenu! reprit ma tante avec un inimitable accent de gaieté; à sept heures précises, cher neveu, vous viendrez vous éprendre.

A ce dernier trait d'ironie, mon oncle ne sourcilla pas davantage; il se choisissait un cigare et remarquait qu'ils étaient trop secs. Ma tante en profita pour continuer l'entretien avec moi.

— Entre nous, me dit-elle, vous savez que vous n'êtes pas trop à plaindre, elle est charmante, et vous perdez à ne pas encore la connaître.

— J'attendais que mon oncle décidât à ce sujet.

— Il faut du moins lui savoir gré de vous faire rencontrer, par hasard, avant le jour de la noce, reprit-elle.

— Ah ça! ne dirait-on pas que je veux les marier chat en poche! dit mon oncle à ces mots. Voilà bien les exagérations de femmes! N'auriez-vous pas voulu que je lui présentasse, à mon dernier voyage, une fillette de quatorze ans, maigre, disgracieuse et dégingandée, comme vous l'êtes toutes à cet âge.

— Merci! dites tout simplement des guenons! répliqua ma tante avec un saint.

Mais mon oncle était parti pour un discours, il continua...

— Qui aurait laissé dans son esprit le souvenir déplaisant d'une petite créature plate, anguleuse, avec des bras comme des flûtes, des mains et des pieds longs comme ça.

— Pauvre petite!... J'en frémis! — Enfin avec une rare prudence, vous l'avez engraissée dans le mystère.

— Ta, ta, ta, reprit mon oncle, j'en ai fait une belle fille, saine, solide, qui promet d'être une femme comme il la faut à André!... Et, malgré vos idées sur ce point, je soutiens que j'ai bien fait de les élever loin l'un de l'autre, pour leur laisser la fraîcheur de leurs sentiments tout neufs, et non cette pénible transformation de cœur, toujours désagréable chez deux marmots qui se sont contemplés mangeant des tartines. Ils se verront aujourd'hui tels qu'ils doivent se prendre en qualité d'époux. Le reste, c'est leur affaire. S'ils s'aiment, ils feront un ménage d'amoureux; sinon un mariage de raison, ce qui n'en vaut pas moins.

Mon oncle ayant conclu ainsi, je n'avais plus qu'à témoigner de ma déférence à ses désirs. Tu comprendras facilement, du reste, que j'attendis avec impatience l'heure de cette première entrevue, et que je me trouvai le soir au salon bien avant l'arrivée de ma tante. Ma tante était aux anges, comme toute femme à l'approche d'un incident romanesque, et elle ne manqua point de remarquer mon empressement. Quant au capitaine, il faisait tranquillement son journal, en mortel supérieur aux bagatelles du sentiment; il abordait une discussion politique, juste au moment où un domestique ouvrant la porte à deux battants, annonça: « Madame Saulnier et mademoiselle Campbell. »

Je dois avouer, en conscience, que je ressentis un léger émoi... Une dame d'environ quarante ans entra, suivie d'une jeune personne en costume de couvent. Je me levai, pendant que mon oncle allait au-devant de sa filleule, qu'il baisa au front avec effusion; puis l'amenant vers moi par la main d'un air digne et cérémonieux, il dit, sans plus:

— Anna, voici André, ton futur. — André, voici Anna, ta future! — Embrassez-vous.

Cette forme de présentation, dans son laconisme précis, ne laissait au moins pas d'équivoque, et nous manquait tout de suite quelle était notre affaire. Trop bien dressé à ces façons de mon oncle pour hésiter un instant, j'embrassai ma fiancée, après quoi je lui dis « bonjour », ce qui me donna alors tout naturellement l'occasion de la regarder.

Anna Campbell a juste aujourd'hui dix-sept ans; ni petite ni grande, ni mince ni forte, bien que le grand ruban bleu qu'elle porte en sautoir avec une croix au bout, dessine déjà sur sa poitrine des formes arrondies. Ni blonde ni brune; menton rond, visage ovale, nez moyen, front moyen, bouche moyenne, avec d'assez jolis yeux bleus. Elle est plutôt agréable que belle, et l'ensemble de ses traits respire une grande douceur unie à une belle santé. Mon oncle a pris soin de me faire remarquer qu'elle se développera davantage, parce qu'elle a encore de grands pieds et de grandes mains pour son âge, ce qui promet une belle fin de croissance. En somme, mon lot n'est pas disgracieux, au contraire, et « tout s'annonce bien », comme dit mon oncle.

Le dîner fut fort gai. Anna Campbell, bien qu'un peu intimidée par ma présence, n'y montrait aucun embarras. Rien ne semblait nouveau pour elle, et tout dans ses manières, dans sa tenue, révélait l'assurance parfaite d'une enfant de la maison qui venait y passer un jour de vacances et s'y sentait à l'aise comme moi. Je m'aperçus qu'elle connaissait l'hôtel comme si elle y eût été élevée, et j'appris en effet qu'à l'époque où j'étais au collège, elle et sa tante y avaient demeuré six ans. Il résultait de tout cela je ne sais quelle grâce familière avec mon oncle et ma tante tout à fait inattendue pour moi. Elevés séparément l'un pour l'autre, et sans nous connaître, nous nous rencontrions pour la première fois ce foyer commun d'affections qui nous liait à notre insu depuis notre enfance: c'était original et doux à la fois.

A un moment, comme mon oncle demandait des *pickles:*

— Ils sont auprès d'André, dit Anna.

Le repas fini, nous quittâmes la salle à manger. D'après une habitude russe que ma tante a introduite parmi nous, en arrivant au salon, je lui baisai la main, pendant qu'elle m'embrassait sur le front. Anna fit de même; puis, sans même paraître y penser, me tendit tranquillement ses deux joues qu'elle offrit ensuite à son parrain; après quoi, elle courut au piano, où elle s'installa, pendant que nous prenions le café.

— Eh bien! comment la trouves-tu? me demanda mon oncle.

— Elle est très gentille, répondis-je.

— N'est-ce pas... Ça fera très bien ton affaire, reprit-il en tournant sa cuiller dans sa tasse avec le calme d'une conscience pure. Va causer avec elle, tu vas voir qu'elle n'est pas bête.

J'allai m'asseoir près d'Anna.

— Allons, faites la basse!... me dit-elle en se reculant pour me faire place, comme si nous eussions souvent déjà joué à quatre mains.

Le morceau fini nous causâmes de son couvent, de ses amies, de la mère Sainte-Lucie qu'elle adore; et tout cela avec une confiante familiarité qui dénonçait qu'elle avait si souvent parlé de moi, qu'elle s'était habituée à me considérer comme un frère absent. Il est bien entendu que, vu son âge, nos fiançailles restent un secret de famille qui ne sera révélé que lorsque le temps sera venu.

La soirée s'acheva sans autre incident particulier. A dix heures, Anna partit pour rentrer au couvent; tout en s'attifant elle me tendit la main:

— Adieu, André, dit-elle.

— Adieu, Anna, répondis-je.

Et mon oncle m'emmena au club, où il se mit à sa partie de whist.

Pendant que je tiens mon oncle, il faut que je te raconte une aventure qui vient de lui arriver. Tu sais qu'il est mort, puisque j'ai hérité de lui... Il n'en veut pas démordre, *l'enregistrement est payé.* Il résulte de cette situation bizarre des incapacités légales qui, pour ne point le troubler autrement, ne lui deviennent pas moins une gêne. Il y a trois mois, à Férouzat, il lui fallut faire renouveler son port d'armes, lequel datait de sept ans; mais, comme à la préfecture des actes avaient dénoncé son décès, on refusa tout net ce document, portant la signature d'un défunt. Tu devines s'il passa outre, et s'il se mit en chasse comme si de rien n'était. Pourtant, il advint que, l'autre matin, il voulut, en passant, prendre chez notre banquier qu'il trouvait sur sa route, une vingtaine de mille francs pour son argent de poche. Le caissier, qui le connaît de longue date, fort étonné de le trouver en vie, lui représenta qu'il était désormais de toute impossibilité de lui ouvrir un crédit, attendu qu'il était légalement enterré. Mon oncle, en homme d'ordre, s'est rendu à la justesse de cette observation, et j'ai dû intervenir pour arranger l'affaire. Il ne s'en est pas plus ému; seulement, comme en toute chose il ne va pas par quatre chemins, depuis ce jour-là il s'est fait faire des cartes de

...lle sur lesquelles on lit: « *feu Barbassou* » et il ne sig[ne] plus autrement chez notre banquier: moyennant quoi il se prétend en règle.

— Tu vois comme c'est simple, **m'a-t-il dit.**

XX

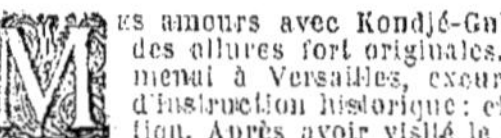

Mes amours avec Kondjé-Gul prennent décidément des allures fort originales. L'autre jour, je l'emmenai à Versailles, excursion toute d'études et d'instruction historique: elle poursuit sa civilisation. Après avoir visité le palais, le musée, nous allâmes par le parc: elle tout heureuse, s'enivrant d'air, d'espace, toujours comme une évadée de harem, s'extasiant à chaque pas, m'interrogeant sur tout avec ces naïvetés charmantes qui me ravissent, lorsque, arrivés devant le bain de Diane, nous trouvâmes un groupe de trois jeunes femmes fort élégantes parmi lesquelles j'avisai deux anciennes relations d'autrefois, fort connues dans le monde léger. Le jeune lord B... les accompagnait. Ils me reconnurent aussi de leur côté; mais, avec le tact d'un parfait gentleman, ne voyant en pareille compagnie, lord B... ne m'adressa que du regard un imperceptible salut. Non moins discrètes, comme en toute occurrence de ce genre, les femmes ne bronchèrent pas; cependant, frappées sans doute de l'étrange nouveauté de ma compagne, elles ne purent se défendre de trahir une si ardente curiosité, que Kondjé-Gul s'en aperçut. Tout naturellement, je passai sans sourciller. Nous fîmes un tour d'allée, moi expliquant le sujet mythologique, puis nous sortîmes.

— Quelles sont ces dames? me demanda-t-elle dès que nous fûmes un peu éloignés; elles te connaissent, je l'ai deviné.

— Oui, répondis-je avec un air d'indifférence, je les ai vues quelquefois.

— Le jeune homme qui les escorte t'a regardé aussi, comme s'il était de tes amis; pourquoi ne lui as-tu pas parlé?

— Par discrétion, parce que tu étais avec moi, et que lui, de son côté, est en promenade avec elles.

— Ah! je comprends, dit-elle, ce sont sans doute les femmes de son harem?

— Précisément, répondis-je avec le plus beau sang-froid, et, comme je te l'ai souvent dit, dans nos usages, le harem est toujours...

Je cherchais un mot qui ne venait pas, elle partit d'un grand éclat de rire.

— De quoi ris-tu, folle? lui demandai-je.

— Je ris de ces histoires de vos harems, que tu me racontes encore, comme tu le ferais à cette sotte de Hadidjé... Je te laisse dire, que m'importe à moi, puisque je t'aime? Je préfère le bonheur de rester ton esclave à celui de ces femmes, qui sans doute ont été tes maîtresses, et que tu rencontres sans même daigner les voir.

— Quoi? m'écriai-je surpris; trompeuse, tu es déjà si savante et tu me le cachais?

— Après tout ce que tu m'as fait lire pour former mon esprit à vos pensées, je devais bien un jour découvrir la vérité! Seulement j'attendais d'être bien sûre de ma conscience toute neuve, reprit-elle en souriant, il y a tant de choses encore dans ton pays que tu ne m'expliques pas.

— Maintenant tu me les apprendras, dis, ajouta-t-elle d'un ton câlin.

— C'est qu'en vérité, répondis-je, ce que j'aime justement en toi, c'est que tu n'as rien ni de près, ni de loin, des femmes que nous venons de rencontrer.

— Oh! dit-elle avec un mouvement d'indicible fierté, ce ne sont pas celles-là que j'envie! Mais j'en vois d'autres à qui je voudrais ressembler... pour leurs manières, pour leurs façons, s'entend... Si tu étais gentil, sais-tu ce que tu ferais?

— Quoi?

— C'est un rêve, un projet auquel je songe sans cesse... Tu ne vas pas te moquer?

— Non, confie-moi ce grand projet.

— Eh bien! si tu voulais me rendre bien heureuse, tu me mettrais, pour quelques mois, dans un de ces couvents où l'on fait l'éducation de vos jeunes filles. Tu viendrais me voir chaque jour, pour que je ne m'ennuie pas trop loin de toi.

— Il ne te manquait plus que cette idée-là! dis-je en riant; une musulmane au couvent!

J'eus peine à lui faire comprendre tout ce qu'il y avait de fou dans son projet; mais il arriva, tout en lui démontrant les obstacles réels que devaient rencontrer de si ambitieuses aspirations, que je finis par entrer moi-même dans ses vues. La tentative en effet pouvait être des plus curieuses. Avec le caractère de Kondjé-Gul, il y avait pour moi une expérience de psychologie intéressante au dernier point, et je trouvai en elle un sujet merveilleusement doué.

Bref, je me rendis à ses instances, et lorsque nous rentrâmes à Paris, cette grande affaire était décidée. Dès le lendemain, je me mis en quête pour en assurer l'exécution, qui n'était point cependant sans offrir quelques difficultés.

XXI

Après huit jours de recherches, je découvris, quartier Beaujon, une institution de jeunes filles dirigée par une Mme Montier, aimable personne de manières parfaites, que des revers de fortune semblent avoir préparée tout exprès pour civiliser ma Kondjé-Gul. La maison n'a jamais que trois ou quatre pensionnaires; deux jeunes Américaines y achèvent en ce moment leur éducation. Rien ne pouvait mieux convenir à mon projet: cependant, je te l'avoue, au moment de l'exécuter, je ne fus pas sans ressentir quelque embarras. Je pouvais, à coup sûr, faire présenter Kondjé-Gul comme une jeune étrangère, prématurément veuve et désireuse de se franciser; mais je trouvai bientôt que c'était là une complication inutile. Il me parut préférable de lui faire comprendre la nécessité d'une extrême prudence. Un soir enfin, comme elle revenait sur ce grand sujet de ses préoccupations, j'abordai l'entretien.

— Je vais t'annoncer une grande nouvelle, lui dis-je, j'ai trouvé une charmante maison d'éducation pour toi.

— Vrai! tu consentirais à réaliser mon rêve s'écria-t-elle en m'embrassant. Oh! cher André, que tu es bon!

— Oui, seulement, il faut que je t'avertisse... Cette réalisation de ton rêve n'est possible qu'au prix de sacrifices qui te coûteront peut-être beaucoup.

— Lesquels?... dis-les vite.

— D'abord, un travail assidu, puis ensuite le sacrifice de la liberté; car, pendant tout le temps que tu passeras à cette pension, tu ne pourras plus sortir.

— Qu'importe! s'écria-t-elle, pourvu que je te voie chaque jour!

— C'est précisément là ce qui serait impossible.

— Pourquoi? me demanda-t-elle ingénument.

— Parce que, d'après nos convenances, les garçons ne sont point admis dans les pensionnats de demoiselles, répliquai-je en riant.

— Puisque je t'appartiens, reprit-elle étonnée, on ne s'étonnera pas que tu viennes; n'es-tu pas mon maître?

— Cette raison victorieuse pour toi, constituerait justement l'obstacle, car il ne faut pas que l'on soupçonne que tu es ma femme. Mohammed seul te présentera comme une jeune personne qui lui est recommandée, et, par des raisons de convenances que tu comprendras plus tard, ce temps d'étude sera pour nous une séparation.

Je lui révélai alors toute la vérité sur ce qu'elle ignorait encore de nos conventions sociales. En apprenant que nos lois la faisaient libre, à l'égale de toute Française, et que je n'avais plus aucun droit sur elle, elle eut un regard d'inexprimable angoisse.

— Mon Dieu! s'écria-t-elle, en se jetant dans mes bras, que me dis-tu? Je suis libre, maîtresse de ma vie? Je ne suis pas à toi pour toujours?

— Tu es à moi, puisque je t'aime, lui dis-je bien vite en voyant son émoi, et, du moment que tu n'as pas la volonté de me quitter...

— Te quitter? mais que deviendrais-je donc, sans toi?

Et les larmes emplirent ses yeux.

— Folle que tu es! repris-je touché d'une si grande douleur, tu t'exagères les conséquences de mes paroles: la liberté ne changera rien à notre vie.

— Pourquoi me dis-tu alors, cette vérité cruelle?... J'étais si heureuse de me croire enchaînée, de t'obéir en t'aimant!

— Il le fallait bien, puisque tu veux apprendre nos idées et nos usages. Ton ignorance était un danger, les questions mêmes eussent pu te faire trahir une situation qui doit rester un mystère pour tout le monde et... dans la pension surtout où tu vas vivre avec des compagnes...

J'eus peine à la consoler de cette pensée terrible, que nos lois n'admettaient point l'esclavage. Cependant, son désir de s'instruire restait ardent et vivace. Bref, deux jours plus tard, Mlle Kondjé-Gul entrait à l'institution de Mme Montier, présentée par son tuteur, le digne Omer-Rachid Effendi, qui prenait tous les arrangements avec son air majestueux qu'il apporte en tout.

Si je me suis tenu soigneusement à l'écart dans tout ceci, je n'en veille pas moins, et je dirige tout. Chaque soir, Kondjé-Gul écrit à son tuteur, et ses lettres m'arrivent aussitôt. Il y a là, je l'assure, un roman très curieux. Pendant une semaine, Kondjé-Gul, un peu intimidée d'abord, surprise de tout ce qui l'environnait, me sembla comme étourdie. N'osant se livrer, craignant de se montrer trop sauvage, elle observait, et ses réflexions étaient des plus curieuses; puis, peu à peu, je la vis se hasarder.

Initiée en quelques jours à sa vie nouvelle, elle va bientôt sortir de sa réserve; à cette heure, le premier degré de son émancipation est déjà franchi. Son caractère d'enfant, ses étrangetés de fille d'Orient lui ont conquis les amitiés les plus vives, et rien de plus charmant que les récits qu'elle me fait de son enthousiasme pour ses amies Maud et Suzannah Montaigu, qui sont à ses yeux la perfection rêvée. Tout naturellement le programme de son éducation, fixé par moi-même, se renferme dans des limites très restreintes: musique, histoire, une teinte superficielle des littératures. Elle doit acquérir là surtout les notions les plus indispensables de ses idées, et ce je ne sais quoi de ces grâces ou de ces délicatesses féminines qu'elle ne peut apprendre qu'au contact de filles ou de femmes nées dans la bonne compagnie. Quelques mois de séjour chez Mme Monthier suffiront à cette initiation mondaine, des maîtres achèveront plus tard la culture de son esprit.

Au faubourg Saint-Germain, mon harem reste dans ses allures orientales; c'est un coin du monde des *Mille et une Nuits*, où je retrouve à mes heures, en plein Paris, les rêves d'un vizir de Samarcande ou de Bagdad. Là, volets clos, dans le gynécée éclairé par des lampes qui tamisent une lumière adoucie, tandis que je suis dans l'air parfumé les spirales bleuâtres de mon narghilé, mes houris me bercent au son des tarabouchs. — À propos, il faut que je réponde aux ironies de la dernière lettre.

Je te dirai, tout d'abord, que je n'ai jamais prétendu à ce rôle d'esprit supérieur inaccessible aux vanités humaines dont tu sembles vouloir m'affubler. Je veux bien admettre avec toi que, tout comme un autre, « je suis sensible à cette satisfaction bête que tout homme éprouve à voir le succès de la femme qu'il aime ». Se peut-il bien que l'effet produit par mes odalisques, sur ce que tu appelles la saine badauderie parisienne, leur ait donné tout à coup de nouveaux charmes à mes yeux. — Le mystère qui les entoure, les conjectures folles que j'entends sur leur passage, tout cela, dis-tu, m'excite et m'enivre comme un naïf.

— Tu n'exigeras pas de moi, je suppose, que je te rende compte de ce sentiment de faiblesse humaine qui nous porte à apprécier notre félicité en raison de l'envie qu'elle provoque? A quoi bon d'ailleurs alambiquer ma passion ou jeter mon amour à la flamme du creuset pour en expertiser le titre?

Au sein de mes voluptés païennes, tu me demandes enfin si j'aime: ce qui s'appelle aimer. Cette question raisonnable a du moins son prix, si ingénue qu'elle soit; elle touche à ce grand problème de psychologie que j'ai entrepris de résoudre: « quelle est, en amour, la prédominance du cœur ou des sens, et si l'on peut aimer vraiment que d'aimer quatre femmes à la fois. » Il est évident que, dans le cercle restreint de nos idées, sous le joug de nos préjugés et de nos lois, nous ne pouvons concentrer la passion que concentrée sur un unique objet. Trop loin des sources primitives et de l'âge patriarcal, façonnés par des mœurs plus pures, nous nous sommes élevés à la contemplation d'un idéal convenu. Cependant, en moralistes, en philosophes, il faut bien nous avouer qu'il doit exister pour les Orientaux une autre conception, un autre idéal d'amour dont la notion nous échappe. Ce n'est que dégagés de nos entraves, ou de l'esprit rigoureux de nos conventions sociales, que nous pouvons atteindre à la compréhension de ce haut problème psychologique. En fait ce que c'est que l'amour, nul ne l'a jamais su. « Attirances des cœurs, échanges de fantaisies. » Ce ne sont là que des mots, suivant le cas spécial où on les veut employer; la vérité, c'est que nous sommes pleins d'inconséquences en toutes nos définitions. Au point de vue du sentimentalité pure, nous posons tout d'abord cet axiome absolu: que le cœur humain ne peut contenir qu'un seul amour et que l'on n'aime véritablement qu'une fois dans la vie; pourtant, abstraction faite de la part distincte qu'y ajoutent nos sens, l'amour, en son essence, n'est autre chose qu'une forme de l'affectuosité, une expansion de notre âme comme l'amitié, comme l'amour paternel ou filial, sentiments non moins ardents, que nous reconnaissons devoir partager également entre plusieurs objets. D'où naît cette étrange contradiction? Ne crie pas au Paradoxe, nos idées sur ce point nous viennent uniquement de notre éducation. de l'influence de nos mœurs sur notre esprit. Sur les bords du Gange, du Nil ou de l'Hellespont, nous aurions une autre esthétique. Le poète turc ou persan le plus passionné d'idéal n'entendrait rien à nos subtilités vaines. Sa loi lui prescrivant plusieurs femmes, son devoir est de les aimer toutes, et son cœur y suffit. Diras-tu que c'est un autre amour? De quel droit? Qu'en sais-tu? — En ce partage égal de tendresses ne comprends-tu pas le charme de protection qui s'impose à lui? — Nos idées sur ce point ne sont donc toujours qu'une question de latitude et de climat.

La civilisation de ma Kondjé-Gul devient pour moi vraiment le plus ravissant sujet d'études. Il y a là tout un roman plein de grâces, et l'épreuve même que je me suis imposée y ajoute je ne sais quel charme. Il faut bien dire que son séjour chez Mme Monthier a amené peu à peu toute sorte de complications imprévues. Le commodore Montaigu est de retour: il en est résulté que l'intimité de misses Maud et Suzannah avec la pupille du digne Omer-Rachid Effendi lui semblant des plus correctes, elles sont devenues inséparables, et Kondjé-Gul s'est tout naturellement trouvée invitée, par ses auries, à quelques réunions chez leur père, qu'il était impossible de refuser sans éveiller le soupçon. Tu comprends de reste alors la réserve qui m'est plus que jamais un devoir, tant que Kondjé-Gul sera dans sa pension. Nos amours en sont décidément réduites à des effusions épistolaires, à des rencontres furtives où nous employons toutes les ruses des amants séparés. Il y a dans tout cela un petit parfum d'aventures qui nous enchante, tant il est vrai que la privation d'une félicité en rehausse le prix. Le

matin, elle prend des leçons d'équitation avec Maud et Suzannah, que leur père accompagne au bois. Je vais par là faire un temps de galop pour voir passer leur cavalcade. Elle est charmante en amazone, et les jeunes Montaigu sont vraiment jolies; Maud surtout a un petit air espiègle et malin du plus délicieux effet.

J'oubliais de te dire que la mère de Kondjé-Gul, Murrah-Hanum, est arrivée... C'est une femme de quarante-cinq ans, grande, d'allures assez distinguées et encore assez belle. Pourtant, bien qu'elle se soit européanisée chez le consul français de Smyrne, et qu'elle parle même presque couramment notre langue, il reste dans ses manières ce fonds d'étrangeté tout particulier à la race circassienne ou à la femme d'Asie: nonchalante, apathique, on lit dans ses grands yeux noirs sombres la farouche résignation des peuples fatalistes. Lorsqu'elle s'est vue en ma présence, elle m'a prodigué, à l'orientale, les plus vives marques de respect. Je l'ai assurée de mon désir de lui faire partager toutes les prospérités dont je vais entourer Kondjé-Gul. Sa reconnaissance a été calme, digne, et elle a juré de m'avoir envers moi la soumission qu'elle doit à l'époux de sa fille. Bref, tu vois la scène: la tradition de l'islamisme y brillait dans toute sa fleur.

XXII

ITE, il faut que je te raconte une aventure nouvelle, qui fait encore tourner mon roman de la façon la plus inattendue. Par un de ces hasards auxquels ma vie semble prédestinée, il se trouve que le commodore est un intime ami de mon oncle, et qu'il en est résulté une rencontre qui m'a jeté dans la plus bizarre situation. Tu vas en juger toi-même sans qu'il soit besoin d'un plus long préambule.

Tu n'as pas oublié, je pense, le *captain* Picklok, ni la fameuse histoire des chameaux retrouvés par ses soins. Le *captain*, revenant d'Aden avec les fièvres et de passage à Paris, a accepté l'hospitalité chez le baron de Villeneuve, l'ancien consul de Pondichéry que tu connais. Il y a deux jours, nous fûmes priés à un dîner d'adieu, donné en son honneur; c'était une agape intime. Une demi-douzaine de convives, ayant tous fait plusieurs fois le tour du monde, et s'étant rencontrés par toutes les longitudes. En femmes: l'aimable baronne de Villeneuve, Mme Picklok et ma tante. Tu juges s'il fut question de vieux souvenirs, entre tous, pendant le dîner; après le café, on avait passé au salon, où l'on préparait une table de whist, lorsque mon oncle dit ces mots:

— A propos, qu'est devenu ce brave Montaigu?

— Montaigu? répondit le baron, il est à Paris. Une invitation chez son ambassadeur l'a empêché de dîner avec nous; mais il viendra ce soir, et vous le verrez.

— Ah! tant mieux! s'écria mon oncle, je serai ravi de le retrouver.

En entendant prononcer ce nom, j'avais dressé l'oreille. Rien ne disait pourtant que le Montaigu en question pût être justement le commodore; j'écoutai curieusement.

— Est-ce qu'il sera à Paris quelque temps? avait repris mon oncle.

— Tout l'hiver, répondit la baronne. Il vient chercher ses filles qu'il m'avait confiées, il y a deux ans, à son départ pour le pôle nord.

— Ah! les petites Maud et Suzannah?

— Oui; seulement, capitaine, les petites Maud et Suzannah sont aujourd'hui de grandes jeunes filles, ajouta la baronne en riant.

Il était impossible de douter, et j'avoue que ce ne fut point sans trouble que j'entendis ces mots. A la pensée de me trouver en face du commodore, je songeai aussitôt à m'enfuir avant son arrivée. Bien que je fisse assuré du mystère le plus profond, et que les circonstances seules eussent amené une intimité entre Kondjé-Gul et ses filles, je ne pouvais me dissimuler la gêne que j'allais éprouver avec lui. Par malheur, j'étais déjà installé à une table de jeu. J'expédiai mon mort au plus vite pour abréger la partie, pestant contre le *captain* et contre mon oncle, qui jouaient tous deux avec une lenteur désespérante, et me faisant des reproches sur mes distractions. Enfin j'avais réussi à perdre les trois *robbers*, et je me levais, prétextant une migraine subite, lorsque, tout à coup, dans le salon voisin où se tenait la baronne, on annonça: « M. le commodore Harry Montaigu. »

Louis, imagine ma stupéfaction quand je vis entrer le commodore... suivi de ses deux filles et de Kondjé-Gul, qu'il présenta à la baronne et à ma tante comme une amie de pension de Maud et de Suzannah!

XXIII

 cette vue, tu devines mon désarroi; je me sentis rougir jusqu'aux oreilles. Qu'allait-il se passer? Toute retraite m'était coupée, je me dérobai vivement dans un groupe de causeurs. Un peu timide, Kondjé-Gul recevait les compliments de la baronne. J'entendis ces mots :

— Je remercie notre ami, mademoiselle, qui nous fait la grâce de vous amener; Maud et Suzannah m'avaient déjà tant parlé de vous que j'avais grand désir de vous connaître.

La surprenante beauté de la jeune étrangère avait fait sensation, et, tous les regards fixés sur elle, elle n'osait lever les yeux. Pourtant il fallait prévenir le péril où pouvait nous jeter la moindre imprudence et l'avertir avant que la baronne eût l'idée de me présenter au commodore et à ses filles... Enfin, par une manœuvre assez habile, je réussis à me glisser derrière ma tante à un moment où elle entretenait les misses. En m'apercevant, Kondjé-Gul ne put se défendre d'un mouvement de surprise; mais j'avais eu le temps de placer un doigt sur mes lèvres et, d'un geste rapide, de lui faire comprendre qu'elle ne devait pas me connaître. Nos rencontres du bois, le matin, l'avaient heureusement déjà préparée à cette dissimulation nécessaire; elle eut assez d'empire sur elle-même pour ne point trahir notre secret. Ma tante se retourna... même instant; me voyant près de son fauteuil:

— Ah! André, me dit-elle, venez que je vous présente à mademoiselle.

Kondjé-Gul rougit pendant que je m'inclinai devant elle, et rendit avec beaucoup de grâce un gentil salut. Ce fut même introduction avec le commodore et ses filles. Une chaise était libre auprès d'elles, la baronne m'y fit asseoir, et je me trouvai engagé bientôt dans une conversation générale; je dois dire que l'enjouement des misses Montaigu me rendit la causerie plus facile que je ne l'espérais. Un peu élevées à l'américaine, elles avaient cette juvénile liberté d'esprit que le rigorisme d'une éducation plus guindée interdit ordinairement à nos jeunes filles sous prétexte de modestie. Kondjé-Gul, d'abord assez réservée, se livra peu à peu, et je fus émerveillé du changement opéré dans toute sa personne. Bien qu'on devinât certainement encore en elle une étrangère, son maintien, son geste, sa parole, avaient une aisance toute nouvelle. Rassuré par ce contre-temps contre le danger de cette rencontre que j'avais d'abord tant redoutée, je m'abandonnai, ma foi, à mon originale situation. Il y avait dans ce mystère un charme dont je ne puis te rendre l'excitante émotion. Bien que la soirée fût tout intime, il y survint assez de jeunesse pour organiser une sauterie; la baronne me chargea de donner le signal avec miss Suzannah, ce à quoi je me prêtai de bonne volonté en l'invitant pour une polka.

— Comment trouvez-vous mon amie Kondjé-Gul? me dit-elle comme nous nous reposions après quelques tours.

— Elle est merveilleusement belle, répondis-je.

— Vous allez certainement la prier de danser avec vous? reprit-elle en souriant.

— Je n'aurai garde de manquer à ce devoir envers une amie de miss Maud et de vous, mademoiselle.

— Miss Maud et moi, nous vous en remercions, monsieur, dit-elle en me faisant une révérence cérémonieuse; seulement, ajouta-t-elle avec malice, laissez-moi vous préparer à un regret, qui vous sera sans doute très sensible: elle ne danse pas!

— Quoi, jamais?

— Nous avons eu quelques petites soirées chez mon père, nous n'avons pu l'y décider.

— C'est qu'elle ne sait sans doute que ses danses orientales.

— Détrompez-vous! Elle a pris des leçons comme nous, elle valse surtout à ravir; mais elle n'accepte même pas de valser avec le professeur; c'est toujours Maud ou moi qui sommes ses cavaliers. Elle a là-dessus des principes qui paraît-il, sont absolus et que nous n'avons pas encore pu vaincre.

— Si vous m'aidiez ce soir, dis-je, peut-être réussirions-nous?

— Un complot?...

— En amie, avouez que c'est dans son intérêt.

— Je ne dis pas le contraire, reprit-elle en riant. Mais, comment lui faire violence?

Je voyais en effet la pauvre Kondjé-Gul qui nous suivait du regard et semblait nous envier.

— Écoutez, dis-je, comme s'il me venait une idée subite. Il y a peut-être un moyen.

— Lequel?

— Mettons ma tante dans notre confidence: je les vois là-bas qui parlent turc. Ma tante aura peut-être assez d'ascendant sur votre amie pour la convaincre qu'elle peut, sans péché, se conformer à nos usages.

— Oui! c'est cela! s'écria miss Suzannah ravie. Notre complot marche, comment avertir votre tante?...

— Mlle Kondjé-Gul sait-elle l'anglais, lui demandai-je.

— Non, pas un mot.

— Alors, c'est bien simple, ajoutai-je. Après cette polka, je vous ramène à votre place; vous vous confiez en anglais à ma tante le projet que nous méditons, et vous lui demandez son aide. Je surviens, comme par hasard, et je risque une sollicitation pour la valse prochaine.

Ce qui fut dit fut fait. J'assistai de loin à cette importante conférence, dont je devinais tous les détails. Pendant que miss Suzannah lui parlait en anglais, je vis ma nièce tante jeter en riant un coup d'œil vers moi. En dix

paroles, elle eut compris la requête: elle se tourna alors vers Kondjé-Gul et d'un air indifférent poursuivit son entretien commencé. J'avais si bien prévu toutes les phases de la scène qu'il me semblait l'entendre. Sur le visage de Kondjé-Gul, je saisis l'instant où ma tante aborda tout à coup son sujet, et le geste négatif par lequel elle répondit fut si absolu, j'allais dire si plein d'effroi, tremblant qu'elle ne se fermât toute rebelle, je crus nécessaire d'intervenir au plus tôt. Je m'avançai donc sans affectation pour me mêler à leur groupe, et, m'adressant à la belle étrangère:

— Je ne voudrais pas que vous me crussiez indifférent au plaisir de danser avec vous, mademoiselle, lui dis-je. J'avais l'intention de solliciter de vous la première valse; mais hélas! miss Suzannah m'assure que vous ne dansez pas.

— Vous arrivez à la rescousse, André, reprit ma tante. J'essayais justement de convertir mademoiselle à nos coutumes, en lui disant qu'on la prendrait pour une petite sauvage.

À ce mot, qu'elle m'avait entendu répéter si souvent, Kondjé-Gul me jeta un regard furtif en souriant. Miss Suzannah se joignit à ma tante, la cause était déjà gagnée. Une valse commençait, Maud prit sa main, qu'elle mit de force dans la mienne; j'enroulai mon bras autour de sa taille, et je l'entraînai. Pendant les premiers tours, Kondjé-Gul était comme enivrée, je sentais son cœur battre contre ma poitrine, et je t'avoue que j'étais bien près de perdre aussi mon sang-froid. À un moment, nous nous trouvâmes un peu éloignés; sa tête penchée sur mon épaule, elle murmura à mon oreille:

— M'aimes-tu toujours? Es-tu content de moi?

— Oui, répondis-je vivement; mais prends garde, tu es trop belle, et tous les yeux sont fixés sur nous.

— Si l'on savait!... ajouta-t-elle en riant.

Je m'arrêtai un instant pour lui faire reprendre haleine. Chaque fois qu'un groupe s'approchait de nous, nous avions l'air de nous livrer à une de ces conversations de bal dont la futilité fait tous les frais, et, le groupe éloigné, nous causions à voix basse.

— Méchant! dit-elle, depuis trois jours je ne t'ai pas vu au bois.

— C'était par prudence, répondis-je; j'irai demain, et maintenant je pourrai te parler en saluant tes amies.

— Vous avez un bien joli éventail, mademoiselle, ajoutai-je changeant de ton pour Maud qui arrivait près de nous.

— Vous trouvez, monsieur?... répondit-elle. Est-il chinois ou japonais?

Mais Maud était passée.

— Écoute, reprit-elle, chaque fois que je porterai mon éventail à mes lèvres cela signifiera: Je t'aime... Quel bonheur de danser avec toi! Je n'y puis croire!... Tu vas revenir bien vite m'inviter, n'est-ce pas?

— Enfant, cela ne se peut pas.

— Pourquoi?

— Parce que ce n'est pas dans l'usage, et qu'on le remarquerait.

— Mais je ne veux pas danser avec un autre, dit-elle d'un air presque effrayé.

Je n'avais point songé un instant à cette conséquence toute naturelle de notre incartade, et j'avoue que la pensée qu'on pouvait l'inviter après moi me surprit tout à coup comme une de ces invraisemblances qu'un mortel ne peut concevoir.

— Comment faire?... reprit-elle. Oh! je t'en prie, laisse-moi dire à Suzannah que je veux partir.

— Ce serait éveiller des soupçons, dis-je, mon moins troublé qu'elle.

Il fallait à tout prix réparer notre imprudence. J'imaginai pour elle une indisposition subite, un étourdissement qui la forçait de cesser de valser, et je la reconduisis près de ma tante. Ce prétexte devait suffire à justifier ses refus pour le reste de la soirée.

Je n'ignore pas, mon cher ami, que tu vas te récrier au récit de ce sentiment bizarre qui me poignit tout à coup comme une épine en plein cœur, à l'idée de voir Kondjé-Gul danser avec un autre que moi... Mais, qu'y puis-je? je te raconte tout simplement un fait psychologique et rien de plus. — Dis, si tu veux, qu'il y a là une exagération ridicule et que je me donne les airs rébarbatifs d'un sultan... La vérité, c'est que, dans mes amours de hasard, j'ai contracté des habitudes de possession, des pudeurs, des susceptibilités réelles qui s'effarouchent de ce qui me semblait indifférent autrefois. Le contact du monde me rendra sans doute la grâce commune à tout honnête mari. Peut-être même, un jour, contemplerai-je avec orgueil ma femme, les épaules nues, tourbillonnant amoureusement enlacée dans les bras d'un hussard. Pour le moment, mon humeur est de composition moins facile; j'aime en maître, et la pensée qu'un quidam eût pu se permettre de presser le bout des doigts de Kondjé-Gul me jeta dans un accès de rage. Voilà comme nous sommes, nous autres Orientaux!

Quoi qu'il en soit, je ramenai Kondjé-Gul près de ma tante, et elle ne dansa plus. D'un coin du salon, je vis défiler une demi-douzaine de mes amis se faisant présenter, la bouche en cœur, pour obtenir la même faveur que moi, et je riais de leur déconvenue.

Cependant le commodore qui, par parenthèses, est un homme fort érudit et tout à fait aimable, m'avait pris à partie; il me combla de tant d'amitiés que, en dépit de mes scrupules, je me vis bientôt contraint d'accepter ses avances. Ses rapports avec mon oncle eussent d'ailleurs rendu suspecte la froide réserve que je m'étais commandée. Bref, vers le milieu de la soirée, comme il partait avec ses filles et Kondjé-Gul, qu'il devait faire rentrer chez Mme Montier, j'avais malgré moi si bien fait sa conquête, que je me trouvai invité à me joindre à ma tante, qui dînait chez lui le surlendemain.

Bien que la fatalité seule eût amené cette incroyable complication, je dois confesser que, lorsque j'y pus songer, ce ne fut point sans préoccupation que j'en envisageai les suites. Jusqu'alors, par un compromis de conscience que le caractère enfant de Kondjé-Gul rendait à peu près excusable, j'avais pu me faire illusion sur les conséquences de cette intimité de pension avec deux jeunes Américaines qui m'étaient inconnues. Il ne devait y avoir là qu'un rapprochement fortuit, après lequel toutes fréquentations rompues, miss Maud et Suzannah ignoraient le mystère d'une situation qu'elles ne pouvaient soupçonner; cependant il était difficile de me dissimuler que des relations avec le commodore allaient singulièrement aggraver cette aventure. Certes, notre monde abrite bien des romans ignorés: intrigues ténébreuses, amours naïves, se nouant et se dénouant sans que nul regard des puisse surprendre; mais, si certain que je fusse que rien ne viendrait trahir notre étonnant secret, je n'en étais pas moins troublé à la pensée du rôle que j'allais jouer dans cette famille, dont mon oncle était l'ami. Face à face avec l'inexorable rigueur des faits, il était difficile de m'abuser longtemps sur ce que me prescrivait la plus élémentaire délicatesse. J'avais pu constater, dans cette soirée, que Kondjé-Gul n'avait plus guère besoin des leçons de Mme Montier pour son éducation mondaine. L'hôtel de Téral étant prêt, je n'avais donc qu'à l'y installer avec sa mère pour régler enfin d'une façon définitive l'heureuse existence que nous avions rêvée. Il serait alors aisé de s'éloigner peu à peu des jeunes Montaigu, et ainsi tout péril serait conjuré.

Ces décisions prises, j'écrivis le soir même à Kondjé-Gul de tout préparer pour son retour.

<h3 style="text-align:center">XXIV</h3>

J'AVAIS promis à Kondjé-Gul d'aller le lendemain au Bois, et je n'eus garde d'y manquer. Le commodore, méthodique en tout, avait organisé et ponctuellement ses courses du matin que je savais qu'à neuf heures il passait à la hauteur de Madrid. A l'heure dite la cavalcade tournait l'angle de l'avenue. J'allai au petit galop, feignant d'être tout occupé de faire exécuter des changements de pied à mon cheval.

— Hé, c'est monsieur André de Peyrade! s'écria le commodore.

Je m'arrêtai, comme extrêmement surpris d'une si agréable rencontre, et saluai les jeunes misses.

— Si votre promenade n'a pas de but déterminé, reprit sir Harry après les compliments, joignez-vous à nous.

Je fis volte-face et nous partîmes. Les jeunes filles, animées par la course, ne comprenaient que les allures de steeple-chase, et le père épuisait en vain son autorité pour les maintenir dans ce qu'il appelait son train hygiénique. Enfin, à une allée trop étroite, il fallut bien reprendre le pas. Je profitai du détour pour me placer entre miss Suzannah et Kondjé-Gul, et nous causâmes de la soirée de la veille, qu'elles avaient dû quitter si tôt. Je demandai naturellement à Kondjé-Gul des nouvelles de son indisposition.

— Comprend-on cela, s'écria l'espiègle miss Maud, quand on valse si bien.

— Moqueuse, la tête m'a tourné, voilà tout, lui répondit Kondjé-Gul. Et à ma place cela aurait bien pu t'arriver aussi! ajouta-t-elle en me jetant un sourire.

— A propos, vous savez, monsieur de Peyrade, qu'au prochain bal nous pourrons danser jusqu'au cotillon, reprit Suzannah l'air radieux. Nous quittons la pension: Kondjé-Gul, demain, nous, à la fin de la semaine. Par le plus grand hasard, ces bonnes nouvelles nous arrivent en même temps ce matin; vous devinez si nous avons des ailes. — Alboumbou Lellah! Chekerou Lellah! comme dit Kondjé-Gul, quand elle est folle de joie: c'est du turc. Vous qui êtes un savant, comprenez-vous cela?

— Oui, mademoiselle, répondis-je, et ces paroles signifient, je crois: louanges à Dieu!

— Est-ce que vraiment vous sauriez le turc? s'écria-t-elle.

— J'en sais quelques mots du moins.

— Oh! quelle bonne aubaine! Parlez donc un peu avec Kondjé.

Je ne me fis pas prier. L'occasion nous offrait, ma foi, un moyen des plus inattendus de causer entre nous; cependant, par prudence, je ne hasardai qu'une phrase indifférente.

— Oh! tu peux tout dire, me répondit bravement Kondjé-Gul en souriant. Elles ne savent que les trois ou quatre mots que je leur ai appris.

— Tu as reçu ma lettre alors?

— Oui. Quel bonheur! car, j'ose te le dire, maintenant, comme j'étais triste loin de toi — Tu as averti ma mère?

— Pas encore. J'irai la voir en rentrant, et elle viendra aujourd'hui chez Mme Montier. Ta maison est un vrai bijou.

— Pourvu que tu me trouves digne de l'habiter, ajouta-t-elle en soupirant.

— Coquette! Tu sais trop à quoi t'en tenir là-dessus.

— Vrai? Je suis assez *déturquisée*?

— Tu te vois bien, puisque tu juges que tu n'as plus besoin de leçons.

— Entre nous, franchement, sans te moquer, ajouta-t-elle avec une jolie petite moue inquiète, puis-je croire que je n'y ai pas trop perdu, mon maître?

— Ton maître te trouve au contraire mille fois plus adorable.

— Quoi mille fois plus seulement, et pas une de plus?... Oh! le malhonnête! s'écria-t-elle d'un ton si plaisant que nous partîmes d'un éclat de rire.

Il me fallut inventer une histoire pour expliquer à misses Maud et Suzannah cet extraordinaire accès de gaîté. Je m'en tirai en disant que j'avais fait une confusion de mots des plus burlesques. Après quoi, notre essai de turc ayant assez duré, la conversation générale reprit son cours folâtre jusqu'à l'entrée des Champs-Élysées, où je quittai la cavalcade.

<h3 style="text-align:center">XXV</h3>

TU sais, mon cher Louis, que toutes les fois que j'ai formé un dessein, fût-il extravagant... fût-il même sage, j'y marche droit avec l'entêtement d'une mule. C'est ce qui explique peut-être plus d'une de mes folies. Pour moi, soutien du libre arbitre, l'homme est une volonté servie par des organes, une force occasionnelle de la nature créée pour dominer la matière. Tout homme qui abdique, ou se soumet devant l'obstacle, déserte sa mission; il rentre dans le bétail. C'est une puissance perdue qui s'évapore dans le vide. Tel est mon jugement.

Ce petit exorde de haute philosophie m'était nécessaire, tu vas le voir, pour asseoir mes principes avant d'aller plus loin et pour me mettre en garde surtout contre une accusation téméraire de versatilité dans mes projets. La science a des voies mystérieuses où l'on s'engage à tâtons sans en prévoir l'issue. Il en résulte que là où l'on croyait toucher le but, s'ouvrent tout à coup des horizons immenses...

Ma métaphore me gêne...

Tout cela veut dire que, ayant l'honneur d'être le neveu de mon oncle, il ne m'arrive rien comme à un autre, et que tout ce que j'avais réglé minutieusement au sujet de Kondjé-Gul a tourné de la façon la plus contraire à mes résolutions formelles. Cependant, bien que mon objectif ne soit fort étendu, il n'en reste pas moins le même, et tu le remarqueras, je le pense.

Kondjé-Gul et sa mère sont installées à l'hôtel de Téral; il serait superflu sans doute de te dépeindre la joie qu'elle ressentit de la fin de son épreuve. Les premiers jours du retour se passèrent comme une ivresse, et nous vécûmes presque sans nous quitter. Sa métamorphose cette fois était si complète, qu'il me semblait assister à un de ces avatars fabuleux de l'Inde, et qu'une autre âme était venue habiter ce corps si divinement beau. Je ne pouvais me rassasier de la regarder marcher, de l'entendre parler le langage presque raffiné de nos salons, m'exprimer des idées, des sentiments qui étaient les miens. Dans ce cœur, dans cet esprit formé par moi, je découvrais tout à coup des effusions nouvelles, un autre amour, — j'allais presque dire de plus réelles tendresses. — Et tout cela se mêlait dans cet ensemble de graces harmonieuses et hautaines, qui s'exhalait de tout son être comme le parfum bizarre de quelque fleur d'Asie.

Nous avons arrangé notre vie. Désormais en possession de toute la vérité sur nos mœurs, elle a compris la nécessité, ne fût-ce que pour Maud et Suzannah, d'entourer notre bonheur du plus profond mystère. Confiante en un lien que sa religion rend pour elle légitime et sacré, elle sait que, pour le monde, nous devons le tenir caché à tous les yeux comme un mariage secret. A quoi bon d'ailleurs soulever le voile, et dépoétiser cet amour si charmant pour le réduire à la banalité d'une intrigue vulgaire? La traiter comme une maîtresse, ne serait-ce pas la faire déchoir?

Comme je croyais devoir la consoler de l'ennui qu'elle pouvait ressentir de cette contrainte:

— Veux-tu bien ne pas calomnier notre cœur! s'écria-t-elle avec véhémence. Que m'importent ton pays et ses lois, si tu m'aimes?... Je ne veux rien savoir ni de ton monde, ni de ses usages, ni de ses conventions. Je t'appartiens, je t'aime, c'est tout ce que je vois, tout ce que je ressens; je ne suis ni ta femme, ni ta maîtresse. Du fond de mon âme, je suis plus que tout cela: je suis ton esclave, et je veux garder ma chaîne. Commande, fais de moi ce que tu voudras; quand tu ne m'aimeras plus, tu me tueras, voilà tout!

— C'est cela! repris-je en riant de son exaltation, je te ferai coudre dans un sac, et j'irai, un soir, te jeter dans le Bosphore!

Un éclat de rire d'enfant couronna ce trait.

— Mon Dieu, dit-elle confuse, j'oublie déjà que je suis civilisée!...

L'hôtel de Téral est une trouvaille, et semble avoir été construit tout exprès pour Kondjé-Gul et sa mère. Au rez-de-chaussée, élevé de huit marches, un salon s'ouvrant sur une sorte de hall en forme d'atelier de peinture, à la fois galerie de tableaux, bibliothèque, salon de musique. Au-dessus des boiseries, une tenture de soie fond blanc à grandes raies grises, et avec laquelle contraste un ameublement de velours grenat foncé, égaie le regard. Quelques bahuts anciens, d'ébène sculptée, garnis de statuettes, de vases, de bibelots et de fleurs. Tout cela est pimpant, somptueux, co-quet comme la demeure d'une jeune patricienne qui res-treint son cercle à un petit nombre d'amis. Au premier, les appartements intimes, au second étage, les domestiques. Elles ont ce train de maison élégant et simple qui semble le nécessaire des gens de bonne compagnie: trois chevaux dans l'écurie, un joli coupé de Binder, et rien de plus. Bref, le luxe pondéré d'une riche famille étrangère, composée d'une mère et de sa fille, se mêlant à la vie mondaine avec la réserve de haut goût de deux femmes jalouses de ne point attirer l'attention.

La vie intérieure de Kondjé-Gul est aussi bien réglée que le reste pour la défendre contre la solitude ou l'ennui. Elle achève sa *civilisation* avec un zèle extrême. Toutes ses mati-nées, de huit heures à midi, sont consacrées au travail; des maîtresses de chez Mme Montier viennent lui continuer leurs leçons; de une heure à deux heures, étude de musique et de piano. Cette curieuse intelligence, ce mélange d'imagina-tion ardente et de jeune raison, tout cela produit vraiment des merveilles sur le fond original de ses croyances et de ses superstitions natives. Je suis parfois tout surpris de l'en-dendre tout à coup énoncer, sur des contradictions de nos mœurs, des aperçus étranges, ou des vues que ne désavoue-rait point un esprit de philosophe. Après deux heures: toi-lette, promenades, courses ou visites avec ses amies Mon-taigu, — car, en dépit de toutes mes bonnes résolutions, leur intimité n'a fait que s'accroître depuis leur émancipa-tion commune. Kondjé-Gul étant désormais sous l'égide de sa mère, ce qui lui constitue une situation des plus régu-lières, dans le monde, il eût été difficile en effet d'invoquer des prétextes de rupture. J'avais réfléchi d'ailleurs que, in-troduit par mon oncle dans la famille du commodore, mes rencontres chez lui avec Kondjé-Gul étaient devenues sans péril. C'était par Maud et Suzannah que j'avais été présenté à la belle étrangère, et nul ne pouvait douter qu'à la soirée de Mme de Villeneuve je ne lui eusse parlé pour la première fois. Si donc quelque incident imprévu venait un jour trahir mon secret, j'étais assuré que sir Harry ne croirait pouvoir m'accuser d'autre chose que d'une aventure romanesque ayant tout naturellement résulté des circonstances.

Rien de plus correct pour le public, tu le vois. Je sais bien qu'un rigoriste tu ne manquerais pas de critiques, si je voulais les entendre, sur la hardiesse de ces détermina-tions. Pour moi, je prétends que le respect des convenances consiste principalement dans le respect qu'on a de soi-même. Le hasard, qui nous mène, et la grâce de Kondjé-Gul lui ont tout naturellement créé dans la colonie étrangère un fonds d'aimables relations que je n'eusse point ambi-tionnées pour elle. Il suffit, pour qu'elle en soit digne, que nous payions tous deux ce tribut du mystère auquel le monde a droit. Notre société est trop mêlée, je pense, pour que tu eusses pu crier au scandale, l'autre soir, en rencon-trant Kondjé-Gul au bal de l'ambassade d'Amérique, au com-pagnie de sa mère et de sir Harry Montaigu. L'admiration qu'elle soulevait sur ses pas t'eût certainement désarmé.

Ainsi qu'il était à prévoir, l'apparition de Kondjé-Gul dans quelques fêtes ne pouvait manquer de faire sensation. Insé-parable des jeunes Montaigu, elle a été bientôt conviée avec elles à tous les bals où le commodore conduisait ses filles. Deux ou trois salons aristocratiques, comme celui de la princesse B... ou de la marquise d'A..., lui ont ouvert tous les autres. Tu connais trop les engouements de notre monde pour te point t'imaginer l'exagération des propos louangeurs qui saluent au passage cet astre charmant qui se lève. Je dois dire que la criminelle s'en aperçoit et qu'elle en est très flattée. Le mystère qui l'entoure accroît l'originalité de notre situation. Toujours sous l'égide de sa mère, à qui son étrange type donne vraiment tout bon air, on devine en Kondjé-Gul une de ces jeunes filles qui por-tent en elles la loi du respect. Leur état de maison, leurs toilettes et ce mot d'élégance qui fait seul les gens de dis-tinction dénoncent un train de fortune et un rang indiscu-tables. Il n'en faut pas plus, tu en conviendras, pour justi-fier des succès que sa beauté surprenante suffisait seule à lui conquérir. D'autre part, les *reporters* mondains des soi-rées officielles n'ont point failli à leur tâche en signalant l'apparition d'une si brillante étoile. Seulement, par une de ces erreurs qui leur sont assez communes, ils l'ont déclarée Géorgienne. Comme je suis décidément devenu familier chez le commodore Montaigu, je fais généralement partie de leur groupe, sans qu'aucun soupçon puisse s'élever sur ces rencontres, et mes assiduités près d'elle et de Suzannah me font plus d'un envieux, car, tu le sais, Kondjé-Gul ne danse pas. Cette singularité, avec ses allures de sublime mê-lées à ses enjoûments d'enfant donne lieu aux plus bizarres conjectures. — D'où vient cette réserve? Est-ce modestie, pudeur ou fierté? — On sait qu'elle danse à ravir, puisque dans quelques petits cercles intimes on l'a vue valser par-fois avec Maud ou Suzannah. On parle de quelque fiancé jaloux qu'on ignore et qu'elle adore en secret. J'entends tous ces propos, que je lui rapporte, et qui font notre joie. Assurés du mystère, rien de plus charmant que le manège à l'aide duquel nous trompons tous les yeux. Nous avons inventé un langage que nous seuls savons comprendre, et il en résulte parfois entre nous des scènes assez plaisantes. L'autre soir, chez **Mme de T...**, assise auprès de Maud et de Suzannah, elle était fort entourée. Le jeune duc de Marandal, un des plus ardents parmi mes rivaux déclarés, dévelop-pait ses grâces les plus conquérantes; Kondjé-Gul l'écoutait avec un délicieux sourire. Or, il faut te dire que, sachant qu'une jeune fille ne porte point de joyaux, par une idée folâtre, elle a voulu se faire river au poignet un gros bra-celet d'or en signe de son servage. Et, tandis que le jeune duc parlait, elle me regardait, jouant négligemment avec ce qu'elle appelle son « anneau d'esclave ». Tu juges si nous rions.

Notre petit groupe s'est augmenté d'un fort aimable compagnon, sir Edwards Wolsay, un neveu du commodore qui pourrait bien être un fiancé pour Maud ou Suzannah.

XXVI

Depuis quatre mois que nous sommes à Paris, rien n'a troublé ce bonheur que nul ne soup-çonne. Rien de plus original et de plus enivrant que ces amours cachées à tous les yeux, et dont tu dois concevoir les adorables joies. Kondjé, charmée de ses triomphes, est partout l'enchanteresse; mais mon roman se complique d'un incident qu'il faut que je te raconte bien vite.

Tu n'as pas oublié que ma tante avait vu Kondjé-Gul à la soirée de la baronne de Villeneuve, et qu'elle s'était éprise d'une grande sympathie pour elle. Quelques soirées chez le commodore ayant achevé leur liaison, il en est ré-sulté tout naturellement qu'un jour elle pria à dîner Mme Murrah et sa fille. Ma tante aime la jeunesse, tu le sais : Suzannah, Maud et Kondjé-Gul formaient un si délicieux trio, qu'elle voulut bientôt les avoir à tous ses jeudis. Kondjé s'y est même rencontrée souvent avec Anna Campbell, qui sort de son couvent deux fois par mois. Bref, le moment vint où nous fûmes si bien engagés dans des relations sui-vies, qu'il eût été imprudent de les rompre; Kondjé-Gul d'ailleurs était si heureuse et si fière d'une pareille intimité qui la rapprochait de moi... Il n'était point jusqu'à mon oncle qui, ravi de parler turc avec elle, ne se mit en frais de galanterie.

Parmi les assidus de l'hôtel, je t'ai parlé du comte Daniel Kiusko, un jeune Slave fabuleusement riche, propriétaire de mines de platine qu'il possède aux monts Krapacks et de forêts en Bessarabie. Je t'ai dit qu'il est cousin de ma tante, ce qui nous a naturellement liés. Comme il venait à Paris pour la première fois, je me suis trouvé tout désigné pour lui servir de cornac et le dancer. La tâche était aisée du reste, et je n'eus guère qu'à le présenter; grand, svelte, un beau type de jeune boyard, avec ces allures décidées qui dénotent un peu l'habitude d'agir en seigneur féodal. En moins d'une semaine, avec la plus belle désinvolture, il avait perdu un demi-million au baccarat du club, et le reste est à l'avenant. Tu devines si ce début le posa dans le monde facile, et si sa conquête y parut une proie. Un duel heureux avec un Brésilien le dénonça comme une très fine lame, et acheva sa réputation. Sa reconnaissance envers moi, et je ne sais quelle admiration naïve pour des supé-riorités qu'il croit me reconnaître, me valurent son amitié; je devins décidément son confident, son guide et son men-tor: bref, je trouvais en lui un galant compagnon... et *Arcades ambo*, nous ne passâmes bientôt plus guère de jour sans nous voir. D'abord un peu surpris que je ne me li-vrasse point au courant de la vie légère, il soupçonna aisé-ment que quelque passion mystérieuse m'enchaînait au rivage, ce qui me grandit encore à ses yeux. J'eus l'air de lui payer un tribut de confiance en lui révélant que j'avais en effet dans le monde une liaison secrète, avec une jeune veuve dont la haute position me contraignait à une exces-sive prudence. Avec le tact parfait d'un *gentleman* accompli, il ne m'en souffla plus mot. Mêlé à nos relations avec les Montaigu qu'il rencontrait chez ma tante, il eût été certes à mille lieues de me croire engagé de ce côté-là; il était enfin devenu presque de moitié avec moi dans la famillarité du joli trio de misses, et il était ellé comme un de leurs chevaliers. Nous en étions là, lorsque survint l'incident que voici:

Il y a quelques jours, j'étais dans le boudoir de ma tante, nous causions de je ne sais plus quel sujet; elle, tricotant un petit ouvrage de guipure, avec ce besoin d'activité qui la possède, moi, jouant avec son chien *Music*, un jeune Grec.

— A propos André, me dit-elle, je suis chargée d'une grande mission, pour laquelle j'ai besoin de vous consulter.

— Ma sagesse est à vos ordres, ma tante.

— Soyons sérieux, reprit-elle. Vous allez subir un interrogatoire en règle, et je vous ordonne de répondre en neveu soumis.

— Vous m'effrayez!...

— Ne m'interrompez pas; telle que vous me voyez, je me constitue en conseil de famille...

— Là, tout de suite, sans préparations?... sans même changer de toilette?...

— Impertinent, celle-ci me va peut-être mal! ajouta-t-elle.

— Au contraire, je la trouve adorable.

— Eh bien! alors?...

— C'est vrai. J'ai tort de vous avoir interrompue.

— Bien! — Reprenons... Qu'est-ce que je disais?...

— Que dans cette jolie robe de velours violet foncé, vous représentez une aïeule.

— Précisément, c'est bien cela! — Attention, j'ouvre la séance, et méfiez-vous.

— Je me méfie.

— Que pensez-vous de Mlle Kondjé-Gul Murrah?... me demanda-t-elle à brûle-pourpoint, et en me regardant dans les yeux.

Cette question était si inattendue que je me sentis rougir comme une jouvencelle.

— Mais, répondis-je, je pense... qu'elle est délicieusement belle.

— Parfait! Ne vous troublez pas, mon jeune ami, reprit ma tante en souriant.

— Oh! je ne me trouble en aucune façon.

— C'est visible!... Enfin, il est acquis que vous la trouvez délicieusement belle. Continuons. Où en êtes-vous avec elle? — Dites tout, ne cachez rien.

J'avais eu le temps de me remettre.

— Prenez garde, dis-je en riant à mon tour, votre question pourrait nous conduire très loin.

— Vous êtes un fat. Ne cherchez pas à esquiver l'interrogatoire par des plaisanteries, et laissez l'oreille de mon chien, que vous chiffonnez au risque de lui faire prendre un faux pli. — Là, fort bien! — Maintenant, répondez sérieusement et avec tout le respect que doit vous inspirer une jeune personne comme Mlle Kondjé-Gul Murrah.

L'idée bizarre me vint de faire une gaminerie.

— Il faut vous dire toute la vérité, repris-je. Vous le désirez?...

— Je l'exige, sans le moindre apprêt et dans sa nudité chaste.

— Eh bien! ma tante, la voici, dis-je avec aplomb. Vous n'ignorez point que Mlle Kondjé-Gul est Circassienne; elle fait partie de mon harem. — Je l'ai fait acheter à Constantinople, il y a huit mois.

Ma tante partit d'un grand éclat de rire.

— Voyez, s'écria-t-elle, si l'on peut parler raison une minute avec ce fou!

— Vous me demandez la vérité! répliquai-je, riant à part moi du tour que je lui jouais.

— Laissez de côté vos sornettes! — Ne comprenez-vous pas grand enfant que vous êtes, que si je vous parle de Kondjé-Gul, c'est parce que je vois clair, il est évident pour moi qu'il y a entre vous deux quelque chose comme une entente secrète; que cache-t-elle? Je n'en sais rien; mais, si innocent que soit encore ce manège, j'y démêle un trop grand péril pour ne point vous crier: gare! — Mlle Murrah n'est pas de ces poupées de salon, avec lesquelles on peut risquer un peu de son cœur dans des bagatelles de coquetterie; celui qui l'aimera une fois, l'aimera sans retour, corps et âme, il restera ensorcelé.

— Mais c'est Circé elle-même, m'écriai-je, c'est effrayant!

— Oh! ne riez pas, reprit-elle, car votre beau dédain de philosophe n'y ferait rien. Une enchanteresse de cette beauté-là est d'autant plus dangereuse qu'elle est fille à se prendre elle-même aux charmes de ses incantations. Son cœur couve des flammes qui la dévoreront, elle et celui qu'elle aimera. C'est pourquoi je vous fais ce discours, à l'effet de détourner votre imprudente jeunesse d'une aventure qui pourrait vous entraîner fort loin alors surtout que vous êtes déjà fiancé à une autre.

Malgré le tour de spirituel badinage que ma tante avait su garder, il m'était aisé de voir qu'elle était sérieusement alarmée pour moi. Je laissai de côté le ton plaisant, en lui donnant l'assurance que mon imagination ni mon cœur ne couraient aucun risque avec Mlle Kondjé-Gul Murrah, et que « rien ne serait changé à nos relations présentes ». Cette réponse jésuitique la contenta.

— Alors, reprit-elle, je puis m'occuper de la marier?

— La marier?... m'écriai-je surpris.

— Sans doute! Ne vous ai-je point dit au début de mon interrogatoire que j'étais chargée d'une grande mission?

— Mon jeune cousin Kiusko l'adore, il m'a priée de faire sa demande auprès de Mme Murrah et je compte aller chez elle, aujourd'hui même, pour entamer cette grande affaire.

Bien que j'eusse prévu dès longtemps, les conséquences d'une émancipation qui devait me jeter en pleine lutte avec nos conventions sociales, je dois avouer que la révélation de ma tante ne fut point sans me troubler. L'étonnante beauté de Kondjé-Gul faisait trop sensation dans le monde, pour que je pusse espérer n'avoir point à me défendre contre des rivaux sans nombre. L'indépendance de sa personne, l'état de fortune que l'on voyait à sa mère, sa condition de jeune fille enfin, tout semblait laisser le champ libre à des espérances et à des tentatives de conquête que rien n'empêchait d'avouer au grand jour; cependant, si bien préparé que je fusse aux entreprises qui ne pouvaient manquer de se déclarer, l'annonce d'une rivalité avec Kiusko me fut très-sensible. Il était impossible de douter que sa détermination d'épouser Kondjé-Gul ne fût le résultat d'un amour réfléchi que l'obstacle ne pourrait certainement qu'aviver. Nature énergique et froide, doué d'une volonté de fer, et élevé à voir tout plier sous sa loi, il avait gardé une ingénuité de cœur qui allait s'exalter avec toutes les fougues de la première passion. Quoi qu'il en fût, malgré mon amitié pour lui, je ne pouvais certes songer à lui révéler l'étrange situation dans laquelle il se fourvoyait... Dénoncer Kondjé-Gul comme ma maîtresse, c'était la faire bannir d'un monde où elle avait conquis sa place; c'était la frapper au cœur et décider sa déchéance, sans raison, sans profit, ni pour Kiusko, ni pour moi. — N'avais-je pas d'ailleurs un devoir de loyauté plus étroit envers elle qu'envers cet ami d'un jour?

Je résolus donc de me taire et d'attendre les événements. Je savais trop que je les mènerais à ma guise, pour en redouter les suites. Pourtant, un fait en apparence insignifiant me surprit: informé du projet de visite de ma tante, j'allai le soir même à l'hôtel de Téral, pensant que la mère de Kondjé-Gul allait m'en parler aussitôt; elle ne m'en dit rien. Je crus tout naturellement que, quelque obstacle étant survenu, la démarche avait été retardée. Le lendemain, sans paraître attacher la moindre importance à mes questions, j'interrogeai ma tante. Elle m'apprit que, la veille, elle avait été chez Mme Murrah.

— Avez-vous commencé vos ouvertures pour le grand projet de Kiusko? lui demandai-je.

— Oui, répondit-elle.

— Et... ont-elles été agréées?

— Oh! vous allez trop vite! Selon les usages musulmans, les choses ne marchent pas ainsi. Nous n'en sommes restées qu'aux préliminaires; j'ai exposé la sollicitation de notre amoureux, il faut maintenant consulter Kondjé-Gul.

— En attendant, la mère paraît-elle favorable à cette demande?

— Elle n'avait point à se déclarer dans une première entrevue, dit ma tante. Vous savez qu'elle a le calme tout fataliste de sa race; pourtant, à l'énoncé de la fortune de Daniel, j'ai cru voir qu'elle m'écoutait avec faveur.

— Vous a-t-elle dit quelle dot elle donne à sa fille?

— Une dot! êtes-vous fou? Nous parlions turc; j'ai traité l'affaire à l'asiatique, et je l'eusse fort étonnée, je crois, à cette pensée qu'en lui demandant Kondjé-Gul je lui demandais en outre de payer le seigneur Kiusko pour la prendre. Il y avait là de quoi renverser toutes ses idées; ignorez-vous donc qu'en Orient c'est au contraire le mari qui donne toujours une dot aux parents dont il veut obtenir la fille? — Ce qui me paraît du reste plus chevaleresque et plus galant. — Kiusko, d'ailleurs, se soucie de l'argent comme d'un fétu; il aime, cela suffit.

Je me gardai bien de désillusionner ma tante sur les espérances qu'elle avait déjà conçues. Rassuré par la façon dont Mme Murrah avait joué son rôle, je n'avais plus qu'à décider, selon les circonstances, la forme et le moment d'un refus.

Comme j'en étais à ces réflexions, le comte Kiusko entrait, en familier qu'on n'annonce pas; il me tendit la main avec une effusion inaccoutumée. A son air heureux, je devinai qu'un mot de ma tante l'avait déjà informé, et qu'il accourait pour apprendre dans tous ses détails le résultat d'une première déclaration. Peu désireux de gêner leur entretien, au bout d'un instant, je prétextai quelques lettres à écrire et je les laissai.

<h2 style="text-align:center">XXVII</h2>

ous devions nous retrouver ce soir-là à l'hôtel de Téral. Maud et Suzannah dînaient chez Kondjé-Gul. Une ou deux fois par semaine, soit chez sir Harry Montaigu, soit chez Mme Murrah, elles se donnaient à l'anglaise de ces petits raouts de jeunes filles, auxquels les rares intimes étaient seuls admis. Edwards Wolsay Kiusko et moi, nous en formions naturellement le fond. Au cours de nos ébats, il passa par la tête de Maud de changer notre raout en bal masqué, à nous six;

cette motion transporta l'assemblée. Kondjé-Gul leur proposa de se costumer toutes les trois avec ses toilettes orientales. L'idée adoptée avec enthousiasme, elles coururent immédiatement la mettre à exécution. Le déguisement n'était point si facile pour nous; nous nous en tirâmes cependant avec des cachemires, quelques écharpes pour nous faire des turbans et des ceintures, nous réussîmes à nous musulmaniser suffisamment par-dessus nos habits. Enfin, au bout d'un quart d'heure, des trois amies firent leur entrée en grand appareil d'odalisques. Voilées de l'épais *yashmack*, elles s'avancèrent vers Mme Murrah en grande cérémonie, Maud, plus petite, marchant la première, Kondjé-Gul et Suzannah, de même taille, venant ensuite; après quoi, nous commençâmes nos salutations.

Voulant ajouter au cérémonial, je pris la main de Kondjé-Gul et, la portant à mes lèvres, je lui adressai en turc un compliment des plus tendres. Un immense éclat de rire y répondit, le *yashmack* tomba; je m'étais trompé: c'était Suzannah!

— J'ai gagné mon pari; s'écria Suzannah triomphante.

J'allais rire moi-même de cette espièglerie; mais comme je saisissais la main de Kondjé-Gul pour réparer mon erreur, je la sentis toute tremblante. Au même instant je la vis défaillir, elle s'abandonna presque dans mes bras; je la guidai vers un divan, et relevai son voile; elle était toute pâle.

— Mon Dieu! qu'as-tu? lui demandai-je en turc.

— Rien, rien, murmura-t-elle. J'ai ressenti un coup au cœur, voilà tout.

— Enfant, m'écriai-je; mais tu es folle!

— Oui, je suis folle, c'est un enfantillage; je ne croyais pas que tu pusses le tromper. Puis, voyant que tous l'entouraient: — C'est fini, c'est fini, ajouta-t-elle en français, pour Suzannah et Maud déjà effrayées; je n'ai plus d'habitude des babouches, mon pied a tourné...

Le rose revenait à ses joues, elle se leva pour dissiper ses inquiétudes. Son explication était trop vraisemblable pour qu'il fût possible de rien soupçonner. La gaîté reprit son cours. Les deux mises étaient charmantes dans leurs atours de sultanes, et elles en essayaient les effets. Maud m'envoya au piano pour que je leur jouasse une danse turque que Kondjé-Gul leur avait apprise. Je pus observer Kiusko; sous l'énergique expression de ses traits, je l'avais vu frappé d'une telle émotion à l'accident de Kondjé-Gul que je me demandais si quelque prescience du cœur ne l'avait point averti; mais je fus bientôt rassuré. Instruit de sa passion, je lisais sur son visage comme dans un livre ouvert; il contemplait Kondjé-Gul et semblait ébloui. A l'aise dans ce costume oriental qui s'harmonisait si bien avec sa beauté, elle avait naturellement des grâces si troublantes que le vieux levain de vizir jaloux bouillonnait en moi. Des regards audacieux s'enivraient de ces charmes étranges, qui jusqu'alors n'avaient enivré que mes yeux. J'en souffrais cruellement, et je ne sais quelle rage me montait du cœur au cerveau, si bien qu'au bout d'un quart d'heure de ce supplice, je n'y tins plus, et, passant près d'elle:

— Va mettre un *féridjié*, lui dis-je à voix basse.

Elle me regarda étonnée, puis, me devinant sans doute, elle sourit.

— Mère, dit-elle en français, donne donc Fanny, je te prie, j'ai un peu froid.

Une minute après, elle était enveloppée de la tête aux pieds dans son horrible sac. Je respirai.

Vers minuit, le commodore vint chercher ses filles. Comme nous nous disposions à partir, Kondjé-Gul alla prendre sur une crédence un vase de fleurs qu'elle apporta sur la cheminée; dans notre langage, cela signifiait qu'elle allait m'attendre, et qu'elle me priait de revenir.

A l'ordinaire, j'avais toujours ma voiture qui me conduisait au club, où je donnais ordre à mon cocher de rentrer; puis, après quelques tours dans les salons, je reprenais le chemin de l'hôtel de Téral. Kiusko, ce soir-là, me demanda de le ramener. A son air, je devinai qu'il allait aborder un entretien que je redoutais.

— Mon cher ami, me dit-il en souriant, dès que nous fûmes installés dans mon coupé, j'ai besoin de causer avec vous d'une très grave affaire; si grave qu'elle va engager toute ma vie. Vous m'avez un peu habitué à vous traiter comme un parent, et je me croirais coupable de garder un secret pour vous: malheureusement je sais que ma confession arrive en retard, et que votre tante m'a déjà prévenu.

— Il s'agit de Mlle Murah, ajouta-t-il.

— En effet, répondis-je, ma tante m'a appris que vous l'avez chargée de déclarer votre recherche.

— Et... qu'en dites-vous? reprit-il; voyant que je me bornais à l'énonciation du fait sans y ajouter un mot. — Approuvez-vous ma résolution?...

— Ma foi, mon cher, dis-je en riant, vous me prenez tout à fait au dépourvu sur une question aussi sérieuse; vous savez d'ailleurs qu'en fait de mariage on n'accepte jamais que les conseils que l'on est d'avance décidé à suivre. Ce qu'il y a de mieux parmi les consultations de ce genre, c'est Panurge.

— Bon, répondit Kiusko, c'est là ce qui répond à votre esprit et à votre caractère français; mais pour moi, qui prends toutes les choses en vrai barb...), le franc parler d'un ami vaut mieux que les réserves subtiles. Vous connaissez Mlle Murrah depuis plus longtemps que moi, ce qui vous permettrait d'être un peu dans sa confidence; vous pourriez donc me servir, ou m'avertir si vous prévoyiez quelque obstacle sérieux devant lequel je devrais me retirer. Ce ne serait plus, vous le voyez, la consultation de Panurge, mais l'efficace assistance d'un ami.

Mon embarras était extrême: par bonheur il me fournissait lui-même un motif pour rester circonspect.

— Tout ce que vous me dites-là, mon ami, est fort sensé, répondis-je; seulement vous ne considérez point que, pour le moment, tout conseil de ma part serait superflu, puisque votre sollicitation est déclarée, et que Mlle Murrah en doit être informée.

— Ah! vous croyez que, ce soir, Mlle Kondjé-Gul savait la démarche de votre tante auprès de sa mère?

— Je l'ignore. Mais, si avant que vous me supposiez dans sa confiance, en admettant pour vrai mon influence sur son esprit, ne serais-je pas tenu, en galant homme, à ne vous dire que ce qu'elle m'autoriserait à révéler de ses sentiments, ou même de ses secrets que j'aurais pu surprendre?

— Écoutez, André, reprit-il comme découragé par tant d'arguties, il me semble, à votre langage, que vous évitez de me répondre. Vos sages raisons m'effraient comme si elles cachaient des restrictions que vous n'osez m'avouer, peut-être de peur de me frapper dans un espoir que vous voulez encore ménager. Eh bien! laissez-moi vous dire que je n'en suis plus là. Je vous le répète, ma vie tout entière est désormais dans cette passion, dans ce rêve, et j'aime Mlle Murrah, riche ou pauvre, et quelle que soit sa situation vraie dans le monde. — Vous voyez donc que vous pouvez tout me dire, ajouta-t-il en riant, comme pour protester contre toute possibilité d'admettre un soupçon sur elle. — Et vous comprendrez l'inutilité de recourir à des détours.

— Oh! m'écriai-je, vous vous égarez là dans des imaginations folles, et vous vous méprendriez du tout au tout, en tirant pour conclusion de mon silence que j'ai découvert en elle quelque preuve d'indignité... Soupçonner Mlle Murrah d'être une aventurière me paraîtrait insensé.

— Alors, reprit-il avec ténacité, en principe, vous ne me désapprouvez pas?

— En principe, mon cher, répliquai-je en riant, j'en reviens à l'argumentation de Panurge!... D'ailleurs, encore une fois, votre démarche est faite auprès de Mlle Murrah, ce qui atténuerait singulièrement la valeur de mes conseils, ou leur donnerait à cette heure une gravité exceptionnelle.

— Vous avez raison, dit-il, rassuré sans doute par ma gaîté. J'extravague en véritable amoureux. Je conçois que vous ne vouliez point prendre une responsabilité aussi sérieuse. — Seulement, voyons, ajouta-t-il: entre nous, je venais ce soir avec l'espérance de connaître un peu mon sort... Il est une confidence que vous pourriez me faire sans vous compromettre.

— Laquelle?

— Mlle Murrah est sans doute à cette heure informée de la mission dont a bien voulu se charger votre tante. Vous avez causé un instant avec elle, vous en a-t-elle *parlé*?

— Elle ne m'en a point dit un mot, je vous le jure.

Nous arrivions au club, et notre entretien fut rompu par quelques amis qui survenaient en même temps que nous; je respirai. Une irritation sourde m'avait agité pendant cette consultation, que je n'avais pu esquiver. Je ne sais quelle jalousie folle se mêlait au mécontentement de moi-même. J'étais humilié de feindre avec ce rival naïf, et la pensée qu'il pût croire Kondjé-Gul accessible à ses vœux me jetait dans une véritable rage. Tout à coup, l'idée me vint qu'il y avait déjà deux jours que ma tante avait fait sa démarche, et je m'étonnais que Mme Murah ne m'en eût encore rien dit; j'en venais à me demander si vraiment Kondjé-Gul ignorait encore que Daniel l'aimait, s'il n'y avait point là quelque mystère.

Pour me calmer, après une courte apparition dans les salons du cercle, je revins à pied à l'hôtel de Téral, à travers les Champs-Élysées. Tout y était endormi déjà, excepté Kondjé-Gul qui m'attendait, encore vêtue de son adorable costume d'odalisque. En m'apercevant, elle se jeta à mon cou.

— Oh! cher, cher jaloux! s'écria-t-elle avec joie.

— Jaloux, moi? répondis-je sans paraître la comprendre, et croyant qu'elle allait me révéler la recherche de Kiusko. Pourquoi, je te prie, serais-je jaloux?

— Méchant! reprit-elle, moi qui l'avais cru, parce que tu m'as fait mettre mon *féridjié*, et tu n'en veux pas convenir.

— Quoi, c'est pour cela? dis-je en voyant qu'elle ne savait encore rien.

— Sans doute, ajouta-t-elle avec une petite moue attristée. J'avais cru, monsieur, que vous me trouviez trop belle, que vous ne vouliez pas que le comte et sir Edwards me vissent dans ces habits que je ne mets que pour vous.

— Et voilà que tu ne songeais qu'à me préserver des courants d'air: quelle chute pour mon orgueil!

— Enfant! dis-je.

— Conviens-en donc, ajouta-t-elle avec un accent d'adorable tendresse. — Je te dirai pourquoi j'y tiens.

— Eh bien! oui, j'en conviens, repris-je désarmé malgré moi par sa grâce; j'étais furieux de te voir faire la coquette.

— Vrai? s'écria-t-elle joyeuse, et tu n'aimeras pas Suzannah?

— Suzannah!... A quel propos?

— Mais toute la grande affaire est là! — Imagine-toi, reprit-elle, que, lorsque nous fûmes habillées, voilà cette folle Maud à qui il vient l'idée d'entrer toutes les trois complètement voilées, prétendant que vous vous tromperez tous entre Suzannah et moi. Nous adoptons son projet. Je me croyais très sûre que, toi, tu saurais bien me reconnaître, et que le comte ou sir Edwards pourraient seuls commettre cette erreur. Alors, par plaisanterie, j'ajoute que nous accepterons la méprise comme un présage, et que celui qui prendra Suzannah pour moi deviendra son mari.

— Voilà donc la cause de cette émotion que je n'ai pas su m'expliquer?

— Après ce que j'avais dit, il y avait bien de quoi m'effrayer. Aussi juge si j'ai été heureuse quand je t'ai vu jaloux.

Il était évident que je m'étais forgé des chimères et que Kondjé-Gul ne savait rien. En réfléchissant, je compris que je ne pouvais qu'approuver sa mère de ne l'avoir point informée d'une inutile démarche qu'elle considérait sans doute, elle-même, comme si insignifiante que, dans son apathie, elle n'avait point jugé nécessaire de m'en parler le jour même; c'était une affaire à régler entre elle et moi, je me proposai de lui fournir le lendemain d'occasion d'aborder un entretien.

Le lendemain, j'étais à peine levé que Klusko arrivait chez moi, éperonné; nous avions décidé la veille une promenade au Bois. Comme, le plus souvent, il allait de son côté au rendez-vous, je devinai que, ce jour-là, il voulait avoir l'air d'être amené par moi, pour couvrir son embarras, ou sa timidité peut-être, lorsqu'il aborderait Kondjé-Gul. Résolu à me dérober à de nouvelles confidences, je retins mon valet de chambre, en m'habillant très lentement, sans pitié pour son impatience, et de façon à nous mettre en retard, ce qui nous força, une fois en selle, de gagner le bois au galop, allure peu propre aux expansions.

Nous ne rejoignîmes la cavalcade qu'à l'avenue des Acacias; c'était l'itinéraire du retour. Je ne manquai point d'observer Klusko, au moment où il saluait Kondjé-Gul. Il rougit en balbutiant un compliment collectif aux trois filles. Le visage de Kondjé-Gul ne trahit rien que l'animation de la course. Nous partîmes en deux groupes. Par discrétion sans doute, Klusko resta en arrière avec Suzannah et sir Harry; Edwards et moi nous avions pris les devants avec Kondjé-Gul et Maud, qui se querellait avec son cousin sur ce point important: d'aller tout droit pour galoper ou de tourner par la petite allée. Kondjé-Gul décida la question en entrant brusquement sous le couvert.

— Qui m'aime me suive! dit-elle en riant.

Je la suivis et nous nous trouvâmes côte à côte.

— Oh! grande nouvelle! me dit-elle, dès que Maud et Edwards, qui venaient derrière nous, ne purent plus nous entendre.

— Quoi donc? demandai-je.

— Eh bien! imagine-toi que, avant-hier, ta tante est venue voir ma mère pendant que j'étais absente, et là, en grande cérémonie, m'a demandée en mariage pour le noble comte Daniel Klusko. Ma mère m'a révélé cette affaire ce matin au réveil.

— Et que lui as-tu répondu?

— J'ai ri d'abord, et j'ai dit à maman qu'il fallait t'avertir vite, pour que tu décides de quelle façon elle doit repousser l'ennemi.

— C'est fort simple, dis-je. Elle n'a qu'à répondre à ma tante, lorsqu'elle reviendra, qu'elle t'a consultée.

— Est-ce aussi simple que cela?

— Sans doute, repris-je avec humeur à l'idée qu'elle savait l'amour de Daniel, n'est-ce point ta volonté seule que l'on peut invoquer?

A ce mot, Kondjé-Gul me regarda tout étonnée.

— Ma volonté? dit-elle. Mon Dieu! est-ce que tu ne m'aimes plus?

— Pourquoi ne t'aimerais-je plus? répondis-je.

— On dirait que tu veux me rappeler cette horrible liberté qui me fait si peur.

Je compris que j'étais stupide et brutal. Je m'excusai.

— Méchant! ajouta-t-elle, en me montrant son bracelet d'or rivé à son bras.

Nous décidâmes que j'irais me concerter avec sa mère pour lui dicter les termes précis d'un refus coupant court à toute espérance. A ce moment, nous sortions de l'étroite allée; Maud et Edwards nous rejoignaient. Notre promenade s'acheva sans autre incident, si ce n'est pourtant que Daniel me sembla nous observer beaucoup, Kondjé-Gul et moi, comme s'il eût voulu deviner qui s'était passé pendant notre tête-à-tête, qu'il avait vu de loin. Je ne m'en préoccupai point autrement, et, résolu à repousser, s'il le fallait, des obsessions gênantes par des arguments plus décisifs, je

pris le parti d'agir le jour même, pour en finir avec cette sotte aventure.

Vers trois heures, j'allai à l'hôtel de Téral, et, dans un entretien avec la mère de Kondjé-Gul, je précisai les termes de sa réponse à ma tante; qui se bornait à cette formule d'usage en pareille occurrence: « Mlle Kondjé-Gul était très flattée de l'honneur que voulait bien lui faire M. le comte Daniel Klusko... mais elle ne pouvait d'accepter. » Et, pour marquer que ce n'était point là un de ces atermoiements qu'il pût garder l'espoir de vaincre: « Elle confiait à d'ami: que son cœur n'était plus libre et qu'elle était engagée avec un de ses parents. » Cette réponse à demi confidentielle avait le mérite d'un acte de franchise, après lequel un galant homme ne pouvait insister sans offense. Elle constituait en outre, pour l'avenir, une situation définie qui mettait désormais Kondjé-Gul à l'abri de toute sollicitation importune de la part de mes rivaux.

XXVIII

Tu reviens encore, mon cher Louis, à ton rôle d'enfonceur de portes ouvertes, et ta belle humeur croit s'éventer à mes dépens. Mon système oriental s'effondre, dis-tu, au contact du monde réel, et de ces sentiments que je prétendais classer parmi les préjugés d'une civilisation vieillie. — Tu me l'aperçois pas, dériseur subtil, qu'il n'est pas un de tes arguments qui ne se retourne contre toi pour proclamer la supériorité des mœurs du harem. — N'est-il pas évident que ces mésaventures, ces orages, ces jalousies, que tu grossis à dessein, n'ont pour cause que l'émancipation de Kondjé-Gul, et que rien de tout cela ne fût arrivé, si je n'eusse dérogé aux usages turcs? Contemple, d'un côté, la sérénité de mes amours avec Zouhra, Nazli et Hadidjé, cette molle existence de poète ou de sultan, à l'abri des rivalités troublantes; de l'autre, vois ces difficultés, ces luttes, naissant tout à coup de nos conventions mondaines... En vérité, je ne sais pas pourquoi je m'attarde encore à discuter avec toi.

Allégé par l'assurance que Kondjé-Gul allait être délivrée des poursuites du comte Klusko, après la déclaration que Mme Murrah fit le lendemain à ma tante, je retrouvai ma quiétude. Je ne doutais point de l'effet qu'une réponse aussi catégorique allait produire sur Daniel. Je le savais trop épris pour le point prévoir que le coup serait rude.

Je m'attendais donc à le voir cacher dans une retraite désolée le deuil de ses illusions. Revoir Kondjé-Gul après un tel refus motivé, c'était souffrir et raviver ses regrets. C'était surtout l'exposer, elle, à une situation gênante que son amour déclaré devait créer entre eux... Mais il arriva que, comme je raisonnais à part moi, sur cette nécessité d'une rupture, je fus tout surpris de le voir reparaître parmi nous le lendemain, aussi calme que la veille, et comme si nul incident fâcheux ne fut survenu. Les jours suivirent, et rien ne fut changé. On eût dit même, à son aisance, à je ne sais quelle désinvolture plus assurée, que, désormais confiant dans l'issue de ses prétentions, il attendait l'heure qui devait couronner ses vœux.

Ce singulier résultat d'un rejet décisif n'était point sans m'intriguer; mais, un peu embarrassé de mon rôle, j'avais trop nettement esquivé les confidences de mon rival pour qu'il me fût permis d'y faire le moindre appel. J'en vins à soupçonner que la mère de Kondjé-Gul avait mal récité sa leçon. Je résolus enfin d'interroger discrètement ma tante sur ce point.

— A propos, belle tante, lui dis-je, un matin, du ton de la plus complète indifférence, vous ne m'avez plus reparlé du mariage de Klusko.

— Ah! il n'en est plus question me répondit-elle. Il s'est présenté trop tard le cœur de la belle Kondjé-Gul est pris. Elle est même engagée à un de ses parents.

— Il me paraît du reste supporter fort allègrement sa déconvenue.

— Oh! ne vous y fiez pas! reprit-elle. Daniel n'est point de ces amoureux bêlants qui jettent leurs plaintes à la lune; il l'aime je l'ai vu à sa pâleur subite, quand je lui ai annoncé le rejet très net de sa demande; mais il a une volonté de fer, et soyez convaincu que s'il est calme c'est qu'il a gardé un espoir. — Pour moi, je ne croirai au mariage de Kondjé-Gul avec son cousin que lorsqu'ils sortiront de l'église.

Bien qu'il m'importât peu que la foi robuste de Klusko s'illusionnât encore d'un reste d'espérance je dois convenir que je ressentis je ne sais quel froissement d'une si présomptueuse insistance. Par une demande officielle il avait déclaré son amour que désormais Kondjé-Gul ne pouvait plus feindre d'ignorer. Il y avait donc une sorte d'outrecuidance blessante pour elle dans cette quiétude qui semblait ne tenir aucun compte d'un engagement qu'elle lui avait fait connaître pour motiver son refus. Si réservé qu'il fût, et bien que jamais une parole ne trahît le sentiment secret qu'il voilait avec soin dans nos relations de camaraderie, il était impossible de ne point subir la contrainte d'une situation qui pour son compte, il ne paraissait prendre nul soucl. Ces façons de tyranneau féodal, et cette confiance insolente m'agaçaient enfin à un point que je ne saurais dire; mais une circonstance, en apparence insignifiante, vint bientôt donner un tout autre cours à mes soupçons.

Un matin, vers dix heures, j'accompagnais ma tante dans une de ses tournées de pauvres. Comme notre voiture passait par hasard devant l'hôtel de Téral, je fus tout surpris d'en voir sortir Daniel. — Que venait-il faire là? — C'était l'heure des leçons de Kondjé-Gul, et, à coup sûr, ce n'était point l'heure des visites. Une semblable découverte me jeta dans un si étrange accès d'humeur, que j'eus peine à le dissimuler. Cependant, je réfléchis que Maud et Suzannah l'avaient peut-être chargé de quelque message, ou quelque livre qu'il était venu remettre. Quoi qu'il en fût, je voulus en avoir le cœur net. Au milieu des Champs-Élysées, je pris le prétexte d'un ordre à donner chez un carrossier et, laissant ma tante rentrer seule, je revins à l'hôtel de Téral.

Comme je l'avais prévu, Kondjé-Gul était enfermée chez elle avec sa maîtresse de piano. Je me fis annoncer dans les formes. Elle me fit introduire aussitôt.

— Quoi! c'est vous? dit-elle, feignant, pour sa maîtresse, la surprise d'une visite si matinale. — Venez-vous pour jouer à quatre mains avec moi?

— Non, répondis-je. Je passais, et je vous dérange seulement pour vous demander si vous avez combiné quelque chose aujourd'hui avec vos amies Montaigu.

— Rien, elles m'attendent à trois heures, voilà tout.

— Elles ne vous ont rien fait dire ce matin?

— Non. — Est-ce qu'il arrive quelque chose? ajouta-t-elle en turc.

— Absolument rien, répliquai-je en riant. Ma tante m'a amené par ici, j'ai voulu te dire bonjour.

— Que tu es bon et gentil! dit-elle avec effusion.

Elle n'avait point quitté son piano, et j'étais resté debout, afin de bien marquer que je n'étais venu qu'en passant pour prendre ses ordres. Je lui serrai la main, en déclarant ne pas vouloir interrompre sa leçon, et je partis.

Il était évident que Kondjé-Gul n'avait rien su de la présence de Daniel. En sortant, je m'adressai à Fanny, à qui je donnai quelques instructions, en la prévenant que j'allais envoyer des fleurs. Cette fille m'était entièrement dévouée, et sa discrétion était à toute épreuve. Pourtant, ne voulant point paraître l'interroger sur sa maîtresse, je lui demandai, indifféremment si le comte n'avait rien apporté pour moi.

— Je l'ignore, monsieur, me répondit-elle. M. le comte est venu il y a une heure, mais il m'a dit de l'annoncer chez la mère de mademoiselle, qui l'attendait, je crois, et qui m'a donné l'ordre de le faire entrer dans le petit salon, où elle est allée le recevoir. — Quand il est parti, il ne m'a rien dit.

— Il n'a rien dit à Pierre? ajoutai-je.

— Pierre n'était pas là, monsieur, répliqua Fanny. M. le comte n'a parlé qu'à Mme Murrah.

— Ah! très bien! dis-je négligemment.

Mon enquête aboutissait à une curieuse découverte. Que signifiait cet entretien secret de Daniel avec la mère de Kondjé-Gul? Décidé à pénétrer ce mystère, je montai délibérément chez Mme Murrah. Elle ne parut pas surprise; d'où je conclus qu'elle me savait à l'hôtel et qu'elle s'était préparée à me voir. De mon côté, du reste, j'eus l'air de venir pour régler quelques détails du service de l'écurie et de la maison, car j'étais forcé de l'aider dans la direction de toutes choses. Elle m'écoutait avec ce sourire un peu servile qu'elle garde toujours avec moi. Quand elle fut bien absorbée par mes questions de chiffres:

— A propos, lui dis-je tout à coup, que venait donc faire ici le comte Kinsko, si matin?

Je crus la voir rougir, mais ce ne fut qu'une rapide impression.

— Le comte?... répondit-elle avec le ton de la plus profonde surprise. Je ne l'ai pas vu! — Est-ce qu'il est venu?

— Mais Fanny l'a fait entrer ici, répliquai-je. Vous lui avez parlé.

— Ah! oui: *ce matin*, s'écria-t-elle vivement en soulignant ce mot. Ah! mon Dieu, ma pauvre tête! Je comprenais: *hier soir*, je sais si mal le français! Oui, oui, il est venu. — Ce pauvre jeune homme est fou. — C'est la seconde fois qu'il vient me supplier de lui donner Kondjé-Gul.. Il est fou! Il est fou!

— Ah! il était déjà venu! Mais pourquoi ne m'en aviez-vous pas informé?

— C'est vrai? Je l'avais oublié, répliqua-t-elle.

Je jugeai inutile de paraître insister. Mme Murrah avait-elle essayé de me cacher ces visites de Kinsko? ou n'y avait-il là, au contraire, qu'une preuve du peu d'importance qu'elle y attachait? Lui signaler ma défiance, c'eût été en tout cas la mettre sur ses gardes. Sans plus de transition, je repris mes explications de ménage, comme si je n'eusse vu en effet, dans l'incident du matin que le puéril entêtement d'un amoureux éconduit. Un quart d'heure après, je la quittai le plus gaiment du monde.

Une fois sorti, je résumai froidement l'affaire, et je réflé-chis. Avais-je surpris par hasard une entente, ou mon esprit jaloux s'effrayait-il à tort d'une folle démarche que la mère de Kondjé-Gul n'avait pu esquiver? Accoutumée à une sorte de soumission passive, s'était-elle laissé intimider devant un homme qui parlait en maître? Embarrassée de son rôle, n'avait-elle pas maladroitement laissé échapper quelque parole imprudente? En fallait-il plus pour expliquer la singulière conduite de Daniel? Quoi qu'il en fût, je me promettais bien de surveiller mon rival lorsque, par un incident des plus bizarres, les faits se déroulèrent tout à coup en péripéties imprévues.

Une nuit, comme j'arrivais à l'hôtel de Téral, je crus apercevoir un homme caché dans l'ombre de la maison voisine, et qui semblait attendre ou guetter quelqu'un. J'usais toujours de précautions prudentes, le plus souvent superflues dans ce quartier désert, et je ne me hasardais jamais à pénétrer par la porte secrète sans avoir exploré du regard les alentours. Intrigué par l'immobilité de cet homme, qu'il était impossible de prendre pour un passant, je poursuivis ma route, et tournai l'angle de la rue sans m'arrêter, supposant qu'il me suivrait s'il était venu pour m'épier. Au bout de quelques pas, je jetai un coup d'œil derrière moi, je ne vis rien. Après tout, c'était peut-être quelque flâneur ou quelque amoureux contemplant une fenêtre. Je revins par un détour; l'homme n'avait pas bougé. Impatienté, cette fois, je marchai droit à lui.

— Que faites-vous là? lui dis-je.

— Ah!... Monsieur de Peyrade! s'écria-t-il. Quoi! vous?...

Surpris d'entendre mon nom, je cherchais à reconnaître cette voix, qui ne me semblait pas inconnue.

— Oh! vous devez m'avoir oublié, reprit-il; mais il n'en est pas de même de moi, bien que vous m'ayez rendu un fameux service, et je vais vous aider, car vous ne trouverez pas: Antonin Giraud.

Ce nom me rappela un garçon assez original que j'avais en effet autrefois côtoyé, pendant mes sorties de l'école, et qui ne m'avait laissé que le souvenir d'étonnantes facultés qu'il gaspillait avec une insouciance de véritable bohème. Peu désireux de renouer des relations en ce moment, je coupai court à ses effusions de gratitude.

— Eh bien! monsieur Antonin Giraud, répondis-je, je vous renouvelle ma question : que faites-vous là?

— Ma foi, monsieur, je l'ignore absolument! Mais je suppose que, à mon tour, j'y suis pour vous rendre un service.

— Un service à moi? répliquai-je avec hauteur.

— Monsieur de Peyrade, dit-il sans se déconcerter, il y a dans la vie, pour les pauvres diables qui luttent par tous les moyens contre le mauvais sort, des heures désespérées où leur perte ne tient plus qu'à un fil. Il y a quelques années, sans le savoir, vous m'avez sauvé à une de ces heures-là. Voulez-vous bien me permettre d'aller vous voir demain matin? J'ai dans l'idée que je m'acquitterai envers vous.

— Que signifie? repris-je.

— Le lieu serait mal choisi pour une conversation. D'ailleurs je vous répète que j'ignore vraiment pourquoi je suis ici. Dans quelques heures, je le saurai; qu'il vous suffise d'apprendre pour l'instant que quelqu'un a intérêt à surveiller l'entrée de cette petite porte que voilà. Vous me direz demain ce que vous voulez qu'on en sache. Là-dessus je ferme les yeux et j'ai bien l'honneur de vous souhaiter le bonsoir. — Puis-je vous demander à quelle heure vous voudriez bien me recevoir? ajouta-t-il.

— Venez à dix heures chez moi, répondis-je, et je lui donnai mon adresse.

En remontant dans mes souvenirs, si peu de place qu'y dussent tenir les services que j'avais pu rendre à ce garçon, je me rappelai qu'en effet, dans mon passage au pays latin, j'avais souvent laissé tomber sur lui quelques-unes de ces largesses que je me plaisais à répandre et qui me coûtaient si peu. C'était d'ailleurs le type le plus curieux, un mélange des dons les plus rares et de tout ce que le désordre et la misère peuvent produire dans une existence déclassée. Ancien élève de l'École des chartes, travailleur acharné ou paresseux à l'excès, selon ses heures, il doué d'une érudition surprenante. Tantôt répétiteur de lettres, tantôt professeur de sciences, il vivait au jour le jour, dépensant plus d'énergie pour conquérir un dîner qu'il ne lui en eût coûté pour professer tout le jour dans une chaire.

Bref, le lendemain, je l'attendis; à dix heures sonnant, mon valet de chambre l'annonçait. En le voyant entrer, je restai tout surpris; je l'avais retrouvé la veille sous une apparence minable que je le connaissais de longue date. Il arrivait vêtu d'habits tout neufs, auxquels il semblait emprunter un aplomb de circonstance, et dont il paraissait jouir avec une puérile satisfaction. Un peu plus, je ne l'eusse point reconnu.

— Monsieur de Peyrade, me dit-il en s'asseyant sur le fauteuil que je lui désignais, j'en viens tout de suite au fait. Je ne m'étais point trompé, hier, en vous promettant des révélations intéressantes pour vous, et j'arrive les mains pleines.

— Je vous écoute, répondis-je d'un ton réservé, qui lui dénonça sans doute que je ne payais pas de confiance.

— Très bien! reprit-il. Vous vous attendiez à ce préambule; entrons carrément en matière, car, je le comprends, il faut vous prouver d'abord que je joue franc jeu. Après tout, vous m'avez surpris, cette nuit, dans une occupation qui ne me permet pas de faire le fier.

— J'attendrai pour vous répondre, dis-je, que vous m'ayez édifié sur l'objet de votre visite.

Ce mot tombant à froid sur sa jactance, et le ton qui l'accompagna arrêtèrent tout court Antonin Giraud. Il me regarda, et, devinant sans doute à mon air l'effet que me produisait son exorde, il ne put se défendre de rougir.

— Enfin, reprit-il en détournant les yeux, j'ai tout lieu de croire que ce que je viens vous apprendre est d'un très grand intérêt pour vous, et dans ce cas...

— Vous venez me proposer d'acheter vos révélations, répliquai-je en complétant le sens de sa phrase.

Il hésita un moment, et essuya son front où perlaient des gouttes de sueur.

— Eh bien! oui, dit-il enfin. Cela peut être une affaire, voilà tout.

— Alors parlez, je vous écoute.

Je le vis faire un effort pour affermir son assurance; mais, au moment où il relevait la tête d'un air décidé à payer d'effronterie, son regard rencontra encore le mien.

— Ah çà! mais je fais ici un métier de canaille! s'écria-t-il tout à coup, et vous devez me prendre pour un misérable!

Je ne crus point devoir répondre; mon silence accrut son trouble.

— Voyons, monsieur de Peyrade, reprit-il, je vous en prie, ne me jugez pas sur ce que je viens de vous dire. Hier, je vous le jure, en vous revoyant, je n'avais pensé qu'aux bons services que vous m'avez rendus autrefois. Le hasard seul m'avait jeté dans cette bête d'affaire dont j'ignorais le vrai but. On m'avait offert vingt francs pour passer la nuit là, en me disant qu'il s'agissait de jouer un tour à une drôlesse au profit d'un ami. Ce rôle de dieu vengeur dans les prix doux m'avait séduit. Quand j'ai vu qu'il s'agissait de vous, sans même songer à ce que vous alliez croire de moi, je n'ai eu que l'idée de vous servir, en vous révélant que j'étais chargé de surveiller cette maison. J'ai pensé tout de suite que vous couriez peut-être un danger, et qu'il fallait vous avertir. Enfin je vous ai demandé votre adresse, pour venir vous dire tout au long les détails que j'ignorais, mais que je savais pouvoir me procurer ce matin... Ouf! voilà le vrai!

— Alors qu'est-ce que vous venez me raconter, mon cher Giraud? dis-je en changeant de ton devant cette confusion sincère du pauvre garçon.

— Mais c'est toute une histoire! reprit-il. Et vous allez voir que si dame Misère, mon acariâtre épouse, m'a encore fait faire une sottise, elle m'aura du moins, cette fois, assez bien conseillé... Vous vous rappelez bien Zarewski, dit le Polonais, parce qu'il était Prussien?

— Vaguement, je vous l'avoue.

— Eh bien, votre oubli ne l'a pas empêché de faire son chemin dans le monde. Il est devenu diplomate; d'aucuns prétendent, cependant, qu'il ne sert que dans la police d'un grand ministre étranger. Bref, il paraît de temps en temps au boulevard Saint-Michel. Hier, à la brasserie, il m'aborde, me fait le conte que vous savez. « Il est épris d'une duchesse qu'il soupçonne d'infidélité, » et il me demande comme un service d'ami de me déguiser en Argus pour cette nuit. — Vous savez comme j'ai bien rempli mon emploi aussitôt que vous avez paru. — Finalement, je vais ce matin chez le Polonais. Je lui rends compte de ma mission en lui disant qu'il ne s'est rien passé dans la nuit. Il me rit au nez, et me raconte tout uniment que je vous ai vu, que j'ai eu un dialogue avec vous, et que j'ai quitté la place quand vous êtes entré dans la maison. Je me sens pincé, mais, à mon grand étonnement, il me donne tout de même mon louis. J'hésite à le prendre. — Je succombe, première chute! Il m'interroge alors sur vous, me dit que, puisque je vous connais, nous avons une affaire superbe, que vous auriez sans doute un très grand intérêt à lui acheter certain secret qui vous touche. Voyant cela, je comprends cette fois qu'il faut le laisser parler; je fais le difficile tout juste assez pour qu'il insiste, en feignant la crainte de m'engrener dans une affaire politique scabreuse. Il finit par me confesser tout: il s'agit simplement d'une idylle. « Un de ses amis est sur le point d'épouser une jeune personne étrangère qu'il adore; on lui a fait des cancans. Il n'y croit pas, mais il veut en avoir le cœur net, parce qu'il se soupçonne des rivaux. » J'hésite encore sur le point de n'être point convaincu par son histoire. Il me livre les noms. « Le jaloux est un certain comte Kiusko, la demoiselle, une jeune fille du monde qui s'appelle Mlle Murrah; les rivaux suspects sont le duc de Marandal et vous. » Une fois renseigné comme je le voulais, je dis alors carrément que je n'ai pas plus de goût pour l'état de maître chanteur que pour l'état de sereno. J'ajoute enfin que vous m'avez obligé autrefois, et que je m'en vais bien vite au contraire vous avertir qu'on vous surveille... Alors, là-dessus, voilà qu'il me démontre qu'il est trop tard, attendu que l'on sait main-tenant tout ce qu'on voulait savoir, que si, ce matin même, vous n'avez pas arrêté l'affaire, elle va être livrée au comte Kiusko. Il me fait entendre que c'est après tout dans votre intérêt... Que vous êtes un nabab, capable de nous offrir une grosse somme. Il me retourne, me style. — Vous voyez comme je m'en suis tiré avec adresse. — Ça n'empêche pas que vous devez me prendre pour un fameux coquin!...

— Allons, mon vieux Giraud, dis-je touché des remords sincères du pauvre garçon, donnez-moi votre main, que vous avez oublié de me tendre en entrant, comme un ancien camarade.

Il me regarda ébahi.

— Sapristi, mon cher, s'écria-t-il en hésitant, vrai, je ne sais pas si j'ose à présent!

— Bon, laissez de côté votre ami Zarewski et l'aventure de cette nuit, qui n'a aucune importance pour moi, et dites-moi un peu comment, étant ce que vous êtes, vous avez ainsi gaspillé votre vie.

— Comment, gaspillé?... s'écria-t-il, mais, depuis que je vous ai vu, j'ai pioché comme un nègre et j'ai appris six langues. Je possède aujourd'hui le sanscrit comme Burnouf.

— Gaspillé!...

— Mais il ne s'agit pas de cela, reprit-il en s'interrompant, il s'agit de vous!... Vous ne savez encore rien de l'histoire. Vous êtes à votre insu dans le plus joli guêpier du monde, et si vous avez quelque crainte des curieux, gare à vous!...

Il m'apprit alors que depuis dix jours un système d'espionnage était ourdi qui m'englobait, ainsi que le duc de Marandal, dans une maille insaisissable. Nos moindres pas étaient épiés comme ceux de Kondjé-Gul, et, chaque matin, un rapport en était fait à Kiusko.

— C'est cette révélation que je venais habilement vous vendre, et que je ne devais vous livrer que contre une somme, ajouta-t-il en voyant mon étonnement. J'ai en poche de quoi vous convaincre, au cas où vous auriez douté; c'est la copie des renseignements donnés jusqu'aujourd'hui, y compris ceux de ce matin, qui sont assez drôles.

Là-dessus, il me tira une liasse de papiers en ordre, et me les tendit un à un. Je les lus. Jour par jour, heure par heure, j'y retrouvai tout ce que j'avais fait depuis une semaine. Entre autres détails, les suivants, dont tu peux juger la précision :

« Le mardi 7, sorti à cheval de son hôtel à huit heures du matin. A été directement au bois. A huit heures et demie, rencontré le comte Kiusko, près le pont du grand lac. Partis ensemble. A neuf heures, rejoints par deux messieurs et deux demoiselles à cheval... » En marge, une note rétrospective ajoutait : « Le commodore Montaigu, ses filles et son neveu... A dix heures et demie, rentré seul à l'hôtel. Ressorti à pied à trois heures. A été rue Monsieur. En est reparti à six heures. Pris une voiture pour aller au club... A minuit, a quitté le club pour retourner rue Monsieur... n'en est ressorti qu'à huit heures du matin. »

Deux jours plus tard, voici ce qu'un nouveau rapport disait :

« Hôtel de la rue Monsieur, habité par un étranger turc et sa famille. Inconnu à l'ambassade sous le nom de Omer-Rachid qu'il porte, et qui doit être faux. Ne reçoit aucune lettre par la poste. Ne sort jamais qu'en voiture et accompagné de ses trois filles, qui sont fort jeunes et très belles. Ne reçoit de visites que de M. André de Peyrade. Le voisinage ne connaît son nom que par le portier de l'hôtel. Incorruptible. — Ce mot, entre parenthèses, était souligné. — Les six domestiques femmes, toutes étrangères, turques ou grecques. Les gens de l'écurie et les cochers, seuls, sont Français. Ne savent rien de plus que les voisins. Ne pénètrent jamais dans les appartements. Bonne maison pour eux. Bien payés, service facile et toutes leurs aises. »

Je respirai.

— Oh! ne vous réjouissez pas si vite, dit Giraud; vous allez voir le rapport d'aujourd'hui.

Je pris le dernier feuillet, j'y lus cette étonnante découverte :

« Le véritable nom de Omer-Rachid, est Mohammed-Azis. Il n'a dans la maison qu'une situation subalterne. Les trois jeunes personnes qui habitent l'hôtel avec lui ne sont pas ses filles. Il les a achetées à Constantinople pour le compte de son maître, qui semble être M. André de Peyrade. Elles se nomment Hadidjé, Nazli et Zouhra. Cette dernière a entamé une correspondance par signes avec un jeune officier habitant la maison voisine, et dont les fenêtres ont vue sur le jardin de l'hôtel. »

— Quelle fable ridicule! m'écriai-je, voulant cacher mon trouble.

— Ma foi, tant pis! dit Giraud, il est dommage que ce ne soit pas vrai!

A la suite de ce mémoire, mes faits et gestes de la veille, qui se terminait ainsi:

« A une heure du matin, sorti du club pour aller à l'hôtel de Téral, où il a causé avec un homme qui semblait l'attendre à la porte. Ressorti à six heures du matin. Rentré chez lui rue de Varennes. »

— Vous le voyez, reprit Giraud, c'est d'une assez jolie réussite. — Pendant que nous causions cette nuit, vous aviez amené, avec vous, votre ange gardien particulier.

En apprenant jusqu'où s'était étendu un aussi vil espionnage, ma première pensée fut d'aller trouver Kiusko. De pareilles manœuvres étaient une insulte envers Kondjé-Gul, aussi bien qu'envers moi. Je n'étais pas homme à les laisser passer sans lui en demander un compte sévère. A l'idée de mes secrets livrés ou pénétrés ainsi par un policier vulgaire, je ne sentis un mouvement de rage; mais je réfléchis qu'il importait d'abord d'arrêter ces révélations dernières, qui étaient les plus graves.

— Ce rapport de ce matin n'a pas encore été remis au comte Kiusko? demandai-je à Giraud.

— Non, répondit-il. Je venais vous l'offrir dans toute sa fraîcheur: c'est le bouquet que j'étais chargé de vous venir.

— Où est l'homme qui vous a envoyé?

— Il m'attend dans le carrosse, au coin de la rue.

— Courez le chercher, et amenez-le-moi.

— Allons donc! s'écria Giraud; est-ce que vous allez donner dans le piège de cette canaille? Mais je n'oserais plus me regarder en face, car vous pourriez croire que j'ai partagé! Non, non, le vin est tiré, il faut le boire. Et il le boira! j'en fais mon affaire. Je vais tout uniment retourner lui dire que je garde son petit rapport d'espion de ce matin, et que, s'il a le malheur d'en souffler mot à quiconque, je le fends comme un navet. Et il se taira, je le jure. — Il me connaît!

Il me fut aisé de lui faire comprendre que son coquin pourrait toujours échapper à ses menaces, et que le plus sûr moyen de le tenir était encore un intérêt de son silence. Une fois compromis d'ailleurs par le marché dont Giraud devait être le témoin, et dans lequel il allait me livrer la preuve des agissements de Kiusko, le Polonais pouvait me servir, ne fût-ce que pour fonder sur ses espionnages la réparation que je voulais demander à celui qui l'employait.

— Comment? vous battre pour cela! dit Giraud d'un air de dédain. Tenez, à votre place, savez-vous ce que je ferais? Je me contenterais, sans faire de bruit, de rouler le Kiusko en lui détournant tout uniment sa police, de façon à lui faire croire tout ce que je voudrais.

Giraud avait raison. Un duel entre Daniel et moi compromettrait Kondjé-Gul. On en pouvait chercher des causes...

— Sans compter, reprit Giraud, qu'en cas de mauvaises chances on laisse précisément la place à son ennemi, ce qui aggrave encore l'émoi d'un mauvais coup. Ecoutez, ajouta-t-il, puisque vous avez vos motifs pour arrêter les curiosités, je vais aller vous chercher mon coquin; seulement, j'y mets pour condition que je dirai, devant lui, que je ne veux rien toucher de ses honnêtes profits.

Une demi-heure après, le marché était conclu, j'y avais mis le prix. Le diplomate, qui est vraiment une manière de gentleman et l'ami de mon Slave, m'avait livré deux lettres de ce dernier, au moyen desquelles je n'ai plus qu'à choisir mon heure pour lui envoyer mes témoins. En attendant, pour dérouter ses manœuvres et éviter qu'il ne s'adresse à de plus sûrs Argus, il est convenu que Zarewski reste ostensiblement à son service. Chaque matin, il recevra ses fameux rapports, revus et corrigés par moi-même... On n'est pour, trompeur et demi!... Je te laisse à penser si je vais lui faire voir du chemin. Tout naturellement, les révélations de ce jour commencèrent la série de ses mystifications. Omer-Rachid est blanc comme neige... « Il vit comme un bon bourgeois avec ses filles. M. André de Peyrade n'est pour lui qu'un ami, qui l'aide dans un travail sérieux, où se mêle un peu la politique, ce qui explique leurs relations! » Cependant Giraud, peu confiant dans le Polonais et confus du rôle qu'il lui a fait jouer, veut maintenant rester son complice pour le surveiller. Il désire, dit-il, étudier *la detective*. C'est lui qui, pour la forme, fera suivre le jour les pas de Kondjé-Gul, car il ne pourrait que Kiusko la rencontrât en quelque endroit que son rapport ne mentionnerait pas. Il s'apercevrait alors qu'il est berné et chercherait peut-être un agent plus fidèle. Cela me servira du reste à connaître les agissements de Mme Murrah, qui me devient suspecte.

Cette singulière aventure ne pouvait me laisser aucun doute sur l'acharnement de la lutte engagée par Daniel. Il y apportait sans scrupules la sauvage énergie d'une volonté âpre à tout plier sous sa loi. Le choix des moyens importait peu, pour cette nature à peine à demi domptée par une éducation incomplète. Accoutumé à n'agir qu'en maître, il poursuivait son but, droit devant lui, donnant tête baissée à travers les obstacles. La souplesse du Slave se montrait à nu dans cette partie désespérée dont le bonheur de sa vie était l'enjeu. Il aimait Kondjé-Gul, je le savais, de cet amour aveugle qui ne pactise plus avec la raison. Riche ou pauvre, il était prêt à lui donner son nom. Avait-il conjecturé que le luxe et le train de ces deux étrangères ne devaient pas s'appuyer sur un fonds solide? Pour pénétrer le mystère dont il croyait les voir entourées, au risque d'insulter à sa foi dans Kondjé-Gul, et quitte à souffrir les tortures d'une amère désillusion, il ne reculait point devant une action vile où son honneur se fourvoyait. On eût dit même qu'il comptait sur la découverte de quelque ténébreuse intrigue qui eût ranimé son espoir. « Accessible pour d'autres, pensait-il sans doute, n'avait-il point des chances de la conquérir à son tour? Résisterait-elle à cet amour sans bornes, à l'éblouissement de la richesse, et à un mariage qui lui créait une situation inespérée? » Si étranges que fussent ces déductions, le caractère de Daniel et le langage qu'il m'avait tenu les rendaient si logiques que je finis par ne plus m'en étonner.

Éclairé sur des manœuvres qui me donnaient l'explication de sa conduite, après le refus qu'il avait essuyé, je compris la sottise d'une provocation dont le moindre péril était d'atteindre Kondjé-Gul et d'éveiller peut-être un scandale; je tenais désormais dans mes mains la sécurité de notre secret, j'allais prendre mon rival à son piège et l'égarer à mon gré par ces mêmes révélations policières, auxquelles il recourait avec si peu de scrupules. Il était évident que ses soupçons s'étaient portés sur moi, mais qu'il n'avait encore aucune preuve; je pouvais donc me rassurer.

Ces réflexions me calmèrent. Après tout, n'était-il pas insensé de prendre ombrage d'une poursuite qui n'était en fin de compte qu'un des mille incidents que j'avais prévus? La beauté de Kondjé-Gul devait soulever sur son passage des admirations passionnées. Qu'allais-je devenir, mon Dieu! si je prenais souci de Kiusko plus que d'un autre? Informé de ses moindres actions, j'étais là d'ailleurs pour intervenir, s'il le fallait, pour mettre fin à ses projets hostiles.

<h3 style="text-align:center">XXIX</h3>

AH! vraiment oui: je t'aime! Ne crois-tu pas que je vais le nier ou chercher à le dissimuler comme une faiblesse? Ai-je jamais dit que les amours de harem dussent avoir pour effet de supprimer le cœur, et l'âme, et les soifs de l'idéal au seul profit des sens?... Où tu sembles voir la défaite d'un vaincu, je m'enorgueillis de mon bonheur et de l'enchantement de ce rêve que je poursuis tout éveillé. A ce lien secret et charmant qui m'attache à Kondjé-Gul, compare le prosaïsme de ces liaisons vulgaires étalant leur cynisme à tous les yeux; ou ces amours de contrebande qu'un reste d'hypocrite vertu contraint à cacher dans l'ombre comme un délit... Ivresses décevantes, où la possession implique toujours nécessairement une déchéance de la femme et la mésestime de l'amant. — Prêche ou dogmatise tant que tu voudras, pour revendiquer la supériorité de nos mœurs sur ces mœurs d'Orient que tu déclares barbares, tu n'aboutiras jamais qu'à t'embrouiller dans tes paradoxes. — En fait, dans l'état de notre civilisation soi-disant raffinée, tout amour illicite est un libertinage et la femme qui s'y livre une idole profanée. Duchesse ou vierge folle, tu peux poétiser sa chute, mais tu ne saurais l'oublier. — Le ver est dans le fruit. — Mon amour pour Kondjé-Gul ne connaît ni les rougeurs ni les duplicités du vice. Fière de sa soumission d'esclave, elle peut m'aimer sans rien abdiquer de son orgueil. Pour elle, sa tendresse est légitime, sa gloire est de conquérir mon cœur. Je suis son maître, elle s'abandonne à moi sans mépris d'aucun devoir. Fille d'Asie, elle suit sa destinée selon les traditions morales et les croyances de son pays, elle y reste fidèle en m'aimant; sa religion n'a point d'autre règle, sa vertu n'a point d'autre loi.

Voilà pourquoi je t'aime et pourquoi mon cœur est si plein de ce sentiment libre et vrai sous le ciel. Tu me parles de l'avenir et tu me demandes ce qu'il adviendra lorsque arrivera le jour de mon mariage avec Anna Campbell? L'avenir est loin encore, mon cher; quand j'en serai là, nous verrons. En attendant, j'aime, j'aime, j'aime!...

Es-tu content? Oui, je confesse mes erreurs, j'abjure mes vanités païennes, mes principes de sultan, je renie Mahomet! J'ai trouvé mon chemin de Damas, et l'amour vrai m'est apparu dans sa gloire resplendissant sur la nue; il m'a touché de sa grâce et mes fausses idoles gisent dans la poussière... Veux-tu que je te fasse cadeau de mon harem? —S'il t'agrée, dis un mot et je te l'expédie en toute presse; tu lui donneras de mes nouvelles, car voilà six semaines que je n'ai vu mes sultanes. — Seulement hâte-toi: dans huit jours, elles repartent pour Constantinople. Les trésors de la civilisation sont décidément contraires à ces petits animaux-là. Leur liberté les perdrait à Paris. Je leur fais un sort, et je les congédie.

<h3 style="text-align:center">XXX</h3>

CEPENDANT rien en apparence n'avait troublé notre quiétude; le carême avait un peu suspendu le courant de fêtes, et nos réunions intimes y gagnaient. L'hôtel de Téral était le plus généralement choisi. Maud et Suzannah s'y sentaient mieux en escapade, et Kondjé-Gul, comme une enfant, était toute fière de ce qu'elle appelait « ses jours de réception ». Notre petit cercle s'augmenta bientôt d'une douzaine d'élus, triés avec soin parmi l'élément jeune de leurs amitiés de bal. Une ou deux mères ne déparaient pas la grâce de ces charmantes soirées, et le ton d'élégante distinction qui y régnait ne gênait point les éclats de gaîté. Dans ce milieu plus étendu, la présence de Daniel cessa bientôt de troubler Kondjé-Gul; il affectait d'ailleurs une liberté d'esprit qui ne témoignait rien d'un sentiment de regret ou de rancune, et ses manières enjouées ne différaient point de celles de l'ami d'autrefois, elle en avait conçu qu'il s'était soumis de bonne grâce, en reconnaissant l'inutilité d'une espérance désormais sans but réalisable. Je me gardai bien de dissiper son erreur.

Ce temps d'arrêt dans les agitations de la vie mondaine était pour Kondjé-Gul et pour moi un bonheur tout nouveau. Dans cette initiation à toutes nos délicatesses, sa beauté exotique avait acquis je ne sais quel attrait inexprimable. Nous passions de longues soirées dans ces gentils tête-à-tête qui sont les plus douces heures pour les cœurs épris, et notre amour y prenait peu à peu les allures d'un ménage charmant. J'étais tout fier de mon œuvre et je contemplais ému cet être idéal et pur que j'avais animé, dont j'avais formé l'âme et le cœur. La culture de ce jeune esprit, vierge pour ainsi dire, et tout plein de ses croyances orientales, avait produit un adorable contraste d'enthousiasme et de douce raison, qui donnait à l'expression ingénue de ses idées nouvelles le tour le plus original. J'étais souvent tout surpris de retrouver en elle, mêlé encore à des superstitions d'Asie et comme transformé par une foi plus naïve le fond de mes sentiments secrets, de mes aspirations les plus folles. On eût dit vraiment qu'elle ne pensait, ne vivait plus que par moi, et que ses effusions de tendresse avaient leur source dans mon cœur.

Notre bonheur était si assuré, et nous le tenions si bien dans notre main, qu'il nous eût semblé absurde de le croire accessible aux atteintes du sort. Cependant, du fond de cette quiétude il me surgissait parfois une pensée troublante. De légers nuages passaient sur l'azur de mon ciel, et souvent, près d'elle, je songeais malgré moi à cet avenir, à ce mariage que toi-même m'avait rappelé, et dont rien ne saurait me dégager. Si grand que dût être le sacrifice, il ne pourrait me venir à l'imagination de ne point réaliser les vœux de mon oncle. J'étais lié par le cœur à ce père d'adoption, dont la foi en ma loyauté n'avait point eu de bornes; je me devais tout entier à ce bienfaiteur qui laissait toute sa fortune en mes mains, sans que le soupçon d'une ingratitude pût même effleurer son esprit. Mais, quelque mélancolie que m'apportât ce rappel d'un devoir auquel j'étais résigné, je dois avouer que ce n'était là, après tout, qu'une impression fugitive. Je n'en étais plus à lutter contre un compromis de conscience à l'aide duquel j'avais résolu de concilier ma passion pour Kondjé-Gul avec mes devoirs de mari. Le caractère effacé d'Anna Campbell devait faire décidément de notre union un de ces contrats que nos mœurs appellent des mariages de convenance, et l'adorable secret de mes amours avec Kondjé-Gul resterait toujours ignoré. Mon oncle, d'ailleurs, en vint-il un jour à découvrir ce reliquat de ma vie orientale, à coup sûr il était homme à ne point s'en effaroucher autrement, dès l'instant que toutes les lois de la respectability étaient sauves.

Je m'abandonnais donc sans remords au courant de mon existence tranquille, lorsqu'un nouvel incident vint tout à coup réveiller mes soucis.

Un soir que j'arrivais un peu tard, à cause d'un de ces dîners qui marquaient les sorties d'Anna Campbell, je trouvai Kondjé-Gul toute triste, et les yeux rougis. Je l'avais quittée quelques heures auparavant, joyeuse et ravie d'un joli poney dont je lui avais fait cadeau le matin, et que nous avions essayé. Surpris, alarmé d'un chagrin si subit, et qui lui avait coûté des larmes, je l'interrogeai avec tendresse. Un événement grave pouvait seul avoir troublé tout à coup la sérénité si douce de ce bonheur qu'elle goûtait avec l'abandon d'un enfant. A ma première question, je vis qu'elle voulait me cacher la cause de son affliction. J'insistai.

— Non, ce n'est rien, dit-elle... une histoire que m'a conté maman.

Mais, comme elle essayait de sourire, un sanglot se brisa sur ses lèvres. Et, fondant en larmes, elle se jeta à mon cou, cachant sa tête dans mon sein.

— Mon Dieu, qu'as-tu?... m'écriai-je effrayé. Je t'en prie, dis-moi tout... Qu'est-il arrivé?... Pourquoi pleures-tu ainsi?

Elle ne put me répondre, sa poitrine se soulevait. Elle avait saisi ma main, qu'elle couvrait de baisers, comme pour protester de son amour au milieu de son chagrin.

— Kondjé-Gul, ma chérie, lui dis-je, devinant qu'une crainte s'était glissée dans son cœur, tu sais bien que je t'aime, et que rien ne pourrait atteindre notre bonheur.

Je réussis à la calmer: puis, l'ayant fait asseoir près de moi, ses mains dans les miennes, je la suppliai de me confesser ses ennuis. Ses hésitations accroissaient mes terreurs; elle détournait les yeux et je voyais qu'elle n'osait me répondre. Enfin, à bout d'anxiétés, je fis appel à mon autorité.

— Parle, je veux tout savoir, dis-je en mêlant un certain accent de fermeté à ma tendresse; quoi qu'il soit arrivé, je t'ordonne de me confier ton chagrin.

Je savais qu'elle ne résisterait pas devant une volonté formelle exprimée par moi.

— Tu l'exiges? me dit-elle.

— J'exige que tu me racontes ce que t'a dit ta mère, et pourquoi tu as pleuré.

Alors, avec sa soumission d'enfant, elle me fit cet étrange récit, qui me remplit d'étonnement. Après le déjeuner, sa mère était venue la trouver au salon, lorsque, à la suite d'un bavardage assez indifférent, elle se mit à lui parler de leur pays, de leur famille, et la joie qu'elles auraient à les revoir après une si longue absence. Kondjé-Gul la laissait dire, ne prenant de tels propos que comme un de ces rêves d'avenir lointain que l'imagination caresse toujours, en dépit de l'impossibilité de leur réalisation: mais elle fut bientôt surprise en s'apercevant que sa mère l'entretenait de ce rêve comme d'un espoir à solution prochaine. Elle l'interrogea. — Alors, avec mille réticences, Mme Murrah lui raconta qu'elle avait appris qu'un mariage était décidé entre moi et Anna Campbell, avec qui j'étais depuis longtemps fiancé, que ce mariage aurait lieu dans six mois, et que le lendemain des noces, je devais partir avec ma femme. La conclusion de tous ces arrangements était d'abandon de Kondjé-Gul.

J'étais atterré de cette révélation inattendue. Le projet de mon mariage avec Anna était encore un secret de famille connu seulement de mon oncle, de ma tante et de moi. — Comment était-il arrivé jusqu'à Mme Murrah?

— Quoi! m'écriai-je troublé et ne songeant qu'à sa douleur, tu as cru que je pourrais le quitter, renoncer à toi, t'oublier?

— Mais ce mariage est donc vrai? reprit-elle anxieuse en me regardant dans les yeux.

— Il n'y a de vrai que notre amour! répondis-je ému de ses craintes; il n'y a de vrai que ma volonté de t'aimer toujours, de défendre notre bonheur et de toujours vivre ainsi.

— Mais ce mariage?... répéta-t-elle encore.

Il n'était plus possible de reculer devant un aveu auquel je m'étais promis de la préparer plus tard.

— Ecoute, ma chérie, dis-je en prenant ses mains, et surtout écoute-moi confiante. Je t'aime, je n'aime que toi, c'est toi qui es ma femme, mon bonheur, ma vie. Me crois-tu?

— Oui, je te crois! — Mais, elle, ajouta-t-elle tremblante, Anna Campbell?... Tu l'épouseras?

— Voyons, dis-je, voulant d'abord apaiser ses craintes, si, comme il arrive le plus souvent dans ton pays, j'étais forcé, pour assurer notre bonheur même, de faire un autre mariage, ne comprendrais-tu pas que ce ne serait qu'un sacrifice que je dois à mon oncle s'il l'exigeait de moi, un arrangement de famille qui ne pourrait nous séparer? Que peux-tu craindre, si je n'aime que toi?... Est-ce que tu t'inquiétais de Hadidjé ou de Zouhra, avant qu'elles fussent parties?

— Mais elles, elles n'étaient pas chrétiennes! Anna Campbell serait ta femme; ta religion, ta loi l'ordonnent de l'aimer.

— Non, m'écriai-je ma religion, ni ma loi ne peuvent changer mon cœur ni me délier envers toi. J'ai pour devoir de protéger ta vie, de te donner le bonheur; n'es-tu pas aussi ma femme? Pourquoi t'effraierais-tu d'une obligation qui ne troublerait pas ta conscience, si nous vivions dans ton pays? Anna Campbell ne m'aime pas d'amour, nous ne sommes l'un pour l'autre que deux amis, prêts à accepter un de ces liens de convenance comme tu en vois tant autour de nous, et qui ne sont que des accords de fortune auxquels on ne demande qu'une estime réciproque. — Enfant, de quoi serais-tu jalouse? — Ne sais-tu pas que tu seras toujours tout pour moi?

La pauvre Kondjé-Gul écoutait ces projets si étranges sans qu'il lui vînt la pensée de les combattre. Encore sous le joug de ses idées natives, ces préjugés d'Orient, dans lesquels elle avait été élevée, étaient trop profondément gravés dans son esprit pour que la notion de nos sentiments, de nos usages, pour elle si souvent illogiques, eût pu la convertir brusquement à une autre appréciation de la destinée de la femme. Selon sa loi, sa religion, j'étais son maître. Elle n'eût su comprendre qu'il lui fût possible de ne point se soumettre à ma volonté; mais je voyais, à ses yeux mouillés de pleurs, que sa soumission si touchante et si résignée n'était qu'un effort de sa tendresse, et qu'elle souffrait cruellement.

— Voyons, pourquoi pleures-tu? repris-je en l'attirant dans mes bras. Est-ce que tu doutes de mon cœur?

— Oh! non! reprit-elle vivement. Comment ne te croirais-je pas?

— Alors, souris!

— Oui, dit-elle en m'embrassant, tu as raison, je suis folle! Que veux-tu? je suis encore à demi barbare, et je suis un peu éblouie de tout ce que j'ai appris de toi. Il y a encore en moi des obscurités que je ne puis comprendre. Pourquoi je suis jalouse d'Anna Campbell plus que je ne l'étais de Hadidjé, de Nazli ou de Zouhra, je ne sais pas te le dire; mais j'ai peur... Elle est chrétienne, peut-être vas-tu l'aimer autrement que ... Il me semble que c'est la loi de ton pays qui va te reprendre et nous séparer. Cette odieuse loi, que tu m'as révélée un jour, qui m'affranchirait et me rendrait libre, disais-tu, si je voulais te quitter, me revien souvent à l'esprit comme une épouvante. Cette liberté imaginaire dont je ne veux pas, il me semble qu'elle va devenir réelle si tu te maries.

Je la rassurai. Le cœur a des éloquences autrement persuasives que les vaines déductions de la logique. Dans cette bizarre situation, où le conflit entre ses croyances et ce qu'elle savait de notre monde alarmait ma pauvre Kondjé-Gul, j'étais moi-même sincère, en m'illusionnant sur ce compromis de conscience qui me semblait imposé comme un strict devoir. Si singulier que tout cela puisse te paraître, je vivais depuis trop longtemps déjà de la vie de harem, pour n'avoir point été entraîné peu à peu dans le courant des idées orientales. Le lien qui m'unissait à Kondjé-Gul avait à mes yeux je ne sais quelle forme légitime et sacrée. Elle n'était point ma maîtresse, elle était ma femme. Cette loi barbare qui me l'avait livrée, cette loi de son pays, que j'avais acceptée, ne devait-elle pas aussi la protéger?

Il était certain que la révélation de mon mariage convenu avec Anna Campbell n'avait pu venir à Mme Murrah que par Kiusko. Sa parenté avec ma tante l'avait fait de la famille, et il était au courant de nos projets. Il me fut aisé de comprendre qu'un instinct jaloux avait pénétré une partie de notre secret. Il avait deviné du moins que Kondjé-Gul m'aimait, que j'étais un obstacle à ses vœux. Il poursuivait son but. Il voulait détruire par avance tout espoir de Kondjé-Gul, en lui révélant que j'étais fiancé à une autre... Informé de ses agissements vils, je me demandais avec inquiétude si, dans ces entrevues formelles ou prématurées qu'il avait eues avec Mme Murrah, quelque parole imprudente n'avait point déjà tout trahi. Depuis quelques jours, j'avais cru remarquer chez lui je ne sais quel excès de réserve. Il se pouvait que, convaincu désormais de la vanité de ses espérances, il n'eût songé qu'à se venger en troublant du moins la sécurité de son rival. J'en étais là de mes suppositions, quand un événement décisif m'éclaira tout à coup.

XXXI

RASSURÉE par mes serments, par mes promesses d'avenir, Kondjé-Gul subissait trop mes impressions pour n'avoir point accepté une épreuve à laquelle le devoir me contraignait. Orgueilleuse de me sacrifier sa jalousie, de se sacrifier elle-même à mon bonheur, ses larmes taries sous mes baisers, le lendemain de cette douloureuse alerte de son amour, je l'avais trouvée expansive et confiante comme si aucun nuage n'eût assombri notre ciel; mais, quelques jours à peine écoulés, je fus tout surpris de remarquer une sorte de tristesse dans son abandon. Notre bonheur était si pur que je m'attribuai ce trouble qu'à une de ces préoccupations d'enfant que lui donnait parfois l'humeur de sa mère. Cependant, les jours suivants, je soupçonnai qu'il y avait là plus qu'une mélancolie passagère, et qu'elle était tourmentée d'un nouveau chagrin que ma présence même ne pouvait dissiper. A ses réponses, empreintes d'un surcroît de tendresse, je devinai qu'elle voulait me cacher la cause de ses ennuis, de peur sans doute de m'alarmer.

Un soir, à un de nos petits raouts chez les misses Montaigu, le train de gaîté ayant converti le concert commencé en bal, Maud m'avait entraîné pour compléter un quadrille. Kondjé-Gul, ne dansant jamais, tu le sais, s'était retirée dans le boudoir voisin du salon, où elle regardait des albums... Je ne songeais à rien, tout à une causerie folâtre avec Maud, lorsque, de la place où j'étais, à travers la glace sans tain, placée au-dessus de la cheminée qui séparait les deux pièces, j'aperçus Kiusko. Il venait de s'asseoir auprès d'elle. Il était tout naturel que, la voyant à l'écart, il crût de son devoir de ne point la laisser seule, ce qui eût été de sa part un manque d'attention. Il me parut du reste, à leur contenance, que leur conversation était assez indifférente, et sur ce ton de camaraderie un peu frôlée qui régnait toujours entre eux. Tout en causant, il tournait les feuilles d'un *keepsake*. Je n'avais aucune raison pour me préoccuper de ce tête-à-tête et je me souçais même point à l'observer; quand, à un moment, vers la fin du quadrille, mes yeux s'étant par hasard reportés vers Kondjé-Gul, je la vis tout à coup se redresser, comme si quelque parole de Daniel lui eût causé une émotion subite. Il me sembla la voir rougir et relever fièrement la tête pour lui répondre avec un accent irrité. La danse s'achevait, je quittai Maud, et, agité de je ne sais quel sentiment anxieux, je marchai vers le boudoir. Ils étaient debout, Kiusko tournait le dos à la porte, il ne me vit point entrer. Kondjé-Gul m'aperçut.

— André, viens, me dit-elle, et donne-moi ton bras!

A ce mot d'une audace si étrange, Daniel ne put retenir un mouvement de stupeur; il jeta vers moi un regard presque égaré. Je m'avançai, elle saisit mon bras avec un geste fébrile et, s'adressant à mon rival:

— Monsieur le comte, dit-elle, vous venez de m'offrir une seconde fois votre amour. Voici pourquoi je le refuse; je suis l'esclave de M. André de Peyrade, et je l'aime!

La foudre tombant aux pieds de Daniel ne l'eût pas plus atterré. Il devint si pâle que je crus qu'il allait défaillir.

Il nous considérait tous deux, effaré, terrible, comme s'il eût roulé dans son esprit quelque pensée effrayante. Ses traits s'étaient contractés dans une expression si sauvage que je me plaçai d'instinct entre lui et Kondjé-Gul. Mais tout à coup, épouvanté sans doute de sa propre fureur, il fit un geste de désespoir et de rage et s'enfuit.

Kondjé-Gul était tremblante.

— Qu'est-il donc arrivé? lui demandai-je.

— Je te dirai tout, répondit-elle d'une voix encore émue. Je vais rentrer avec ma mère, viens aussitôt que nous serons partis.

Une demi-heure plus tard, je rejoignis Kondjé-Gul à l'hôtel. Elle avait renvoyé Fanny et m'attendait. En m'apercevant, elle se jeta à mon cou, et des larmes trop longtemps contenues jaillirent presque de ses yeux.

— Mon Dieu! m'écriai-je, qu'est-ce donc?

Et, l'asseyant sur mes genoux comme un enfant, je l'entourai de mes bras; mais elle reprit bientôt son énergie.

— Écoute, dit-elle d'un ton décidé, il faut que tu me pardonnes de t'avoir caché mes pensées, mes chagrins, au risque de t'affliger.

— Je te pardonne tout, répondis-je vivement. Va, parle vite.

— Eh bien! depuis huit jours, reprit-elle, je t'ai trompé en te disant que je n'avais rien, que j'ignorais la cause de cette tristesse que je me savais pas te cacher, j'avais peur de te fâcher contre ma mère, en t'avouant que c'était elle qui me tourmentait.

— Ta mère? m'écriai-je... et que pouvait-elle donc te dire?

— Tu vas tout savoir, dit-elle avec animation, car je dois me justifier d'avoir gardé un secret pour toi. — Tu te rappelles, n'est-ce pas? reprit-elle, qu'il y a quinze jours elle m'a parlé de ton mariage en me disant que tu allais me quitter. Je ne voulais pas le croire, comment pouvait-elle être informée d'un projet encore ignoré de tous?... Je lui représentai qu'Anna Campbell étant la filleule de ton oncle, ton amitié pour elle était toute simple, presque comme un lien de famille, et que supposer un mariage entre vous, ce ne pouvait être qu'une imagination, une inquiétude de mère qui ne reposait sur rien...

— Oui, oui, je comprends, dis-je; après?

— Alors, reprit Kondjé-Gul, voyant qu'elle ne pouvait me convaincre, et laissant toute hésitation, ma mère m'apprit qu'elle tenait cette nouvelle du comte Kiusko, à qui la tante l'avait confiée.

— Je ne m'en étais douté, m'écriai-je; mais pourquoi ne me l'as-tu pas dit?

— Ma mère m'avait fait promettre le secret sur cette révélation, parce qu'il fallait, disait-elle, que le comte Kiusko n'eût aucun soupçon sur notre amour. Elle me dit qu'il attribuait formellement mon refus d'être sa femme, à l'espérance que j'avais sans doute d'un mariage avec toi.

— Bien. Continue, arrive à ce qui s'est passé depuis.

— Tu sais dans quel chagrin tu me trouvas ce soir-là. Je n'eus pas la force de te cacher mes larmes, tu m'ordonnas de tout te dire... Enfin tu me rassuras avec tant de cœur, que je ne crus plus que toi. Tout heureuse de me sacrifier à ta volonté, à ton repos, je ne songeais plus le lendemain à ces craintes que je me reprochais comme une offense à notre amour; j'avais redit à ma mère toutes tes bonnes paroles, et je m'imaginais l'avoir rassurée... Au bout de quelques jours, je fus tout étonnée de l'entendre revenir sur le même sujet: elle avait revu le comte, qui cette fois lui avait déclaré que ton oncle te déshériterait si tu ne faisais pas ses volontés, qu'il allait partir bientôt dans les Indes, où il comptait vous emmener tous avec lui, ne désirant plus séjourner en France.

— Et tu as cru cela?

— Non, répondit-elle vivement, tu ne me l'avais pas dit! Mais alors, voyant que je ne voulais croire que toi, ma mère, un jour, changea de langage: elle me parla du comte Kiusko, de sa richesse, de son amour.

— Elle a fait cela?

— Oh! pardonne-lui! reprit-elle; elle s'inquiète pour moi, pour l'avenir, elle a fait peur. Elle me voit abandonnée par toi! Enfin, ce n'était là qu'une lutte cruelle, où mon cœur ne pouvait te trahir. J'en souffrais, voilà tout; mais, il y a huit jours, je ne sais ce qui se passa à la soirée de la tante, en rentrant ici, ma mère me dit d'un air résolu « qu'elle avait décidé de ne plus vivre au milieu des infidèles, qu'il lui fallait peur, qu'elle voulait retourner au pays des croyants pour expier un si grand péché ». Je m'épouvantai de cette résolution: elle prenait sa source dans notre foi. Je n'osais la combattre, car c'eût été un sacrilège; mais je pouvais du moins invoquer sa tendresse, la supplier de ne point me quitter. Alors, et pendant que j'étais à ses genoux que j'embrassais en pleurant, elle me dit ces paroles effrayantes: Tu ne me quitteras pas, car, en partant, je t'emmène avec moi!

— Mais elle est folle! m'écriai-je.

— Tu comprends, n'est-ce pas, ajouta Kondjé-Gul, le coup que je ressentis?... Il fut si douloureux que je tombai presque évanouie. Ma mère eut peur, elle appela Fanny. Le lendemain, j'essayai de l'implorer encore, lui durant que c'était me tuer que de me séparer de toi. Je crus l'avoir attendrie, car elle me dit en m'embrassant qu'elle ne voulait que mon bonheur... Mais, ce soir, comme nous étions en voiture pour aller chez Suzannah, elle me reparla du comte Kiusko. Je ne sais quel pressentiment me dit que le plus grand ennemi de notre amour, c'était lui, que c'était lui qui influençait ma mère, qui la guidait, dans une pensée de vengeance peut-être, qu'il espérait sans doute que, séparée de toi, je ne pourrais plus résister à ma mère. Enfin, tu sais le reste, j'étais entrée dans le boudoir pendant que vous dansiez, lorsqu'il vint s'asseoir près de moi. — Est-il vrai que vous allez partir? me dit-il après un instant. — Qui peut vous le faire croire? répondis-je froidement. — Mais une parole de votre mère qu'il me semble avoir comprise en ce sens. — Je gardai le silence, il n'osa poursuivre et, pendant quelques minutes, resta muet. Je ne détournai point les yeux d'un livre que je feuilletais, et je sentais ses regards fixés sur moi. — Vous regretterez peut-être André, reprit-il, mais qu'y faire? Il n'est pas libre... et d'ailleurs, ajouta-t-il, vous eût-il aimée? A ce mot, où je sentais d'ironie cruelle, je ne sais quelle pensée folle me traversa l'esprit, je relevai la tête et lui répliquai de si haut qu'il se leva confus. A ce moment, tu entrais... Je voulus l'accabler de mon mépris pour lui ôter à jamais l'espérance. — Tu sais ce que j'ai dit...

— Tu as bien fait! car il faut en finir; je me charge du reste avec lui.

— Mais ma mère, si elle veut nous séparer?

— Ta mère? m'écriai-je, la mère qui t'a vendue, livrée comme une esclave, elle viendrait revendiquer des droits qu'elle a perdus?...

— Pourras-tu me défendre contre elle?

— Oui, je te défendrai, m'écriai-je avec rage, dussé-je t'emporter, m'enfuir avec toi si loin qu'elle ne puisse jamais retrouver la trace.

— Oh! je te suivrai, dit-elle avec élan, sauve-moi! Je te le jure, je ne saurais plus vivre sans ton amour.

— Bien! repris-je en saisissant sa main, et maintenant rassure-toi. Il y a au fond de tout cela une misérable trame dont il ne restera plus rien demain, car je vais la détruire. En te quittant, j'irai chez le comte Kiusko, et, je te le jure aussi, il ne te troublera plus; ensuite je verrai ta mère.

— Mon Dieu! dit Kondjé-Gul, est-ce que tu vas te battre?

— Non, non, répondis-je en riant pour lui ôter toute crainte; mais tu comprends bien qu'une explication est nécessaire entre nous.

XXXII

Au matin, je rentrai chez moi, je mis en ordre mes affaires, pour être prêt à tout événement, puis, quand l'heure fut venue, j'allai trouver deux de mes amis, que je priai de se tenir prêts à me servir de témoins, dans une affaire que des circonstances graves pouvaient me forcer à vider le jour même. Assuré de leur parole, je me rendis rue de d'Elysée, chez Kiusko.

En arrivant à son hôtel, je vis, aux fenêtres ouvertes, qu'il était levé. Un valet de pied, qui me connaissait, se tenait sous le péristyle. Il me dit qu'il ne croyait pas que son maître fût visible. Je lui donnai ma carte, en lui enjoignant de la faire remettre au comte. Au bout d'un instant, il revint, me pria de monter à l'appartement de son maître, me fit entrer dans un petit salon-fumoir, contigu à la chambre à coucher, et qui ne s'ouvre qu'aux intimes. J'y étais à peine que Daniel parut; il était vêtu d'une sorte de costume moldave qui lui sert d'habit du matin.

— Hé! c'est ce cher André!... dit-il, en m'apercevant, d'un ton si dégagé que j'y sentis l'affectation voulue d'un calme que sa pâleur démentait.

Pourtant il ne me tendit pas la main, je n'avançai pas la mienne; il s'assit, en me montrant un fauteuil de l'autre côté de la cheminée.

— Quel bon vent vous fait si matinal? reprit-il en tirant quelques bouffées de son cigare.

— Mais vous deviez m'attendre, je suppose, répliquai-je en le considérant en face.

Il soutint mon regard le sourire aux lèvres, ses yeux dans les miens.

— Je vous attendais, sans vous attendre, comme on dit.

A je ne sais quel ton dont il accompagna ces mots, je vis qu'il était résolu à me forcer d'aborder moi-même la question qui m'amenait.

— Soit! dis-je, voulant lui montrer que je devinais sa pensée. Je vais m'expliquer.

— Je vous écoute, mon cher, répondit-il.

— Je viens vous parler, repris-je nettement, de Mlle Kondjé-Gul Murrah et de ce qui s'est passé, hier, entre elle et vous.

— Ah! bien. Je comprends; il s'agit de la leçon un peu raide que je me suis attirée... et de la confidence qu'elle a bien voulu me faire.

— Précisément, ajoutai-je, vous résumez on ne peut mieux ces deux points; une leçon, une confidence. Or, comme il résulte, du second point, que je suis responsable de tous les actes de Mlle Murrah, je viens me mettre à vos ordres, pour la leçon qu'elle a cru devoir vous donner.

— Quelle folie! mon cher, s'écria-t-il en lançant en l'air un rond de fumée. Je n'ai, après tout, que ce que je mérite, car je ne puis accuser que ma présomption. Le courroux d'ailleurs d'une aussi belle personne est encore une faveur pour celui qui l'excite, et mon seul ennui ne serait que de lui avoir déplu. Je rirais donc vraiment de moi-même, à la pensée de vous rendre responsable de ce petit incident; je dirai même que ce serait, à la rigueur, moi que vous devriez excuser, si, pour me faire pardonner ce dont vous pourriez vous plaindre peut-être comme d'une atteinte à notre amitié, je n'avais la ressource d'invoquer la complète ignorance où vous m'avez laissé, des relations mystérieuses... qui devaient être un obstacle à des projets que je vous avais confiés.

Je compris l'imperceptible ironie de reproches contenue dans ces derniers mots? mais je n'en étais plus à me préoccuper d'un remords de conscience envers lui.

— Ainsi, repris-je, vous n'avez rien à me dire ou à me demander au sujet de cette leçon?

— Absolument rien, mon cher! répliqua-t-il du même ton d'aisance dont il ne s'était point départi jusque-là. Et j'ajoute que rien ne serait ridicule comme un désaccord, à ce propos, entre deux amis tels que nous!

— Qu'à cela ne tienne! repris-je imitant son sang-froid. Du moment que vous le prenez si amicalement, je n'insisterai pas. Mais, ce premier point vidé, il nous reste à causer de ce que vous appelez: la confidence.

A ce mot, il ne put se défendre d'un mouvement. Une lueur traversa son œil sombre; mais ce ne fut qu'un éclair. Il se remit.

— Ah! oui, dit-il négligemment, nous voici au second point.

— C'est celui qui m'importe le plus, ajoutai-je, et, à mon tour, je vous demanderai ce que vous comptez faire après cette révélation?

— Je vous ferai mon compliment, mon cher, car c'est bien là vraiment le plus étonnant des rêves. Quoi? cette belle jeune fille que nous contemplons de loin dans l'enchantement de sa grâce, qui traverse, en jeune souveraine, les salons aristocratiques de votre monde, en soulevant sur ses pas les adulations enthousiastes, elle est votre esclave? — Avouez qu'il n'est point mortel au monde qui ne vous envierait.

— Votre compliment, repris-je, implique-t-il l'engagement de renoncer à des obsessions... que vous savez maintenant inutiles?

— Eh! mais, mon cher, s'écria-t-il en riant, c'est vous maintenant qui allez me demander, à moi, ma confession? Je vous rappellerai, en ce cas, la belle scène de Panurge que vous me citiez un jour, pour me démontrer la sottise des quémandeurs ou des donneurs d'avis. Ce jour-là, refusant de m'assister de vos lumières, et vous désintéressant de mes folles visées, vous avez bien voulu rectifier mes ridicules ingénuités de Slave. Et voilà qu'aujourd'hui vous voulez me confesser, me conseiller, me guider, ni plus ni moins que si vous étiez mon tuteur, ou que Panurge n'eût jamais quintessencié sur les abstractions conjugales!... Que diable! laissez-moi vous le dire, vous manquez ici de logique.

Exaspéré par cet imperturbable sang-froid que je ne pouvais entamer:

— Ah çà! mon cher Kiusko, dis-je en le regardant encore entre les deux yeux, est-ce que vous ne voulez pas me comprendre?

— Si, si, mon ami, répliqua-t-il en reprenant son étrange sourire, je comprends parfaitement que vous voudriez bien me chercher querelle... ou m'amener à vous demander une satisfaction que je ne vous semble pas suffisamment désirer; mais, que vous dirai-je, je vous assure que, entre nous, cela me paraîtrait une folie.

— Comprenez-vous du moins, repris-je, que je vous défends de jamais vous représenter devant Mlle Kondjé-Gul Murrah?

— Fi! mon cher! Pour qui me prenez-vous? Après une aussi étonnante confidence de sa part, ce serait lui prouver que je manque de la plus vulgaire discrétion d'un galant homme, que de ne point lui épargner désormais ma présence; soyez donc rassuré sur ce point.

— Entendez-vous aussi par cette réponse évasive que vous renoncerez enfin, auprès de sa mère, à des manœuvres... que je pourrais peut-être qualifier d'une façon déplaisante pour vous?

— Corbleu! la partie serait trop inégale, convenez-en! Et je ne crois pas que la bonne dame me pourrait être d'un grand appui, après ce que je sais... D'ailleurs, ajouta-t-il, vous m'avez fait vos confidences d'ami; pour tardives qu'elles soient, elles m'enchantent désormais, ne fût-ce que par ce tribut d'égards que, dans les circonstances graves, on se doit entre parents.

L'idée me vint de lui faire un dernier outrage, en lui jetant à la face le nom du Polonais Zarewski, mais je compris clairement qu'il jouait un rôle trop perfide, pour qu'il n'y eût point danger à commettre cette imprudence.

— Allons, mon cher Daniel, dis-je en me levant, en tout cas, vous avez, je le vois, un bien bon caractère.

— N'est-ce pas? répliqua-t-il. Et quand on pense qu'il y a des gens qui me reprochent ma mauvaise tête!

XXXIII

ES périls les plus redoutables sont ceux que l'on pressent dans les ténèbres sans pouvoir discerner ni l'ennemi ni le piège. Cet entretien avec Kiusko me laissa presque sous une impression de terreur. Je le savais trop brave, pour ne point comprendre que son impassibilité devant l'insulte ne pouvait être que le froid calcul d'une volonté implacable, qui poursuivait son but de passion, de vengeance ou de haine avec toute d'énergie du désespoir. Malgré les humiliations subies, je devinais qu'il ne s'était point désisté. — Il voulait Kondjé-Gul, dût-il la posséder par contrainte, dût-il la ravir comme une proie. — A voir ce calme effrayant qui semblait attendre son heure, je me demandais si quelque machination sourde n'était point déjà dressée sous nos pas.

Cependant, je n'étais pas homme à me laisser envahir par des craintes puériles. Je surmontai bientôt cet émoi passager. Je savais qu'après tout la lutte était trop inégale pour que j'eusse à en redouter les suites. Si résolu que pût être Kiusko à ne point sortir du rôle de lâche qu'il s'était imposé, j'étais toujours certain qu'un affront public, en plein club, le forcerait à se battre. Une fois rassuré par cette pensée, je décidai d'agir d'après l'entretien que j'allais avoir avec la mère de Kondjé-Gul... Il fallait en finir d'abord avec cette folle, inconsciemment complice peut-être de projets dont elle ne prévoyait point le but. Il était onze heures, je savais la trouver seule, pendant que Kondjé-Gul était encore à ses leçons; je me rendis à l'hôtel de Téral.

Comme j'arrivais, une voiture entrait et se rangeait sous la marquise. J'en vis descendre Mme Murrah. Elle ne put se défendre de quelque trouble en m'apercevant. Assez surpris d'une sortie si matinale, je la priai d'entrer au salon, où elle me précéda. Là, me voyant prendre un fauteuil, elle s'assit sur le divan avec son air d'indolence accoutumé et alangui.

A coup sûr, selon nos idées, mon cher Louis, la scène que je vais te raconter est étrange. Je te la dis telle qu'elle m'advint; mais tu ne dois point oublier que, pour la Circassienne, il n'y avait là rien que de conforme à ses principes et aux idées reçues de sa race.

— Je viens causer avec vous, lui dis-je, d'un sujet très grave, et dont sans doute vous ne vous rendez pas compte... car, sans le vouloir, vous faites beaucoup de chagrin à Kondjé-Gul.

— Comment ferais-je du chagrin à ma fille? répondit-elle comme si elle eût cherché à comprendre.

— En lui répétant sans cesse que je vais la quitter pour me marier... en lui disant que vous voulez partir, et même que vous avez décidé de l'emmener. Elle s'effraie de toutes ces inquiétudes imaginaires.

— Si c'est écrit par Allah! dit-elle tranquillement, qui peut l'empêcher?

Je m'attendais à des dénégations, à des détours. Ce mot de fataliste tombant à froid, sans repousser mes reproches, me fit trembler.

— Mais, Allah ne peut vous ordonner de faire le malheur de votre fille, repris-je d'un ton sévère.

— Puisque vous allez vous marier...

— Qu'importe mon mariage? répondis-je, il ne peut en rien troubler le bonheur de Kondjé-Gul! Elle sait que je l'aime et qu'elle sera toujours la première dans mon affection.

Mme Murrah secoua la tête un moment, d'un air indécis. Je n'énonçais là qu'un argument des plus simples.

— Votre femme sera une infidèle, dit-elle enfin, et, selon votre loi, elle pourra exiger le renvoi de ma fille.

Atterré de l'entendre soulever de telles objections, alors que je croyais n'avoir qu'à formuler mes ordres, je la regardai tout surpris.

— Mais ma femme ne connaîtra pas Kondjé-Gul! m'écriai-je. Elle vivra chez elle, et Kondjé-Gul vivra ici, sans que rien soit changé pour nous.

A cette déduction que je crus décisive pour elle, la Circassienne réfléchit encore un instant comme si elle eût été embarrassée de me répondre. Mais tout à coup, au moment où je la croyais vaincue:

— Tout ce que vous me dites serait fort juste, si nous étions en Turquie, dit-elle; mais vous savez mieux que moi que, dans votre pays, votre religion ne vous permet pas plusieurs femmes.

— Mais, m'écriai-je de plus en plus étonné de son langage, croyez-vous donc que Kondjé-Gul puisse jamais douter de mon honneur, de ma loyauté?

— Ma fille est une enfant qui croit tout, reprit-elle. Mais, moi, j'ai consulté un avocat, et j'ai appris que, d'après votre loi, elle est devenue libre comme une Française, que par conséquent elle a perdu tous les droits de *cadine* qu'elle aurait dans notre pays. — J'ai appris enfin que vous pourrez la quitter sans qu'elle puisse jamais rien réclamer de vous.

Je demeurai abasourdi de cette parole assurée, de l'expression de visage qui l'accompagnait. Ce n'était plus l'apathique Orientale, à qui je croyais commander comme un maître... J'avais devant moi une autre femme, au regard profond, décidé... Je compris tout.

— En vous apprenant que votre fille est libre, dis-je en changeant de ton à mon tour, cet avocat vous a informée aussi, sans doute, que vous pouvez la marier au comte Kiusko?

— Oh! Je savais cela avant qu'il me le dit, répondit-elle en souriant.

— Ainsi, depuis deux mois, vous me trompiez en me laissant croire que vous lui aviez répondu par un refus.

— Il fallait bien vous empêcher de lui dire ce qu'il sait maintenant... La folle, hier, lui a tout appris.

— Comment le savez-vous?

Je la vis rougir.

— Je le sais... Cela suffit! répondit-elle hardiment.

— Puis-je vous demander ce que vous comptez faire, maintenant que le comte Kiusko sait tout? repris-je en maîtrisant ma colère.

— Je ferai ce que me conseillera le bonheur de ma fille. Vous ne pouvez pas l'épouser sans être forcé de renoncer à la fortune de votre oncle... Si le comte Kiusko persistait à la vouloir pour femme, malgré la situation qu'il connaît, vous comprenez bien que, comme mère, je ne pourrais qu'approuver un mariage qui lui assurerait un aussi riche avenir.

A ce mot j'éclatai.

— Ah çà! m'écriai-je, est-ce que vous espérez que je vous laisserai ainsi disposer d'elle, et que je ne la défendrai pas?

— Oui, oui, je sais cela aussi... et c'est précisément là-dessus que j'ai consulté un avocat; mais, d'après ce qu'il m'a appris, quelle autorité invoqueriez-vous sur ma fille?... Quel droit invoqueriez-vous contre le mien?

— Mais vous devez aussi prévoir, je suppose, que je puis ruiner vos riches espérances en tuant le comte Kiusko, dis-je hors de moi.

— Si c'est écrit!... répéta-t-elle froidement.

Exaspéré de cette insouciance fataliste, je ne sais quelle pensée de fureur et de violence me monta au cerveau. Je me levai pour me calmer. Je comprenais que, depuis deux mois, j'étais dupe de cette femme, qu'elle poursuivait avec avidité un rêve de fortune inespérée dont rien ne pourrait la distraire. Je me sentis pris dans leur horrible trame.

Immobile sur son divan, les mains croisées sur ses genoux, elle me regardait en silence.

— Voyons, dis-je en revenant vers elle, le fond de vos sollicitudes maternelles se résume en une question d'argent... Quelle somme voulez-vous pour me vendre une seconde fois votre fille, et vous en aller vivre seule en Orient?

Je vis une lueur dans ses yeux, elle fit un geste pour me répondre, mais une réflexion sans doute l'arrêta.

— Je vous le dirai dans huit jours, dit-elle enfin.

A son regard faux, je devinai qu'elle gardait encore un espoir en Kiusko, et qu'elle voulait probablement attendre d'être fixée sur ce point, mais je me tus par prudence.

Les événements s'étaient précipités depuis la veille d'une façon si étrange qu'il me semblait marcher dans un songe. La révélation de Kondjé-Gul sur la duplicité de sa mère, mon explication avec Daniel, et finalement ce cynique débat, où la Circassienne venait de me déclarer en face ses projets, tout cela m'avait si brutalement frappé, coup sur coup, dans mon incroyable quiétude d'un bonheur assuré, que j'avais à peine eu le temps de me rendre compte de mon désastre. Accablé d'épouvante, à la pensée que je pouvais perdre Kondjé-Gul, je crus que j'allais devenir fou. Je me débattais éperdu contre un désespoir qui envahissait mon cerveau. Il fallait lutter, défendre mon âme et ma vie, et je sentais que mon âme m'échappait. Comme un mystique eniévré de son rêve, j'avais pu me faire illusion sur la sécurité de l'avenir, et je n'avais même jamais songé qu'il fût possible de me troubler dans mes droits. Je vivais confiant et paisible, croyant sottement qu'un beau jour j'aurais raison par l'épée des vaines présomptions d'un rival. Et je me réveillais consterné, pris à ce stupide piège que j'avais laissé dresser sous mes pas, la mère de Kondjé-Gul s'était faite la complice de Kiusko. Comment déjouer ce complot de deux passions ardentes, impitoyables et résolues, qui ne reculeraient devant aucune violence, devant aucune lâcheté? Je le savais maintenant, j'étais impuissant, désarmé, contre cette misérable femme qui n'avait qu'à revendiquer son autorité sur sa fille pour la contraindre, et disposer de sa vie. Elle pouvait me la prendre, l'emmener; mais du moins je pouvais, moi, barrer la route à Daniel et l'empêcher de la rejoindre.

Tout à coup, une idée me vint. — N'étais-je pas insensé de m'abandonner à des craintes puériles, et d'attendre pour agir que la Circassienne et Kinsko se fussent de nouveau concertés? Ne pouvais-je pas fuir, enlever Kondjé-Gul et la mettre à l'abri de toute atteinte?

Une fois cette pensée entrée dans mon esprit, elle s'y fixa et devint en peu d'instants une résolution. Je m'étonnai qu'elle ne fût pas venue plus tôt et je décidai de la mettre à exécution le jour même. Je savais que Kondjé-Gul me suivrait avec joie, heureuse d'aller vivre à deux dans quelque solitude cachée. Nous avions souvent caressé ce projet, comme un rêve que je lui avait promis de réaliser.

Pour assurer le succès de notre fuite, je résolus de ne l'avertir qu'au moment, de peur qu'elle ne se trahît devant sa mère. Je devais dîner seul avec elle ce jour-là, à l'hôtel de Téral. A huit heures, je ferais atteler comme pour aller faire un tour au Bois. A huit heures et demie, nous partirions pour l'Italie. J'avais choisi Caprée pour notre séjour. De là, je ferais mes conditions à sa mère sans lui révéler le lieu de notre retraite.

Revenu de mes trop vives alarmes, et rassuré sur l'issue de cette lutte où se jouaient mon bonheur et ma vie, je rentrai chez moi, afin d'avertir mon oncle et de régler notre départ. Mon valet de chambre me suffisait en route. Je lui donnai ordre d'être au chemin de fer avec des bagages avant notre arrivée. Cela fait, j'attendis l'heure en me berçant à la pensée de ce voyage charmant, et de la joie de Kondjé-Gul, lorsque j'allais lui apprendre que je venais l'enlever.

<h3 style="text-align:center">XXXIV</h3>

Louis, un épouvantable malheur s'est abattu sur ma tête. Je suis anéanti, foudroyé. Je t'écris en proie au désespoir. Des cris de rage et des sanglots m'étouffent. Kondjé-Gul est perdue pour moi! Perdue! perdue! comprends-tu ce mot effrayant? Comprends-tu ma douleur? Et je vis encore! Comment est-ce possible, mon Dieu?

Il faut que je te raconte ce désastre... Imagine le coup le plus infâme et le plus inattendu me poignant au cœur, au moment même où je croyais avoir vaincu dans cette horrible lutte. — Mais mes plaintes ne t'apprennent rien; il faut tout te dire pour que tu puisses me comprendre.

Tu sais qu'hier j'avais tout préparé pour fuir avec Kondjé-Gul. Mes ordres étaient donnés, notre départ résolu. Un peu avant l'heure du dîner, je me rendis à l'hôtel de Téral. Sortie avec sa mère, elle n'était point encore rentrée. Je l'attendis, sans me préoccuper d'un retard qu'une visite pouvait expliquer. Pourtant, sept heures et demie sonnant à la pendule du salon, je m'étonnai. Je fis appeler Fanny, je l'interrogeai, elle ne savait rien.

— Vous n'avez point entendu dire à mademoiselle qu'elle rentrerait plus tard aujourd'hui? demandai-je.

— Mademoiselle n'a rien dit, monsieur, répondit-elle.

— Cependant le maître d'hôtel est prévenu que je dîne.

— Oui, monsieur, on attend le retour de mademoiselle pour servir.

— Mademoiselle est-elle partie à son heure accoutumée?

— Non, monsieur, répondit Fanny. Elle ne devait pas sortir, car il n'y avait pas d'ordre pour le cocher; mais, vers six heures, on a apporté une lettre, et Mme Murrah a donné ordre de faire avancer une voiture sans vouloir qu'on attelle.

— A qui était adressée cette lettre?

— A Mme Murrah: c'est moi qui la lui ai remise.

— Et elles sont parties toutes deux? demandai-je.

— Oui, monsieur.

— C'est bien, repris-je. J'attendrai.

Je pensai qu'un mot de Maud ou de Suzannah l'avait sans doute appelée. Ce contretemps allait nous faire manquer l'heure du train: mais je réfléchis bientôt qu'il importait peu que nous partissions par l'express. Un train quelconque nous éloignerait suffisamment ce jour-là, nous n'aurions plus, le lendemain, qu'à poursuivre notre route.

Cependant, les instants s'écoulaient. A huit heures, je commençai à m'inquiéter. Un tel retard devenait étrange; quelque accident était peut-être survenu. Je sonnai pour qu'on allât s'informer chez le commodore Montaigu. Ma voiture était à la porte, le domestique la prit. Un quart d'heure après, il me rapportait un mot de Suzannah. « Elle n'avait point vu Kondjé-Gul de tout le jour. » La peur me saisit, j'attendis encore. La pendule marqua huit heures et..., puis neuf heures. J'avais épuisé toutes les conjectures. J'interrogeai en vain Fanny. Inquiète comme moi, elle ne savait rien.

Tout-à-coup une horrible pensée me traversa l'esprit. Je courus à la chambre de Kondjé-Gul, tremblant d'y trouver quelque indice d'un brusque départ. J'y entrai le cœur serré d'une inexprimable crainte.

Rien ne dénonçait qu'elle l'eût quittée dans le trouble d'une émotion vive. Sur son bureau, quelques lignes inachevées, en réponse à un billet de Maud, pour accepter une promenade au bois le lendemain. On devinait que ce mot avait été interrompu sans doute par l'arrivée de la lettre dont Fanny m'avait parlé.

Je me précipitai vers la chambre de Mme Murrah; il peut-être je découvrirais les traces de cet incroyable mystère. La porte était fermée. D'un coup de pied je l'enfonçai. Tout était dans l'ordre accoutumé; nul changement; nul témoignage révélateur d'une détermination prise à la hâte. Quelques bijoux sur la cheminée; sur le lit une robe de chambre. Fanny me dit qu'elle l'avait ôtée pour sortir. Sur une table à ouvrage une broderie commencée auprès d'un chapelet et d'un livre turc contenant les prières et les versets du Koran. Rien qui décelât le moindre préparatif, même pour une absence d'un jour. Il était impossible de croire à une fuite.

Je revins au salon, il était près de dix heures. Éperdu, fou d'angoisses, je songeais à courir à sa recherche; mais où était-elle? Où diriger mes pas? Un accident grave était-il survenu? Comment expliquer que ni elle, ni sa mère n'eussent encore pu m'en informer à l'hôtel? Tout à coup, l'idée d'un guet-apens surgit dans ma pensée. Cette lettre arrivée une demi-heure avant ma venue, et qui semblait avoir motivé leur sortie, n'était-elle pas un piège? Kinsko, seul, pouvait l'avoir préparé. Je me rappelai ma scène avec lui le matin, ses réponses évasives, sa lâcheté devant mes insultes. Sans nul doute, il ne pouvait y avoir là que le parti pris de détourner mes soupçons. Il méditait son projet infâme; mais comment le déjouer? Comment l'atteindre après un si long temps écoulé déjà depuis le départ de Kondjé-Gul? Complice de la mère, ils avaient dû fuir, ils me l'arrachaient, ils l'emmenaient, tandis que, comme un insensé, j'étais à l'hôtel à guetter son retour.

Accablé, fou de rage, je réfléchis soudain que j'avais un moyen sûr de retrouver ses traces. Kinsko n'avait point suspendu son vil espionnage. J'avais encore reçu le matin le rapport de la veille. L'homme chargé de rendre compte des agissements de Kondjé-Gul et de sa mère devait les avoir suivies; mais où et comment retrouver cet homme à l'instant? Ne serait-il pas trop tard si j'attendais jusqu'au lendemain, qu'il se rendît chez Giraud? — Mais Giraud peut-être l'avait-il déjà vu! il était plus de onze heures, Giraud était peut-être rentré.

Je sautai dans ma voiture, restée devant le perron.

Un quart d'heure après, j'arrivais rue Serpente; l'hôtesse de la maison meublée où demeurait Giraud avait encore sa clef. Par bonheur, elle était au courant de ses habitudes, elle m'indiqua un café où il devait être; j'y courus. En entrant, je l'aperçus; il jouait au billard; mais, devinant sans doute que j'étais amené par quelque événement fâcheux, il quitta sa partie aussitôt, vint à moi, et, m'entraînant à l'écart:

— Que se passe-t-il? me demanda-t-il inquiet.

Sans que je lui eusse rien confié, il avait depuis longtemps pénétré mon secret. En quelques mots, je l'informai du motif qui me faisait recourir à lui.

— Il doit y avoir là quelque coquinerie, dit-il; mais rassurez-vous, nous allons tout savoir avant peu. Joseph est malin, discret et fidèle. Il vient tous les soirs avant minuit m'apporter les notes que vous corrigez le matin.

— Qu'est-ce que Joseph?

— C'est un garçon coiffeur du quartier. Le pauvre diable était sans place; je l'ai indiqué au Polonais parce que je suis sûr de lui, et qu'il ne jasera pas plus que je ne lui dirai de le faire. — Mais, tenez, justement le voici. Suivez-moi, il nous rejoindra sur le boulevard.

Nous sortîmes. Une minute après son émissaire parut; il l'appela. Nous marchâmes quelques pas.

— Tu peux parler devant monsieur, lui dit Giraud, c'est mon ami. Vite, raconte-nous la journée.

— Ma foi, monsieur Giraud, ce ne sera pas long, répondit Joseph, et je n'aurai pas besoin de vous l'écrire.

— Bien, tant mieux! va toujours.

— Oui, mon président. — Eh bien! voici ma déposition: à dix heures du matin, Mme Murrah est sortie seule à pied. Elle a pris une voiture dans les Champs-Élysées et s'est rendue rue de l'Elysée. Un domestique en livrée, qui était à la porte, m'a dit que l'hôtel est habité par le comte Kinsko. La dame est ressortie à onze heures et demie; elle est rentrée à son hôtel directement.

J'eus un sentiment de stupeur. A l'heure où j'étais arrivé chez Daniel, la mère de Kondjé-Gul y était déjà. Elle y était pendant notre entretien. Elle n'était repartie qu'un quart d'heure après moi.

— Continue, dit Giraud; arrive à la sortie de six heures et demie.

Le garçon reprit:

— A six heures et demie, Mme Murrah est ressortie, cette fois avec sa fille, dans une voiture de place qu'on avait fait avancer. J'ai sauté bien vite dans une victoria, et je les ai suivies. Leur voiture a été tout droit au chemin de fer de l'Est. Elles sont descendues: aucun bagage qui indiquât un départ. Sans prendre de billets, elles sont entrées par la porte réservée qui communique à la gare, et qui s'est refermée sur elles. Un train partait dans dix minutes; j'ai couru au bureau prendre un ticket afin de les rejoindre par l'entrée du public. Cinq minutes après, j'étais dans la gare, devant le train paré; je cherchai dans tous les wagons, elles n'y étaient pas encore; je restai sur le quai, elles ne parurent pas, et le train partit. Je pensai tout de suite qu'elles n'étaient venues peut-être que pour l'arrivée de quelqu'un, par un convoi qui allait venir. J'allai flâner vers le bureau du chef de gare, croyant les retrouver là; personne dans le bureau. Je m'adressai à un des hommes qui roulent les wagons: sur les détails que je lui donnai, il m'apprit qu'il avait en effet vu ces deux dames, il y avait dix minutes, mais qu'elles étaient parties immédiatement par un train spécial, chauffé pour elles seules. Il ne put me dire pour quelle destination il avait été commandé. J'ai attendu au chemin de fer jusqu'à présent, elles ne sont point revenues. Et me voilà!

Tu dois comprendre ce que j'éprouvai pendant ce récit. Demeuré seul avec Giraud, j'éclatai. Kondjé-Gul était partie! Comment l'avait-on abusée? Comment retrouver ses traces? Mais Kiusko du moins me restait pour assouvir ma vengeance.

— Allons donc! me dit Giraud. Gardez-vous avant de toucher un cheveu de sa tête! — C'est lui qui nous conduira pour la retrouver.

Il disait vrai.

— Écoutez, reprit-il, après ce que vous venez de faire encore une fois pour moi, malgré la façon dont vous m'avez revu, vous devez savoir que vous pouvez disposer de ma peau. — Il s'agit de vous rendre service; j'ai des amis qui sont gens de cœur, et dont je vous réponds comme de moi. — Voulez-vous me donner carte blanche? ajouta-t-il. Je vous jure qu'avant huit jours nous aurons des nouvelles, ou que j'y perdrai mon nom. Seulement, il faut me laisser agir; après, vous ferez ce que vous voudrez de votre Slave.

Je consentis à tout: mais il importait d'abord de nous assurer que Kiusko n'avait point disparu. Comme j'exprimais mes craintes à ce sujet:

— Non, non! répliqua Giraud; il est malin, et ce serait trop bête à lui de disparaître le même jour.

Ma voiture était à deux pas, nous partîmes pour courir rue de l'Elysée. Par prudence, nous fîmes arrêter loin de l'hôtel, et il alla s'informer. Au bout de quelques minutes, il revenait.

— Comme je l'avais prévu, me dit-il, le comte est resté. J'ai inventé un prétexte pour le demander. Ses gens l'attendent, il est au club; allez-y pour être certain, mais surtout soyez calme, pas de folies, ayez l'air de tout ignorer.

Un quart d'heure après, j'entrais au cercle. En me regardant dans une glace, je m'aperçus que j'étais très pâle. Je n'avais point dîné. Je mourais de faim. Avant d'aller aux salons de jeu, où devait être Kiusko, je demandai une bouteille de porto, dont je bus quelques verres coup sur coup, pour me ranimer et pouvoir dissimuler mon émotion. Puis je me dirigeai vers la salle de baccarat. Kiusko était là, il tenait la banque.

— Ah! vous voilà, André, dit-il gaîment en me voyant paraître. Venez donc vous mettre derrière moi, pour me porter la veine. Je perds tout ce que je veux!

Je répondis en riant. Aucun de ses traits n'avait bougé; à son aisance, c'était à croire qu'il ne savait rien, et qu'il ne s'était rien passé entre nous. Après quelques instants, je sortis pour aller retrouver Giraud, qui m'attendait.

— Eh bien! maintenant que vous êtes rassuré sur lui, me dit-il, permettez-moi de garder votre voiture. J'ai besoin d'aller vite et je vais travailler pour vous. Soyez tranquille, vous n'avez plus affaire cette fois au diplomate, et vous allez être aidé par des gens qui sont à moi comme je suis à eux: c'est-à-dire tête et cœur à toute épreuve.

XXXV

QUINZE jours se sont passés. Quinze jours d'angoisses que je ne saurais décrire. Ai-je encore ma raison? Je ne le sais. Ma vie est suspendue, et l'attente où je suis est une véritable torture.

— Insensé, en possession de mon bonheur, je croyais savoir combien je l'aimais! — Et mon désespoir se double de ce que ma pauvre Kondjé-Gul doit souffrir loin de moi. Je crois la voir palpitante, éperdue, se débattant contre ce rapt infâme. Où l'ont-ils emmenée? qu'a fait-elle? Je ne sais rien encore et j'attends; quoi?... J'attends le départ de Kiusko, que je guette comme une proie. — S'il allait m'échapper! — Sans doute ils l'ont bien cachée, leur complot vil me l'atteste; leurs précautions sont prises pour me dérober jusqu'au moindre vestige de ses pas. Par instants, d'horribles épouvantes me saisissent. Si j'allais succomber dans cette lutte? Je puis découvrir le lieu de sa retraite. — Mais après? — Comment l'arracher de leurs mains.

Tout cela doit te paraître un délire. Tu as raison; mais ce délire me tue, et ce n'est qu'à ton cœur fraternel que je puis jeter le cri de ma plainte.

Depuis ces deux semaines, voici ce qui s'est passé: Giraud et deux de ses amis, sûrs comme lui-même, aidés de Joseph, sont sur pied jour et nuit. Kiusko est enserré dans une trame dont aucune maille ne peut se rompre. Malgré son affectation à continuer le train de vie fou qu'il mène, comme si son séjour à Paris était définitif, j'ai maintenant la preuve que c'est lui qui a tout fait. — Tu juges si j'en suis encore à l'heure des scrupules. — Le lendemain de l'enlèvement de Kondjé-Gul, Giraud avait acheté un des gens de l'hôtel. Nous avons eu par lui la dépêche suivante, venant de Strasbourg, et que Daniel avait laissée sur son bureau.

« Bien arrivées. — Trouvé celui qui nous attendait. — Nous repartons à l'instant.

« MURRAH. »

Hélas! les désespoirs sans bornes ont d'étranges consolations. Cette dépêche confirmait mon malheur, mais elle m'apportait quelque chose d'elle. Elle dissipait la nuit profonde dans laquelle je me débattais. Je la relus dix fois comme si, la croyant morte, j'eusse appris enfin qu'elle vivait. J'avais tremblé qu'elle n'eût tout à coup disparu sans laisser un indice qui pût me guider; j'avais tremblé même que Kiusko ne fût pas complice; je savais maintenant que, par lui, je la retrouverais.

Depuis cette dépêche, aucunes nouvelles. J'ignore comment j'existe, et ma douleur s'exhale en pleurs de rage. Durant tout le jour, j'attends, j'espère une lettre d'elle, un mot qu'elle aura pu laisser tomber dans sa fuite, qu'elle aura pu confier à quelque servante d'auberge. Rien!... Parfois l'idée me vient qu'elle a pu s'échapper, qu'elle est revenue à l'hôtel de la Téral. J'y cours: hélas! l'hôtel est toujours désert, j'y retrouve palpitants mes souvenirs de bonheur, et le déchirement de mon âme me fait encore plus souffrir.

Pourtant, il me faut cacher, au milieu des miens, mon inconsolable détresse. Pour expliquer ma pâleur et mon visage défait, je dis que je souffre au cœur. — Ah! je ne mens pas, va! — Mon pauvre oncle en est tout chagrin, et ma tante s'inquiète de me voir ainsi. Plus clairvoyante, peut-être m'a-t-elle deviné, car elle n'a point encore osé me dire un mot de Kondjé-Gul. Quand Maud et Suzannah viennent, je ne puis supporter leur vue. La disparition inexplicable de leur amie les a tout attristées. Son silence les étonne; elles parlent d'elle, et ma désolation se ravive. Je n'ai de force qu'en présence de Kiusko. — Ah! comme je le tuerai un jour, celui-là! Mais sa vie m'est trop précieuse à cette heure, tu comprends si je le garde!

Où peut-elle être maintenant? — Par Strasbourg, sa mère allait peut-être gagner Vienne pour retourner en Turquie par le Danube et Varana? Une fois là, Kondjé-Gul est sans défense.

Je rouvre ma lettre. — Il y a une heure, Kiusko est venu faire sa visite quotidienne à ma tante. J'étais présent. Dans la conversation, il a négligemment parlé d'affaires « qui nécessiteront peut-être son départ prochain pour l'Italie, c'est-à-dire dans une douzaine de jours ».

XXXVI

KIUSKO a quitté Paris! — Comme je l'avais prévu, il a disparu tout à coup, une nuit, devançant d'une semaine le jour qu'il avait indiqué. Il est parti seul, avec son valet de chambre, laissant au reste de sa maison l'ordre de retourner en Bessarabie. Une lettre d'excuses et d'adieux a annoncé le lendemain à ma tante « qu'une mauvaise nouvelle l'obligeait à ce brusque voyage ». Mais Giraud veillait, il est parti avec lui, et le lendemain ses amis l'ont rejoint. Ils le suivront jusqu'au bout du monde s'il le faut. Munis d'argent, ils voyagent séparés et en apparence comme s'ils ne se connaissaient pas. Si Kiusko échappe à l'un d'eux, un autre sera là. Il a pris le chemin de fer de Lyon. Au second jour, une dépêche m'a informé de son arrivée à Marseille. Un de ses gens avait été retenir des places pour le paquebot de Naples, qui appareillait pour l'embarquement. — Peut-être compte-t-il, de Naples, aller s'embarquer à Messine sur le bateau de Constantinople.

Sans doute c'est là que la mère de Kondjé-Gul l'attend. — La barbarie des lois turques peut seule les aider à accomplir leurs lâches projets.

XXXVII

IL s'est arrêté à Gênes, puis il est allé à Milan, où il est resté trois jours. — De là, il a écrit une lettre à ma tante, la priant de lui répondre à l'hôtel de la Ville; mais il est reparti pour Venise et Trieste. Ma dernière dépêche est de Laybach, et il semble se diriger sur Vienne. — Pourquoi cet immense détour? — Pourquoi cette lettre indiquant une fausse piste, sinon pour déjouer les soupçons?

Une dernière nouvelle m'arrive à l'instant. Il a gagné Vienne; là, il s'est embarqué sur le Danube. Il est évident qu'il va les rejoindre.

Pourtant dix lignes que je reçois de Giraud me rassurent. — Je puis compter, dit-il, sur ses amis comme sur lui. — Les braves cœurs!... Réussirons-nous à la sauver?

XXXVIII

Trois semaines se sont écoulées depuis ma dernière lettre, et toutes mes prévisions sont à néant. Kiusko est en Bessarabie, dans un de ses château à quelques lieues de Kichenau, sur les rives du Dniester, et rien ne m'a révélé les traces de Kondjé-Gul. Il vit là, plein d'insouciance, chassant et recevant avec faste, sans qu'aucune de ses démarches ait dénoncé le moindre mystère, ni que les fugitives puissent être cachées dans les environs. C'est à croire qu'en aidant à ce rapt il n'a poursuivi qu'un but de vengeance, pour détruire le bonheur de celle qui l'avait dédaigné, et que, le coup fait, il n'y songe plus. Pourtant, je me tiens toujours sur mes gardes. Un des deux amis de Giraud qui l'ont suivi a pu se lier avec lui, sur le bateau, au moyen de quelques parties de jeu. Parlant quatre ou cinq langues, il s'est donné comme ingénieur venant explorer les mines du pays. Kiusko l'a invité à ses chasses, et lui a offert l'hospitalité. Au cœur de la place, il m'envoie presque chaque jour des détails les plus précis. Aucune femme autre qu'une vieille parente du comte n'habite le château; elle se mêle peu du reste à la vie bruyante qu'on y mène.

J'attends toujours, prêt à partir au premier signal; mais je n'ose bouger. — Si elle allait venir après que je me serais éloigné! — Je passe mes journées à l'hôtel de Téral.

XXXIX

Hélas! voilà trois mois qu'elle a disparu! Tu dois comprendre ce que je souffre dans cette horrible attente. Les jours suivent les jours...

Une nouvelle effrayante m'arrive, et j'ai retrouvé leurs traces! — La femme qui est au château est Mme Murrah. Kondjé-Gul est enfermée dans un couvent. — Kiusko a annoncé à ses amis qu'il va se marier prochainement.

Je pars.

XL

Je t'écris de Khorestakh, petite ville à quelques lieues du Pruth et de la frontière turque, où je suis arrivé depuis hier. Giraud m'y attendait avec ses compagnons. Il m'avait à peine parlé d'eux; j'avoue que j'ai été surpris de voir deux intelligences de même valeur que lui. Ils sont déjà mes amis, et je ne pouvais certes trouver de dévoûments plus sincères, dans l'expédition hardie que je viens tenter pour sauver Kondjé-Gul. L'un, un Breton solide et trapu, s'appelle Jacquet: il est étudiant en médecine, et fait pour vivre, en achevant de hautes études, le métier de correcteur dans une imprimerie de journal. L'autre, Jean Dumont, est chimiste, et, attaché au laboratoire d'un grand industriel, il a déjà fait des travaux sérieux. Il a vraiment rêvé qu'il trouverait une fortune dans ce pays, et il se croit déjà sur la piste d'une grande affaire. Réduits aux mêmes luttes pour la vie, et liés avec Giraud par une de ces amitiés vraies qui se nouent encore dans ce foyer de jeunesse et d'enthousiasme des écoles, trop souvent calomnié de notre temps, ils ont formé entre eux, paraît-il, un compacte dont Giraud leur a dit qu'il payait une dette de cœur et qu'il avait be..., deux. Ils l'ont suivi, enchantés de ce rôle de chevaliers errants. C'est Dumont qui s'est lié avec Kiusko, que dans leur insouciante gaîté ils appellent toujours entre eux « l'odieux ravisseur ». Le courage m'est revenu en voyant leur confiance. C'est pour eux un bon tour que, en champions de l'idée, ils vont jouer à l'oppression féodale. Ils y apportent leur entrain et cette énergie vaillante, gage de la réussite.

L'espoir m'a donc ranimé, et délivré de cette inertie qui me tuait, je vais retrouver du moins dans l'action quelques jours de répit à mon morne désespoir. Si j'échoue, j'aurai, hélas! bien le temps de souffrir.

Mais il faut que je te raconte tout ce qui s'est passé.

En arrivant au terme de leur voyage, pendant lequel, tu le sais, les avalans feint de ne point se connaître, mes amis se sont séparés. Dumont a suivi Kiusko à son château, situé à deux lieues de Kichenau: Giraud, Jacquet et Joseph sont installés dans un hôtel peu fréquenté de la ville, de là rayonner dans les environs, suivant les indications que Dumont pourrait leur donner sur la découverte de Kondjé-Gul.

Pendant près de deux mois, tu le sais encore, toute recherche avait été vaine, lorsque, un jour, Dumont eut des soupçons sur cette parente de Kiusko que nul de ses amis ne connaissait, et qu'on apercevait à peine dans le château. Aux questions, Daniel avait répondu qu'elle était étrangère... Il l'avait recueillie à la suite de revers de fortune. Ce fait, rapporté à Giraud, éveilla dans son esprit la pensée d'une connivence se rattachant à leur but: — cette femme était arrivée dans le pays un mois juste avant le jour où Daniel avait quitté Paris, — Joseph seul connaissait Mme Murrah et Kondjé-Gul pour les avoir suivies dans leurs courses, pendant les quelques semaines que le diplomate l'avait employé. C'est pourquoi Giraud l'avait mis du voyage. Bref, Dumont emmena, un matin, Joseph au château, en qualité de domestique; il avait besoin, avait-il dit, d'un homme pour l'aider dans ses excursions de minéralogie. La rencontre d'un Français, en Bessarabie russe, expliquait son choix d'une façon très plausible, sans que le comte eût à trouver là rien de suspect. Au bout de trois jours, Joseph avait pu apercevoir la Circassienne; il l'avait reconnue, au moment où elle sortait en voiture; il était monté derrière le vieux carrosse sans être vu du cocher. Après deux heures de trajet, la voiture s'était arrêtée à mi-chemin de X..., à la porte d'un couvent grec. — Giraud, immédiatement averti, s'était, le lendemain, mis en campagne, et, aidé d'un Tsigane qui lui sert de guide, il était parvenu à découvrir « que la femme en question venait une fois par semaine visiter sa fille à ce couvent »: C'est alors qu'ils m'ont appelé.

Après nous être bien concertés, suivant ce qu'ils savent déjà du pays, nous avons combiné notre plan, et, dès demain, nous commençons l'exécution... Nous quittons Khorestakh... Si retirés que nous y vivions, la présence de quatre étrangers peut attirer l'attention; nous sommes d'ailleurs trop loin de X..., où nous allions tenter d'enlever Kondjé-Gul. Dans le voisinage du couvent, est un village de Tsiganes qu'habite justement Yanos, le guide de Giraud. — J'achèterai la tribu s'il le faut, et nous resterons là, cachés, en attendant que nous ayons tout préparé.

J'ai une lettre de Kondjé-Gul! — Elle m'appelle, elle me conjure de la délivrer. — Elle m'aime toujours! — Ce dernier mot, que j'écris palpitant, te dit quelle était ma douleur, et ce que je devais souffrir. Eh bien, — oui, dans le délire de mon âpre désespoir, cette pensée me déchirait. Reniant ma foi, calomniant son cœur, oubliant tout de son âme, écrasé sous mon malheur enfin, j'en venais parfois à douter d'elle. — Elle m'aime toujours, elle m'appelle, éperdue, mourante comme moi de son amour!...

Mais j'oublie de te raconter ce bonheur.

Le lendemain du jour où je t'écrivais ma dernière lettre, nous avons quitté Khorestakh. Yanos nous avait préparé un asile dans sa tribu, après en avoir référé à l'ancien et au conseil. Grâce à notre qualité d'étrangers, nous avons été accueillis sans défiance. L'arrivée de Dumont, qui nous a bientôt rejoints, a changé la tolérance en véritable hospitalité. Il a voyagé autrefois en Hongrie, et il parle déjà un peu le roumain. Comme il est franc-maçon, et que ce titre lui avait beaucoup servi, l'idée lui est venue; à tout hasard de chercher s'il ne pourrait pas rencontrer quelque frère, car les Tsiganes, il le savait, comptent beaucoup d'affiliés. Le lendemain, il avait trouvé dans le chef même de la tribu un gradé de l'ordre, auquel il s'était fait reconnaître comme un grand-maître. La loge avait été assemblée pour le recevoir, et l'honorer selon les rites; presque la moitié des hommes du village s'y trouvaient. Dès ce moment, lui et ses amis étaient sacrés. Nous pouvions alors demeurer là, certains d'être point découverts, cachés au milieu de la tribu, et nous nous mîmes à l'œuvre. Dumont nous a donnés tous comme des ingénieurs venant explorer le pays, ce qui justifie nos courses. Trois ou quatre jeunes Tsiganes braves et déterminés, y compris Yanos, ont été enrôlés par nous comme guides; l'appât du gain les entraînera à nous servir d'une façon plus active, quand le jour sera venu. Yanos, qui est à demi dans la confidence, nous répond d'ailleurs de leur bonne volonté.

Ce résultat obtenu, le premier point important était de nouer des intelligences avec Kondjé-Gul. Voici comment nous y sommes parvenus:

Le couvent grec où elle est enfermée est une dépendance de l'important monastère de Rézina. Bâti dans une gorge aride, il est adossé à d'immenses rocs, surplombant presque au-dessus des bâtiments que les murs d'enceinte dérobent jusqu'au toit. Deux ou trois excursions assez périlleuses nous ont suffi pour en relever les alentours: notre entreprise, bien que hardie, n'est point impossible. Une cascade d'eau vive à détourner peut-être pour descendre dans son lit... Avec ce que nous possédons de science à nous trois, nous surmonterons les difficultés. Cependant, il fallait nous mettre en rapport avec Kondjé-Gul. Nous passâmes près de dix jours à chercher vainement le moyen d'obtenir des renseignements sur la partie du couvent qu'elle habite, sans réussir à rien. Tout ce que nous avions pu apprendre, c'est que les couvents grecs renferment deux enceintes, l'une, affectée aux religieuses cloîtrées; l'autre, à des néophytes d'un rang inférieur qui font l'office de servantes et qui sortent assez aisément. C'était par une de ces dernières qu'il était possible d'établir une communication. Par bonheur, comme nous en étions là, Yanos nous parla d'une jeune fille Tsigane employée dans le couvent, où un pope l'avait fait placer, la croyant à demi convertie. Il se chargea de gagner les parents. Trois jours après, je vis la jeune Tsigane. Elle ne put me donner que de vagues détails : Kondjé-Gul paraît être l'objet de soins particuliers, et d'une surveillance plus stricte que les autres nonnes, desquelles elle est pour ainsi dire séparée, car elle ne se promène jamais avec elles dans le jardin. La servante m'assura pourtant qu'elle pourrait arriver jusqu'à elle, et lui parler à la dérobée. J'écrivis alors à Kondjé-Gul ces quelques mots sur une marge du livre de prières que portait la Tsigane, avec recommandation de la déchirer aussitôt qu'ils auraient été lus :

« Je suis ici. Confie-toi à celle que je t'envoie. »

Deux jours plus tard, je recevais de la main de Kondjé-Gul une autre marge. La Tsigane, cette fois, emporta, cousus dans la doublure de sa robe, un cahier de papier et un crayon. Je demandais à Kondjé-Gul de me donner tous les détails nécessaires pour arriver à son évasion. Le surlendemain, la Tsigane m'apportait cette lettre :

« André, André, tu vis ! Tu es près de moi. Tu m'aimes toujours ! Ils m'avaient abusée. — Je me croyais perdue, j'espérais mourir, et tu viens me sauver ! En lisant ces chères paroles de toi, qui m'avertissaient de ta présence et me disaient de me fier à celle que tu m'envoyais, j'ai failli succomber à la joie. Pendant un instant, j'ai douté, j'ai cru que j'étais devenue folle, et que l'hallucination s'emparait de ma raison. Puis, j'ai encore craint un piège. J'ai songé à m'enfuir du jardin pour courir m'enfermer dans ma prison, me cacher derrière des murs d'où l'on ne pourrait entendre mes cris... Mais mes yeux avaient reconnu ces quelques signes de ta main adorée.

« Et toi !... comme tu as dû souffrir ! — Mais il faut que je réponde à ce que tu me demandes, que tu saches ce qu'ils ont fait, afin que tu puisses déjouer leurs projets, et me délivrer de leurs indignes machinations.

« Il te souvient de ce dernier jour de notre chère vie. Fanny m'avait appris que tu étais venu le matin, et que tu avais très longuement causé avec ma mère. Cette visite m'avait inquiétée. Tu étais parti sans venir me voir ; mais je t'attendais à dîner, et je n'avais pas voulu sortir de peur de perdre un instant de ta présence aimée, si tu devançais l'heure ; lorsque, à six heures, ma mère entra chez moi, en apparence très émue ; elle tenait à la main une dépêche signée de ton nom, qu'elle recevait à l'instant, disait-elle, et « où il lui apprenait que tu venais de te battre avec le comte Kiusko ». Tu étais blessé, mourant, tu m'appelais ! — Cette dépêche était datée du lieu où s'était passé le duel, à Meaux. — Je m'habillai éperdue pour courir te rejoindre. Arrivées au chemin de fer, nous partîmes. Comment aurais-je pu concevoir une défiance ? — Deux hommes qui, à quelques mots qu'ils prononcèrent, je crus être des médecins, étaient montés avec nous. Je les interrogeai : ils me dirent qu'il fallait deux heures pour être auprès de toi. Haletante, les yeux fixés sur la ville, je dévorais d'espace, épiant le nom des stations, quand tout à coup, comme nous approchions d'un endroit, de loin je lus distinctement « Meaux » au fronton d'un embarcadère.

Je me levai pour être prête à descendre ; mais à peine étais-je debout que nous arrivions devant la gare. Le train continuait sa marche à toute vitesse. — Il avait passé. Je jetai un cri, croyant à quelque erreur. Je me précipitai pour appeler, pour ouvrir, résolue à m'élancer du wagon sur la route. On me retint, je me débattis ; mais je ne pouvais lutter contre eux. Je suppliais, je pleurais. Alors ma mère m'acheva, en me disant la vérité. — On m'arrachait à toi. — J'appris que ces hommes étaient : l'un, un émissaire de notre ambassade ; l'autre, un agent français, requis tous deux par ma mère pour me forcer à la suivre.

« A cette révélation, je ne sais ce que je ressentis, ni ce qui se passa. Il me sembla que mon cœur s'arrêtait, j'eus conscience que je tombais ; ma pensée s'éteignit, je crus mourir en disant ton nom.

« Quand je revins à moi, il faisait tout à fait nuit ; je me retrouvai dans le même wagon, à peine éclairé ; je compris que de longues heures s'étaient écoulées, pendant lesquelles tu m'attendais, mourant, me maudissant peut-être. J'implorai encore ma mère, la suppliant à genoux de me ramener vers toi. Au milieu de mes sanglots, je lui jurais que je me soumettrais, que je la suivrais aussitôt que je t'aurais sauvé. Un des hommes, ému de pitié, lui dit tout bas quelques paroles : inexorable, glacée, elle répondit par un geste de refus. La nuit s'écoula ; au matin, nous arrivions à une ville. J'appris que c'était Strasbourg. Je pensai que du moins j'allais trouver le moyen de t'écrire ; mais là, on me fit entrer dans une salle ; un autre train était prêt à partir. Comme j'étais inerte, accablée sur un banc, un de ceux qui nous avaient accompagnées se pencha vers moi, pendant que ma mère parlait à l'autre, et me dit rapidement : « Rassurez-vous, on vous a trompée. M. de Peyrade ne s'est pas battu, il vit ! » Avant presque qu'il eût

achevé ces mots, ma mère me faisait lever, nous repartions. Un autre homme s'était trouvé là qui nous attendait ; il monta avec nous dans un compartiment réservé : nous repartîmes.

« Je savais maintenant que ma mère serait implacable, et que je n'avais plus d'espoir. Je ne songeai plus qu'à guetter une occasion de t'écrire, en trompant la dure surveillance dont je me sentais entourée. Tu vivais, mon énergie m'était revenue. Ma pensée désormais n'était plus tendue que vers un but unique : m'enfuir, me cacher, t'appeler ou retourner vers toi. Tout à coup un horrible soupçon me surgit à l'esprit. — Si les paroles de consolation de cet homme étaient encore un piège, s'il m'avait abusée pour me leurrer d'un espoir à l'aide duquel ils avaient pu espérer ma résignation ? — Je me débattis dans les tortures de ce doute pendant des jours, pendant des nuits. Je suppliai enfin ma mère de me dire la vérité : elle me répéta « que ta dépêche était vraie, et que cet homme m'avait menti par pitié ».

« Au troisième jour, nous arrivâmes à Pesth. Là, elle me fit monter sur un bateau du Danube. Je ne savais où l'on me conduisait. Enfermée dans une cabine, je ne pouvais communiquer avec aucun passager. Quel pays je traversai ? Je l'ignore. Pendant huit jours, nous allâmes ainsi. L'homme que nous avions trouvé à Strasbourg nous accompagnait toujours. — Nous prîmes la mer, puis un autre chemin de fer ; enfin, un soir, nous nous arrêtâmes à une station, une voiture nous attendait, et, quelques heures après, nous arrivions à ce couvent où je suis. Ma mère m'y quitta et partit, me laissant brisée, perdue, sans espoir de jamais même parvenir à apprendre ton sort. — Quinze jours plus tard, elle revint me voir et, pour la première fois depuis notre départ de Paris, me dit où j'étais. Elle me révéla alors ses volontés et ses résolutions. — Mon mariage avec le comte Kiusko était décidé. Je ne sortirais de ma prison que le jour où je serais sa femme. — J'avais deviné leur indigne complot ; je ne faiblis pas devant ton souvenir, je lui jurai que, mort ou vivant, je te garderais mon âme, et que le premier acte de ma liberté serait de me tuer pour échapper à leurs violences.

« Depuis ce jour, chaque semaine, elle revient, comptant sur ma faiblesse et sur mon désespoir ; mais je l'aime, et ma vie est en toi. Je vis seule, étroitement enfermée, mais ma pensée est pleine de mon amour. — Un jour, on m'a dit qu'on allait m'instruire pour me faire chrétienne. — C'était ta religion, je l'ai embrassée, j'ai reçu le baptême et j'ai mis ma confiance en ton Dieu. Il a raffermi mon cœur, et soumise aux austérités dont on m'accable, sans doute pour me briser, j'ai puisé dans la foi la force de résister à leurs menaces, et de me garder pour vivre avec toi pendant toute l'éternité dans ton ciel.

« André, cher André, je t'ai[llegible] le [illegible] ! — Sauve-moi si tu peux, mais, je t'en conjure, ne [illegible] pas la vie ! Vivante ou morte, je t'appartiens, je suis ta femme et, par notre Dieu, je te fais serment de n'être jamais qu'à toi ! »

Louis, à la lecture de cette lettre, les prières que je bégayais enfant me revinrent sur les lèvres.

XLI

KONDJÉ-GUL prête à nous seconder, mon entreprise ne demandait plus que de l'audace ; mais il ne fallait rien livrer au hasard. Un échec pouvait ruiner toutes mes espérances ; il fallait réussir à notre première tentative, sinon, d'éveil donné, nous étions perdus.

Nous nous mîmes à l'œuvre, aidés cette fois par des renseignements précis de Kondjé-Gul. Afin de la tenir plus à l'étroit et de l'isoler des religieuses, qui, dans les communautés grecques, jouissent d'une plus grande liberté que les nôtres, on l'avait reléguée dans une cellule éloignée, sorte de lieu de correction pour le cas d'indiscipline. Cette cellule, située sur les derrières du couvent, est éclairée par une unique crevasse profonde, dont le bord opposé, déchiré du flanc de la montagne, est formé d'un immense roc se redressant à pic à cinquante mètres au-dessus des bâtiments, considérés comme inaccessibles de ce côté. Sur les indications de la Tsigane, nous eûmes bientôt relevé un plan des jardins et de l'enceinte. Une sorte de quadrilatère de hautes murailles, de difficile escalade, enserre tout le couvent. Mais ce n'était point là un obstacle pour nous : l'endroit est isolé et, dussions-nous accomplir l'enlèvement de Kondjé-Gul de vive force, le succès était possible ; seulement, il nous fallait prévoir que l'alarme d'un pareil coup se répandrait à l'instant, que nous serions poursuivis, traqués, avant que nous eussions pu atteindre Odessa, où déjà j'avais envoyé Giraud pour fréter à tout hasard un navire. Nous pourrions, de là, gagner la côte d'Asie.

Toutes nos chances calculées, nous résolûmes de recourir au moyen le plus hardi et, en apparence, le moins exécutable de tous. C'était de tenter l'évasion par la montagne, du côté du précipice que l'on pouvait songer à garder.

Pour donner le change sur nos excursions, Dumont avait

sérieusement commencé des explorations dans les alentours.
On savait que, aidé de cinq ou six Tsiganes parmi lesquels
nous étions confondus, il avait pratiqué des sondages et fait
sauter par la mine quelques roches de granit, pour mettre
à nu des gisements. Notre plan arrêté, il annonça l'intention de fouiller une gorge profonde, dans laquelle il n'était
possible de descendre qu'au moyen de cordes suspendues
à des pieux. Les palans furent commandés à des charpen-
tiers de la ville sur des dessins faits par nous d'après le
relevé exact du précipice où nous devions véritablement les
employer. Ce travail demandait huit jours. Ils arrivèrent
enfin un soir, pendant que Dumont était allé faire une
visite au château de Klusko, pour détourner les soupçons.

En son absence, j'ordonnai tout, et je prévins nos gens
d'être sur pied de bon matin. Nous avions résolu, par prudence, d'exécuter d'abord une descente à l'endroit que
nous avions désigné, vers une pente de la montagne éloignée du couvent, de façon à régler nos manœuvres et de
les rendre familières à nos Tsiganes, même pour une entreprise de nuit. Ces mesures combinées, nous décidâmes avec
Giraud et Jacquet que notre expédition au couvent aurait
lieu le surlendemain.

Nous en étions là quand Yànos arriva. Il m'apportait ces
lignes de Kondjé-Gul envoyées à la hâte par la fille qui ser-
vait notre correspondance:

« Le pope est venu me préparer à cette horrible nouvelle: ils veulent essayer de me contraindre. — Ma mère
vient me chercher demain pour m'emmener. »

En recevant ce mot effrayant, je demeurai consterné.
Tout était perdu, si nous n'agissions pas dans la nuit même.
Sur ces entrefaites, Dumont revenait comme nous nous
concertions. Certains préparatifs de fête, que l'on semblait
entourer de mystère au château de Klusko, lui avaient aussi
donné l'éveil.

En un instant, tout fut changé, Yànos courut par le village pour réveiller les gens. Par bonheur, pendant ces jours
d'attente, nous avions déjà tout calculé, tout prévu. Le
chariot d'un Tsigane avait été loué la veille pour trans-
porter les palans. Une heure plus tard, hommes et chevaux
étaient prêts; nous partîmes.

La nuit était sombre; mais nous avions tant de fois
parcouru ces sentiers que nous en savions les moindres
accidents. Il était près de minuit comme nous arrivions sur
le plateau de granit qui domine les bâtiments du monastère. Là, il nous fallut attendre le chariot, forcé de faire
un détour par la route de la montagne. Nous avions depuis
longtemps marqué la place où nous devions fixer les palans. Armés de pioches, nous fîmes le travail nécessaire
au scellement. J'étais dans une agitation impossible à décrire; mais le sang-froid résolu de Dumont, de Giraud, de
Jacquet, suffisait à notre tâche. Enfin, à deux heures, tout
fut prêt. Le panier dans lequel je devais opérer ma descente planait, suspendu au-dessus de l'abîme. Giraud voulait d'abord en éprouver la solidité, au moyen d'un quartier de granit; mais c'était du temps perdu, je m'y op-
posai, et, sans rien vouloir écouter, je m'enlevai des deux
mains par les cordes, et je pris place.

Au signal donné par Dumont, les gens commencèrent à
exécuter leur manœuvre, et je descendis dans cette ombre
effrayante du gouffre, qui s'épaississait à mesure que j'en
gagnais les profondeurs. Pendant quelques instants, ba-
lancé dans l'espace, j'allai ainsi ne songeant qu'à me préserver contre les aspérités du roc. Au-dessous de moi,
j'apercevais cette fenêtre de la cellule où Kondjé-Gul devait
être endormie. Bien que je n'eusse point eu le temps de
l'avertir, j'espérais pouvoir l'éveiller sans bruit. Sans doute
elle était sur ses gardes. Elle savait tout de notre projet.
Tout à coup une affreuse réflexion me saisit. — Si elle
n'était plus là?... Si, pour cette dernière nuit qu'elle devait encore rester captive, on l'avait transférée dans une
autre partie du couvent? — Au milieu de ce péril, toutes
ces pensées m'assaillirent à la fois, comme un vertige, en
l'espace d'un instant.

Enfin, je touchai au but, et j'arrivai à la hauteur de la
fenêtre. Une petite corde d'appel, pendant le long des
cordages et dont le bout était resté dans la main de Giraud,
devait servir à lui transmettre, au moyen d'un certain nombre de coups convenus, toutes les indications pour la manœuvre, au cas où je rencontrerais quelque obstacle imprévu. Je fis le signal d'arrêt; le jeu du palan cessa. Nous
avions calculé minutieusement l'espace qui me séparerait
encore de la fenêtre, dès que je serais à son niveau. Le
panier devait se trouver perpendiculairement à deux mètres du mur du couvent. Au moyen d'une perche armée de
crochet dont j'étais pourvu, je saisis la barre d'appui de la
fenêtre, et je m'attirai; puis, j'amarrai solidement à cette
barre mon espèce de nacelle, de façon que l'oscillation ne la
remportât point. Cela fait, j'allais frapper aux vitres, lorsque la fenêtre s'ouvrit. Kondjé-Gul veillait dans l'attente,
elle avait perçu le frottement des cordes sur le bois. J'entendis un cri étouffé, puis ces mots:

— André! mon André! c'est toi!

Je sautai dans sa chambre; elle m'étreignit presque dé-
faillante; mais nos instants étaient comptés.

— Viens, viens! lui dis-je.

En moins de temps qu'il n'en faut pour te le décrire,
je l'avais portée dans la nacelle, où je le plaçais auprès
d'elle. Ma seule vue l'avait rendue vaillante. Pendant que
je dénouais les cordes, elle nous retenait à la barre d'appui,
de peur qu'une oscillation brusque, augmentée par le
poids, ne nous lançât sur le roc opposé, où nous risquions
d'être brisés tous deux, ou précipités par le choc. Puis,
saisissant ma perche à crochet, je laissai le panier reprendre doucement l'aplomb, et je donnai le signal de nous
remonter.

Les cordes se tendirent, notre ascension commença...
Mais le danger m'épouvantait maintenant dans cet abîme
béant que j'avais déjà traversé tout fiévreux... Malgré le
courage de Kondjé-Gul, je la sentais trembler, pressée
contre mon sein. Nous n'osions parler; nos voix avaient des
sons étranges dans cette obscurité, qui nous permettait à
peine de distinguer nos visages. Un oiseau de nuit, surpris
par les singuliers hôtes qui troublaient sa solitude, s'en-
vola près de nous, mêlant à son cri un bruit d'ailes sinis-
tre. Kondjé-Gul fit un mouvement involontaire d'effroi qui
nous fit osciller.

— N'aie pas peur! lui dis-je vivement.

— Que m'importe? répondit-elle, je mourrai avec toi!

Enfin, nous touchâmes la crête. Jacquet s'était préparé;
attentif au moment, il saisit la nacelle, l'attira sur le plateau: nous étions sauvés.

En quelques minutes, nous eûmes abattu les palans. Il
ne fallait pas que, des fenêtres du couvent, on en pût apercevoir, au matin, la silhouette dressée au bord du gouffre,
ce qui trahissait tout. Il était probable qu'à l'heure où
l'on entrerait dans sa cellule, en ne la trouvant pas, la
première pensée qui viendrait serait d'accomplissement
d'un suicide, que la démarche du pope expliquait. Sa fenêtre, que j'avais laissée ouverte à dessein, allait faire
croire qu'elle s'était précipitée dans l'abîme.

Nos dernières précautions prises, et les palans renversés,
nous nous lançâmes par le sentier qui nous ramenait au
village... Mais il fallait fuir au plus vite. Il était trois heures du matin, et nous n'avions plus que quelques heures de
nuit. Des habits de garçon avaient été préparés pour Kondjé-Gul. Pendant qu'elle quittait son costume de religieuse,
des chevaux, choisis par un fin maquignon Tsigane, étaient
sellés. Une demi-heure après, nous galopions sur la route.
Kondjé-Gul en croupe derrière moi. De tous ces braves
garçons qui nous avaient aidés, et que je quittais large-
ment récompensés, Yànos seul nous suivait comme guide,
car, pour arriver jusqu'à Odessa, nous pouvions être forcés d'éviter les routes, dans le cas où nous serions poursuivis, et de nous cacher dans quelque village Tsigane.

Il nous fallut près de deux heures pour gagner la ville.
Là, dans une mauvaise auberge, nous trouvâmes une voiture. Le maquignon, parti dans la nuit, devait nous préparer
des relais jusqu'à Tiraspol. Lorsque le jour se leva, nous
avions fait près de huit lieues, et nous arrivions à notre
second relais, dans un autre village Tsigane. Nous étions
attendus, un déjeuner était servi: nous fîmes une demi-
heure de halte.

Ma pauvre Kondjé-Gul se sentait brisée; mais le bonheur qui nous enivrait tous deux nous jetait dans une
sorte de délire. Giraud, Dumont et Jacquet, enthousiasmés
de notre succès, ne tarissaient pas dans leurs fazzis. Il
n'était point jusqu'au pauvre Joseph, qui n'avait jamais
monté à cheval de sa vie, et qu'il fallut attacher sur sa
selle, qui ne se rît de ses douleurs.

Cependant, un moment de repos ne me faisait point oublier le péril. Un mot de Kondjé-Gul me l'avait révélé. À
cinq heures, au couvent, on disait les matines. À cette
heure-là, on aurait dû apprendre qu'elle avait disparu.
Klusko immédiatement averti, nous n'avions que deux heures d'avance sur sa folle fuite; mais, fût-il accompagné, nous étions armés et décidés à nous défendre.

Nous repartîmes, dans une de ces grandes voitures de
poste du pays, attelées de huit chevaux, petits, à poil hé-
rissé, à grosses têtes, conduites par deux postillons, dont l'un
était Yànos. Nous allâmes d'un train fou, nous étions presque en plaine; mais, à mi-route, nous devions retrouver des
chemins affreux. Vers le milieu de la journée, nous attei-
gnions Baschlof.

XLII

Il est des heures suprêmes qui n'appartiennent
qu'au Hasard, et pendant lesquelles le moindre
grain de sable détruit toutes les prévisions humaines. Nous avions traversé Baschlof, et nous
descendions, presque à fond de train, les pentes
accidentées de la montagne, lorsque tout à coup, au détour, Yànos nous parut faire des efforts désespérés pour
retenir ses chevaux.

— Sommes-nous emportés? lui criai-je.

— Non, non, ce n'est pas cela! me répondit-il; mais il
faut que j'arrête.

Au bout de quelques minutes, il parvint à ralentir notre
course. Les chevaux au pas, il se rangea contre un angle,
et sauta de son siège.

Le moyeu d'une de nos roues brûlait.

Nous mîmes tous pied à terre. Il fallait chercher une source pour avoir de l'eau. Jacquet, Giraud et Joseph coururent aussitôt dans toutes les directions pour en découvrir une. Pendant ce temps, nous essayions d'arrêter le progrès du feu avec du sable; mais le moyeu flambait presque: avant que nous eussions eu le temps de nous reconnaître, il craquait, et se fendait dans toute son épaisseur.

Il devenait impossible de poursuivre notre route. Notre seule ressource était de retourner à Baschloï pour en ramener une autre voiture. Le postillon monta sur un des chevaux et partit. Nous devions attendre ainsi plus d'une heure en détresse, et je songeais que ce retard pouvait nous perdre.

J'interrogeai Yànos sur le danger que nous courions d'être rejoints.

— Dame, répondit-il, si M. le comte est parti deux heures après nous, en voiture, ses chevaux n'atteindront jamais les nôtres.

— Mais, à cheval?... lui demandai-je.

— Oh! en ce cas-là, répliqua-t-il, par des chemins que je connais, moi, je serais à Tiraspol avant vous!

Il était imprudent de rester sur la route; des passants pouvaient nous remarquer, rapporter ainsi des renseignements précis, s'ils étaient rencontrés par ceux qui nous poursuivaient. Je fis descendre Kondjé-Gul, et nous entrâmes tous dans un hallier sauvage qui bordait la route, laissant Yànos guetter le retour de son compagnon. Joseph avait trouvé un ruisseau. Ma pauvre Kondjé-Gul y baigna son front brûlant.

Ce terrible contretemps nous avait tous consternés, et nous n'osions nous dire nos craintes, comme si le même pressentiment d'un malheur eût pesé sur nous tous. La gaîté avait disparu, nous attendions anxieux.

Tout à coup Giraud, monté en vedette sur une roche, poussa un cri de joie.

— Voilà notre postillon, dit-il.

J'allai le rejoindre, et je vis, comme lui, mais encore assez loin, un homme à cheval qui galopait sur la route, contournant le flanc de la montagne. Au moment où je confirmais tout joyeux cette bonne nouvelle à mes amis, j'entendis Yànos qui m'appelait.

— Vite, vite, prenez vos précautions, me souffla-t-il à voix basse, dès que je fus près de lui. Vos yeux ne voient pas comme les miens. Ce n'est pas Zaff qui nous revient, c'est le comte Daniel!... Je le reconnais à sa jument noire que mon père lui a vendue.

— Que faire? lui dis-je, parle!

— Nous cacher, et espérer qu'il passera sans s'arrêter, devant une voiture abandonnée.

En disant ces mots, il prit son cheval par la bride, lui fit gravir le talus derrière lequel nous étions abrités, et l'attacha à un arbre. Dix minutes se passèrent dans une anxiété poignante. Le cavalier approchait, lancé dans une course folle. Il fut bientôt assez près pour que nous pussions distinguer ses traits. — C'était bien Kiusko. — A plat ventre dans l'herbe et la tête cachée par des touffes d'ajoncs, nous le guettions palpitant. A cent mètres, il avait aperçu la voiture; nous le vîmes ralentir son pas. Arrivé devant nous, il s'arrêta, jeta les yeux autour de lui; nous devinâmes un soupçon.

Cependant tout semblait annoncer pour lui un incident de voyageurs, qui avaient dû regagner le prochain village à pied, et il allait repartir, lorsque tout à coup notre cheval, attaché à dix pas derrière nous, hennit à la jument. Daniel releva la tête. Nous vîmes son regard se fixer sur les traces toutes fraîches encore sur le bord du talus. D'un élan il le franchit. — Nous étions découverts.

A la vue de mon ennemi, je me levai d'un bond. Dressé devant lui, à cinq pas, il me reconnut. Depuis un moment, une pensée roulait dans mon cerveau. — Il était là, je le tenais face à face; mais je songeais à Kondjé-Gul. — La rendre témoin de ce combat si longtemps souhaité, médité dans mes accès de rage, c'était le tuer peut-être. — Pourtant, surpris par lui, je n'hésitai plus. Nous avions des armes, un de nous deux ne devait plus sortir de ce hallier. Fou, aveuglé par le sang, j'allais marcher sur lui, lorsque j'entendis ces mots, vivement adressés à Dumont par Yànos:

— Me garantissez-vous le coup?

— Oui, répliqua Dumont.

Un coup de feu partit... Je vis Kiusko tourner sur sa selle; il tomba.

— Malheureux! qu'avez-vous fait? m'écriai-je.

Et je me précipitai au secours du blessé qui se débattait. Un de ses pieds était resté pris dans l'étrier, son cheval effrayé se cabrait, je le dégageai; mais, comme je tenais le cheval par la bride pour l'écarter, Giraud me cria:

— Prenez garde!

Je me retournai: Kiusko, à demi relevé, le bras droit pendant inerte, avait saisi de la main gauche un pistolet qu'il armait avec ses dents; puis, rapidement, comme tous s'étaient élancés, il visa Kondjé-Gul et tira sur elle, presque à bout portant.

Kondjé-Gul fit un mouvement, son chapeau tomba. Je poussai un cri de fureur. J'entendis un second, puis un troisième coup, mais Jacquet s'était jeté sur Kiusko et avait détourné son bras.

— Es-tu blessée? m'écriai-je.

— Non! répondit-elle.

Tout cela s'était passé comme dans un éclair.

Kiusko, maintenu par les poignets de fer de Jacquet, avait des hurlements de bête fauve; une fois désarmé, il n'était plus à craindre. Après le péril qu'avait couru Kondjé-Gul, je ne sentais plus de pitié.

— Vous savez que vous me retrouverez quand il vous plaira, lui dis-je.

Il ne répondit que par un blasphème, en me jetant un regard d'indicible haine; mais il perdait son sang, et, dans ses efforts de rage, il avait épuisé ses forces. Une horrible pâleur s'était étendue sur son visage.

— Allons, maintenant, nous voici empêtrés dans les sensibleries de l'humanité! dit Dumont en haussant les épaules. — A toi Jacquet, fais ton métier, mais dépêche-toi, car j'entends la voiture, et monsieur, qui paraît avoir peu de préjugés à tuer les femmes, comprendra parfaitement que nous sommes pressés de mettre mademoiselle à plus longue portée de lui.

Jacquet avait déjà tiré sa trousse: en un instant les vêtements furent coupés et la blessure mise à nu. La balle, arrivée en pleine poitrine, avait heureusement dévié. La clavicule droite était brisée.

— Ce n'est rien, dit Jacquet il en a pour un mois. La plaie est belle et je sens la balle au bout de ma sonde. — En un quart d'heure j'aurai fini.

Pendant l'opération, Kiusko s'évanouit.

— Tiens!... Il s'en va? dit Dumont. — Il y a un peu du poulet dans ce noble boïar, il n'aime pas la douleur, cette pierre de touche de l'homme!

Mais il nous restait à décider ce que nous allions faire. Kiusko, quoique blessé, pouvait encore arrêter notre fuite, nous dénoncer, révéler nos traces et nous faire surprendre avant que nous eussions réussi à gagner Tiraspol. Pourtant, il était impossible de l'abandonner sans secours dans cette bruyère déserte. Nous nous concertâmes: Yànos nous tira d'embarras.

— Écoutez, monsieur Dumont, dit-il, vous m'avez garanti l'accident, n'est-ce pas? Je ne peux plus rester sans danger dans le pays.

— Oui, oui, je t'emmène, répliquai-je vivement, et je me charge de toi!

— Eh bien! alors, reprit Yànos, voici ce que je vous conseille. Nous allons laisser ici le camarade qui vient d'arriver avec la voiture. Pendant qu'il restera avec le comte, Zaff ira à un de nos villages, et ramènera des amis sûrs. Ils emporteront le blessé, et le garderont serré jusqu'à demain. Et, cette nuit, au moyen du chemin de fer de Tiraspol, nous aurons eu le temps de gagner Odessa. A l'heure où le comte Daniel pourra agir, nous serons en mer.

Ce plan conciliait tout. Yànos appela Zaff et lui en confia l'exécution stricte. Durant cette conférence, Jacquet avait achevé son pansement. Le postillon Tsigane mis au courant des prescriptions qu'il devait suivre, nous regagnâmes la route et nous partîmes, Yànos reprenant son train d'enfer jusqu'à Tiraspol.

Au milieu de la nuit, nous embarquions à Odessa.

XLIII

LE navire frété par Giraud était un bâtiment grec, solide sous sa voilure, et très suffisamment aménagé. Il nous parut presque coquet dans sa toilette du matin. Il s'appelait l'*Eudoxia*. Ce nom de ma tante me parut un heureux augure. Quinze hommes composaient l'équipage. Le capitaine, que Jacquet appela sur-le-champ *Canaris*, était un de ces vieux requins de mer pratiques, capable de nous piloter lui-même dans tous les ports jusqu'à Marseille. Nous étions désormais à l'abri de toute poursuite, libres de toute crainte, et la mer devant nous.

Te décrire l'état de nos esprits, je ne l'essaierai même pas. Sortis des péripéties et de nos actions folles, nous avions peine à nous convaincre que nous les avions véritablement traversées. Ma pauvre Kondjé-Gul, encore pâle des austérités et des douleurs qu'elle avait subies, exhalait son bonheur en me contemplant comme si elle n'eût pu en croire ses yeux. — Quels transports! quelles joies dans nos récits de nos chagrins, de nos regrets, de nos désespérances! — La main dans la main, nous parlions en même temps, et les mêmes mots nous venaient sur les lèvres, et les mêmes tendresses s'échappaient de nos yeux. — Quel hymne de grâce se chantait en nos cœurs!

Un temps splendide: on eût dit que le ciel fêtait sa délivrance. Nous eûmes bientôt en vue la côte d'Asie. De la cabine où nous étions assis à l'ombre, enlacée dans mes bras, elle me racontait ses misères d'enfant, puis ses idées de jeune fille, alors qu'elle errait presque en haillons dans ces jardins des *Eaux douces*. — Quel chemin parcouru !

Nous passâmes devant Constantinople sous toutes voiles, et nous ne nous arrêtâmes qu'un seul jour à Athènes. J'y achetai des habits pour Kondjé-Gul et j'y laissai mes amis. Discrets, malgré la fraternelle affection qui nous lie désormais, ils se sentaient *entre nous*. J'étais ravi d'ailleurs de leur donner cette occasion d'études pour leurs solides esprits. Je leur laissai Joseph et Yanos. Le lendemain, l'*Eudoxia* levait l'ancre, nous emportant *tous deux*.

Comment te décrire ce retour ? Le bonheur n'a pas d'histoire, t'écrivais-je en commençant ce récit de mes amours de harem. — Pauvre moi ! Au milieu de ces fausses ivresses, je me croyais heureux ! — Mes yeux dans les yeux de ma Kondjé-Gul, si tu savais comme je suis comblé !

Après la plus favorable traversée, nous arrivâmes en vue de Toulon par un temps effrayant. On eût dit que la tempête venait nous rappeler que nous étions oublieux, et que l'avenir était menaçant. En effet, depuis trois semaines que nous avions quitté Odessa, disparaissant tout à coup sous qu'aucun indice pût révéler nos traces, je m'étais abandonné à cette immense joie, qui nous possédait tous deux, d'être enfin réunis après tant de jours d'angoisses et d'alarmes... Confiants dans la sécurité absolue que nous offrait la mer, hors de toute atteinte, nous n'avions songé qu'à notre bonheur présent, à notre amour, à nos tendresses. Et si parfois quelque pensée m'était venue des craintes que devait encore nous réserver le destin, je l'avais chassée comme une idée importune. — Cependant, à l'heure où nous étions, il fallait bien me mettre face à face avec la réalité. — Quel asile sûr allais-je choisir pour dérober Kondjé-Gul aux recherches que sa mère avait sans doute déjà commencées ? — Kiusko savait notre fuite, sa lutte acharnée n'était pas close, et je pouvais m'attendre à tout de sa vengeance, de sa passion jalouse égarée jusqu'à la folie. En tout lieu, la Circassienne, soutenue, conseillée par lui, pouvait m'arracher sa fille, la réclamer par le plus simple appel aux lois, et nulle puissance humaine ne pouvait anéantir ses droits. Notre bonheur n'était assuré que de la durée d'un rêve. C'était un répit à notre séparation jusqu'au jour où, forcé de reparaître parmi les miens, ma seule présence allait tout trahir, et guider les investigations mêmes pour arriver jusqu'à elle. Le plus infime agent de la loi, requis par la mère de Kondjé-Gul, pouvait nous arrêter au moment où nous mettrions le pied sur le port. Sans doute on nous avait poursuivis. — Si déjà les démarches étaient faites ? — Depuis vingt jours, la Circassienne et Kiusko pouvaient être à Paris... si l'on nous attendait ! L'*Eudoxia* devait être déjà signalée par les vigies du port ; elle venait d'Odessa ; n'avait-on pas conjecturé, d'après le jour et l'heure de son départ, que ce navire avait pu assurer notre fuite ?... Si déjà des ordres étaient donnés pour nous saisir au passage ?

Ces réflexions me jetèrent dans l'épouvante. L'idée me vint de reprendre la mer. — Mais n'étions-nous pas dénoncés dans tous les ports ? La violation d'un couvent, le rapt d'une fille enlevée à sa mère, n'était-ce point là un de ces délits dont la poursuite était facile, en quelque lieu que nous fussions découverts ?

Toutes ces pensées se succédèrent une à une dans mon esprit comme des coups de foudre, et, surpris dans ma quiétude insensée, j'en demeurai un instant comme anéanti. Ma pauvre Kondjé-Gul était là, confiante et ranimée. Elle contemplait de loin les côtes de France.

— André, me dit-elle, il y a un an, de cette mer, je regardais le pays inconnu où j'arrivais esclave. Quel rêve accompli depuis lors !

— Bonjour, ma patrie ! s'écria-t-elle avec un transport d'amour et de joie s'exhalant de son cœur.

Et, appuyant ses mains sur ses lèvres, elle envoyait des baisers vers la rive. Elle se croyait sauvée. Je lui cachai mes inquiétudes.

Mais il fallait du moins tenter d'échapper aux embûches dans lesquelles il était presque certain que nous allions tomber fatalement. Conscient d'un danger, je résolus aussitôt de ne point aborder en France, avant de m'assurer contre toute imprudence. Emmener Kondjé-Gul à Férouzat, comme d'abord j'en avais eu l'idée, c'était nous perdre tous deux peut-être. Il était trop facile de soupçonner que nous choisirions ce refuge, pour que nous pussions nous hasarder d'y paraître.

Mon plan décidé, je donnai ordre au capitaine de continuer notre route comme si nous étions à destination de Marseille ; puis, dès que nous fûmes hors de vue, je fis virer de bord pour regagner la rivière de Gênes, où quelque petit port nous offrait un plus sûr asile. La nuit venue, nous étions à la hauteur d'Oneglia. Par bonheur, le temps s'était calmé, nous pûmes serrer la côte. Bref, vers minuit, le navire s'arrêtait, au plus près, devant une plage de pêcheurs. Nous descendîmes dans une embarcation, et en moins de six minutes nous eûmes touché la terre. Je pris congé de mon brave capitaine, qui n'avait pu rien soupçonner de notre aventure. L'*Eudoxia*, du reste, était à ma disposition pour trois mois. Il fut convenu que, pour égarer les recherches, il allait ostensiblement reprendre sa route jusqu'à Barcelone, se montrant à tous les ports, de façon

à pouvoir y être signalé. Il reviendra ensuite à Marseille, n'ayant plus à bord que son équipage, et répondra au besoin qu'il nous a débarqués sur les côtes d'Espagne, si par hasard il est interrogé.

Kondjé-Gul, m'ayant vu changer mes intentions premières, avait soupçonné que je prévoyais un malheur. Je l'avais rassurée en lui disant que Férouzat n'était point en état de nous recevoir. Nous allions rester quelques jours en Italie, en attendant que l'on fût averti de notre retour.

L'embarcation nous ayant laissés sur la rive, nous traversâmes le hameau. Il eût été imprudent d'y réveiller les gens, ce qui eût dénoncé un débarquement nocturne. Nous montâmes un sentier pour rejoindre la route. Au point du jour, nous arrivions à Oneglia. C'est de là que je t'écris.

XLIV

J'AVAIS redouté des périls, mon cher Louis ; ils dépassent toutes mes prévisions. Mon bonheur, ma vie, le sort de Kondjé-Gul et le mien, tout cela n'est plus qu'une question d'heures, et la plus horrible catastrophe plane sur nous.

En arrivant à Oneglia, j'écrivis à mon oncle. Lui seul pouvait m'aider, je le suppliai d'accourir à mon appel. Il ignorait tout, et la gravité des événements qui me menaçaient peut-être me faisait une loi de me confier à lui. Pour justifier mon brusque départ de Paris, j'avais inventé un prétexte de voyage en Hongrie, où j'allais, avais-je dit, chasser quelques semaines avec un ami. Mes lettres, depuis lors, ne lui avaient rien appris, si ce n'est que, par un caprice, nous avions poussé jusqu'en Bessarabie. Quelques lignes d'Athènes, enfin, lui avaient annoncé mon retour. Je tremblais à la pensée du chagrin qu'il allait ressentir, lorsqu'il me faudrait lui révéler une folle aventure et ce qui s'en était suivi.

J'ai revu ce père, cet ami si grand, si bon, si noble et si fort, qu'il m'a tout pardonné, malgré le mal que je lui fais.

Hier soir, après une journée inquiète, pendant laquelle je n'avais pu dissimuler mes transes à ma chère Kondjé-Gul, nous étions sortis, gravissant une hauteur d'où l'on découvre la route de Nice. Nous allions, elle penchée à mon bras, m'interrogeant avec tendresse sur la cause d'un ennui « qu'elle sentait, disait-elle, au dedans de moi... », lorsque, comme nous arrivions au détour d'un sentier qui montait la colline, un homme marchant d'un pas alerte surgit tout à coup devant nous. C'était mon oncle. Il avait laissé sa voiture, pour couper par une descente qui va droit sur Oneglia. Je ne l'eus pas plus tôt reconnu que, sans réflexion, je courus à lui, emporté par un élan de cœur ; il avait ouvert ses bras et me pressait sur son sein comme un fils prodigue pour lequel on a tremblé.

— Mon enfant ! s'écria-t-il, qu'est-il arrivé ?...

Mais, à ce moment, il aperçut Kondjé-Gul, arrêtée timidement à quelques pas, n'osant s'approcher.

— Ah ! je comprends tout, ajouta-t-il. — C'est elle ! Tu as été la chercher !

Et, sans reproche, il s'avança et, lui tendant la main, comme à Paris, il l'attira pour mettre un baiser sur son front. L'émotion de ma pauvre Kondjé fut si vive qu'elle le reçut toute tremblante.

— Allons bon, dit mon oncle, voilà qu'elle a peur à présent !... Mais, enfants que vous êtes, pourquoi ne m'avoir pas tout dit ?...

Nous regagnâmes une petite maison que j'ai louée dans la ville. Mon oncle avait faim, il soupa, servi par Kondjé-Gul. Devinant que je ne voulais point parler devant elle, il ne me fit aucune question, ne me dit rien de ce qu'il savait déjà. Enfin nous demeurâmes seuls.

— Ah çà ! me dit-il, te voilà dans de beaux draps. On est venu à l'hôtel, il y a quinze jours, m'interroger sur une soi-disant prévention d'assassinat à main armée sur les grands chemins.

— Un assassinat ? m'écriai-je.

— C'est comme j'ai l'honneur de te le dire. Mais nous reviendrons là-dessus. Vite, raconte-moi d'abord toute l'affaire.

Je lui fis alors fidèlement le récit de tout ce que tu sais, lui révélant d'abord ce qu'était Kondjé-Gul et comment j'en étais venu à la séparer de mon harem pour la mettre en pension.

— Tiens, j'aurais dû m'en douter ! dit-il en se frappant le front.

J'abordai enfin ma rivalité avec Kiusko, ses intrigues avec la Circassienne, leurs violences sur Kondjé-Gul, abusée par cette fausse dépêche de moi lui annonçant que je venais d'être grièvement blessé dans un duel.

— Hé ! il est assez malin, ce Daniel ! exclama mon oncle lorsque j'en fus là. — Mais, la voilà partie ! continua-t-il : passe ta maladie de cœur et viens-en au fait qui nous occupe.

J'en arrivai finalement à mes actives recherches avec

d'aide de Dumont, Jacquet et Giraud, suivant Daniel jusqu'en Bessarabie, et la découverte de Kondjé-Gul, et mon voyage et notre expédition, réussie à miracle. Puis cette rencontre avec Kiusko, blessé par Yanos, et laissé aux mains des Tsiganes, pendant que nous fuyions vers Tiraspol et Odessa.

— Peuh! tout cela n'a pas été trop mal conduit, dit-il, quand j'eus achevé; seulement, encore une fois, que le diable t'emporte de ne m'avoir rien dit!

— Mais, mon oncle, repris-je, touché de cette indulgence d'un grand cœur qui m'épargnait jusqu'au reproche, que pouvais-je faire?

— Ce que tu pouvais faire?... Ce que tu pouvais faire?... répliqua-t-il de son ton bourru, tu n'avais, parbleu, qu'à me charger de la chose! — J'aurais fait exécuter le coup par cinq ou six de mes matelots, et tu serais resté blanc comme neige, en flânant au club, où tu ne m'aurais pas manqué pour ma partie de whist... Voilà ce que tu pouvais faire. — Enfin la sottise est là avec ses conséquences, n'en parlons plus; mais il s'agit de t'en tirer. Qu'est-ce que tu as résolu? As-tu combiné quelque projet?

— Aucun, mon oncle, répondis-je tristement; je ne songeais qu'à préserver Kondjé-Gul des recherches que sa mère pouvait tenter pour me la reprendre, et, dans mon ignorance de tout le reste, je vous ai appelé pour vous demander conseil.

— Ma foi! le reste, c'est bien simple. Ta tante, qui a des relations à l'ambassade russe, a été informée, en confidence, que tu es sous le coup d'une demande d'extradition. Et comme, paraît-il, Kiusko, qui l'a échappé belle, s'est porté partie civile, s'il poursuit son affaire, tu peux t'attendre à être bien traqué.

— Quoi? m'écriai-je atterré, cette accusation d'assassinat est sérieuse?

— Tout ce qu'il y a de plus sérieux, reprit mon oncle, et c'est un délit de droit commun suffisant au gouvernement russe pour te faire arrêter partout. Tu comprends donc qu'il s'agit au plus tôt de te mettre à l'abri.

Je demeurai consterné de ce nouveau désastre que je n'avais pas prévu. En effet, Kiusko, délivré des Tsiganes, n'avait pu manquer de déposer sa plainte, de nous accuser, ne fût-ce que pour essayer d'arrêter notre fuite et de ressaisir Kondjé-Gul, avant que nous eussions réussi à gagner Odessa. Les gens laissés près de lui, et qui l'avaient transporté, tremblant d'être compromis, n'avaient-ils pas dû lui servir de témoins?... J'étais malgré tout complice dans cet attentat sur sa vie, et rien ne pouvait me sauver d'une accusation qu'il poursuivrait sans doute avec rage, pour assurer ma perte et se délivrer de moi. J'étais anéanti.

— Voyons, reprit mon oncle, ce n'est pas le moment de nous attarder dans les regrets de ta maladresse. Le plus pressé, c'est de quitter ce trou pour rentrer en France. Les traités ne permettent pas aux gouvernements de saisir nos nationaux pour délits à l'étranger. Ici, la qualité de Français suffit à l'ambassade russe pour te faire arrêter par la police italienne; donc, nous allons partir cette nuit. La Belle-Virginie était heureusement à Marseille, j'ai donné ordre à Rabassou de venir me rejoindre vite à Oneglia. En chauffant à toute vapeur, le navire sera en vue avant le jour. Rabassou nous fera des signaux et nous enverra une embarcation à un endroit de la côte qu'il connaît, car nous y avons fait autrefois la contre..., la contre-partie de... ton évasion. Demain soir, nous aborderons à la pointe de la Camargue, d'où tu te rendras chez Théodore, au mas de Saint-Julien; tu resteras là en sûreté le temps qu'il faudra. — Tout cela veut dire qu'il ne s'agit pas de te gâter l'estomac en ruminant ton infortune et tes soucis avec une mine de déterré! Tu vas me faire le plaisir de te remplumer en double et de dormir tranquille tandis que je vais mener ta barque. — C'est très joli, l'amour; mais il ne faut pas que ça dérange nos affaires, et que, dans un an, tu m'arrives avarié pour Anna!

En écoutant ce langage, au calme inouï de cette nature puissante, à ce sang-froid toujours à l'aise, même au milieu de telles épreuves, et dont la décision ne reculait devant rien, je me fis l'effet d'un enfant. Pour la première fois peut-être je compris ce qu'était Barbassou-Pacha, et je me sentis si sûrement protégé que je passai tout à coup de l'abattement à la confiance.

— Pauvre oncle! dis-je en lui prenant la main, que d'ennui je vous cause!

— Bah! j'en ai vu bien d'autres! reprit-il sans s'émouvoir. Tu me dédommageras de ça. — L'important, c'est de te sortir de la nasse où tu t'es si bêtement fourré.

— Pouvais-je donc abandonner Kondjé-Gul au malheur qu'ils lui préparaient?

— Ta, ta, ta!... Tu es pris: c'est clair, je connais ça! Du reste, je ne suis pas un rigoriste, tu le sais, — ce qui d'ailleurs ne servirait à rien! — Il faut que jeunesse se passe, et j'aime mieux que tu fasses tes folies à présent que plus tard. Tu as encore plus d'une année devant toi pour en finir avec la vie de garçon. Je préfère certainement te voir épris comme tu l'es, plutôt que de quelque rat de danse, ou de ces demoiselles d'autrefois. Ces liaisons-là sont humiliantes; je n'ai jamais compris, d'ailleurs, les

femmes de pacotille. Mais sapristi, mon cher, tu comprends bien que si, pour étouffer ton affaire et faire arrêter les poursuites, il faut renoncer à la belle et la rendre à sa mère, il n'y a pas à barguigner un instant!

— La rendre à sa mère!... m'écriai-je épouvanté, mais c'est la livrer à Kiusko! mon oncle. C'est la vouer à une vie de désespoir et de tortures sans fin! — C'est la tuer, c'est me tuer moi-même, car, je vous le jure, je l'aime à mourir de sa perte!

— Allons donc! exclama mon oncle, mourir c'est de la folie. Que diable, mon cher, sérieusement, tu sais que j'ai compté sur toi pour un autre avenir où j'ai mis toutes mes espérances, et qui est le but de toute ma vie. Le bonheur de mes enfants, voilà ce que j'ai médité, poursuivi, résolu à travers tout... Et quand je touche du doigt la réalisation de mon rêve, pour une amourette, tout cela s'évanouirait comme un ballon qui crève? — Voyons, ajouta-t-il d'un ton empreint d'une si mâle et si confiante tendresse, que j'en fus tout remué, tu ne songes pas à me donner ce chagrin?

— Non, non, mon oncle! dis-je vivement en saisissant la main qu'il me tendait, pour la porter à mes lèvres. Non, non! jamais je ne vous causerai ce chagrin! Je vous aime et vous vénère comme un père et comme un ami. Ma vie est à vous comme mon cœur, comme mon âme, et je me mépriserais, comme un misérable ingrat, si je ne sacrifiais tout au monde pour vous donner cette joie que vous avez espérée de voir vos deux enfants mariés. Je tiens de vous, mon oncle, et ce mot me suffit; mais c'est aussi parce que je tiens de vous que j'aime ma pauvre Kondjé-Gul, et que je veux la défendre et que je veux la sauver des épouvantables violences que méditent sa mère et Kiusko. — Songez donc à l'existence qui l'attend; songez donc à ce qu'elle souffrirait, à ce que je souffrirais moi-même à la pensée qu'elle serait sa femme!...

— Voyons, voyons, calme-toi! reprit mon oncle, ému plus qu'il ne voulait le paraître. Je te comprends, j'ai passé par ces tiraillements-là, quand j'ai épousé la tante Eudoxie. Aussi, je veux bien que le diable m'emporte si je ne fais pas tout au monde pour les empêcher de toucher à un cheveu de sa tête. Elle est gentille, cette enfant, et s'il y a un moyen de l'arracher à sa digne mère, tu peux t'en rapporter à moi là-dessus. — Seulement, il s'agit aussi de toi, et il faut que tu réfléchisses. Enragé par sa passion, Kiusko est à craindre. C'est lui qui te fait poursuivre. Si l'on te prend avant qu'il ait retiré sa plainte, il y va pour toi, pour le moins, d'un jugement devant les tribunaux russes.

A ce mot, je ne sais ce que j'allais répondre, quand tout à coup la porte s'ouvrit. Kondjé-Gul entra, pâle, effrayante, la terreur sur tous les traits, et, se précipitant aux genoux de mon oncle:

— Monsieur, monsieur! s'écria-t-elle éperdue, livrez-moi, livrez-moi! Il faut le sauver!

Nous crûmes qu'on venait déjà m'arrêter.

— Non, non! reprit-elle vivement, ne craignez rien; mais j'étais là, j'ai tout entendu. Je sais le danger que tu cours. — Monsieur, emmenez-moi, livrez-moi à ma mère! André ne souffrira pas, je vous le jure. Je voulais me tuer... Je me tuerai, voilà tout! Il ne pleurera que ma perte et il se consolera.

Un sanglot lui coupa la voix.

— Tais-toi, tais-toi! m'écriai-je. Mon oncle, ne l'écoutez pas!

Mon oncle, atterré comme moi, la regardait; ses mains étaient baignées de larmes.

— Brave fille! dit-il.

Et, l'enlevant sans effort, il l'assit sur ses genoux, l'entourant de ses bras comme un enfant, elle, sa tête adorée pressée sur son sein.

— Voyons, voyons! fillette folle, ne pleurons pas comme ça, dit-il en la baisant sur le front. Que diable! il faudra bien que j'arrange aussi votre affaire, pour vous empêcher d'être mariée malgré vous, s'il se peut. C'est très gentil, ce que vous venez de faire pour André, et je ne l'oublierai pas. — Allons, essuyez ces larmes. — Bon, voilà qu'elle repart! — Et moi aussi. — Que le bon Dieu bénisse les amoureux, avec toutes leurs extravagances! Voyez un peu si on ne dirait pas un enterrement!

Comme il l'avait été ordonné, Rabassou arriva dans la nuit à Oneglia, et, deux heures avant le jour, nous mettions le pied à bord de la Belle-Virginie. Je n'avais jamais vu mon oncle au milieu d'un de ses équipages; je m'explique maintenant Barbassou-Pacha, et sa force, et son calme. Servi par de tels dévouements, j'ai compris cette trempe de caractère qui n'a jamais permis que de vulgaires obstacles le gênassent dans ses desseins. Avec huit ou dix navires et de pareils matelots, mon oncle est une puissance.

XLV

Je t'écris du mas de Saint-Julien, un asile sûr. Cette propriété en pleine Camargue, où je suis chez moi sur plus de deux lieues de pays, est régie par Théodore, un filleul de Barbassou-Pacha, et qui lui ressemble étonnamment. Parti mousse à dix ans sur un navire de son parrain, il était son contre-maître lorsque, il y a deux ans, il est revenu ici pour prendre la direction du Mas à la mort de sa mère. Il est à peu près du même âge que moi, et autrefois, pendant mes vacances de collège, le capitaine le faisait venir à Férouzat pour me donner un compagnon de jeux. Je te laisse à penser s'il me garde.

Mon oncle est retourné à Paris le lendemain de notre arrivée ici. Il y a quelques jours, par un exprès, j'ai reçu des lettres de ma tante et de lui qui m'ont déjà rassuré sur les menaces les plus pressantes de ma critique situation. Ma tante, que son train de relations a mise en contact avec toute la diplomatie européenne, a tout de suite obtenu un ralentissement dans les poursuites dirigées contre moi. Elle ira en Bessarabie, s'il le faut, pour faire retirer ta plainte. « Jusque-là, me dit-elle, on laissera traîner l'affaire; mais ne vous montrez pas, on fermera les yeux. » Comme tu le conçois, dans toutes ces démarches, elle n'a point dit un mot de Kondjé-Gul que ses sollicitations dénonceraient. Ainsi que je l'avais prévu, la Circassienne est à Paris. En arrivant, elle a couru à l'hôtel de Téral, accompagnée d'un personnage qui a interrogé Fanny et les gens. Ils ne savent plus un mot depuis mon départ, je n'ai rien à redouter de ce qu'ils ont pu répondre. Mon oncle, qui m'apprend ces détails, a vu un ami de l'ambassade de Turquie, Mme Murrah, soutenue, dit-on, par de hautes influences, a obtenu de l'administration française une aide officieuse dans la recherche de sa fille. Pour activer le zèle, elle sème à pleines mains de l'or fourni par le banquier de Klusko. La lutte est acharnée, tu le vois, et la moindre imprudence peut me perdre. — Ne m'écris donc pas, de peur de révéler ma présence à Saint-Julien. Une fois sur mes traces, on arriverait facilement jusqu'à Kondjé-Gul, et je dois être l'objet principal désigné à tous leurs espions.

Mon oncle m'a fait aussi parvenir une lettre de Giraud. Grâces au ciel, ces amis éprouvés sont de retour, et je ne tremble plus pour eux. Par bonheur, parmi eux, Klusko ne connaissait que Dumont, qu'il a dénoncé comme moi. Yélaus lui était inconnu, et les Tsiganes qui ont déposé ne l'ont certainement pas trahi. Faut-il te dire si je me suis attaché à ces nobles cœurs qui m'ont si généreusement prêté leur dévoûment, et si je les assisterai dans ces difficultés de la vie, si lourdes pour eux, et qui retarderaient l'essor de leurs facultés rares. Giraud, Dumont et Jacquet sont trois hommes et tu les verras un jour.

XLVI

Un mois s'est écoulé depuis que nous sommes au Mas, mon cher Louis, et cet étrange roman de ma vie, dont seul tu connais les aventureuses péripéties, me paraît à cette heure un incroyable songe. Ce n'est qu'à l'apogée de mes tourments que je sens que tout cela est bien vrai et que je suis en état de veille. Il me semble marcher dans la nuit, perdu au fond d'un abîme, et cherchant une issue imaginaire que je sais ne point exister. Le fait brutal, inexorable, est là devant moi, qui me barre l'avenir. Comme le voyageur qui voit glisser entre ses doigts l'onde où s'abreuvent ses lèvres altérées, mes yeux dans les yeux de ma Kondjé-Gul, je sens mon espoir qui s'enfuit. — Demain peut-être, me dis-je, je ne la verrai plus. — A cette pensée, mon cœur se brise. Comment la sauver, la disputer à sa mère, la défendre contre les infâmes desseins de Klusko? J'ai cru follement à ce bonheur, libre de tout joug des conventions sociales, et je m'aperçois de la vanité de mon rêve, en me réveillant face à face avec les réalités de la vie.

Ma pauvre Kondjé-Gul cherche à me cacher la détresse de son âme; mais elle sait tout maintenant, et la même pensée cruelle nous accable tous deux. L'avenir n'existe plus pour nous, et c'est au jour le jour que nous comptons nos tristes joies. Nous en venons parfois à prévoir l'instant où nous serons découverts, où sa mère viendra la reprendre, me l'arracher. Et alors, éperdue, m'entourant de ses bras, pour consoler ma peine, elle me répète ce serment de mourir, pour aller m'attendre au ciel. — Pauvre Kondjé-Gul, elle n'a pas dix-neuf ans! — Tu le vois, c'est affreux!

XLVII

Louis, tout est fini! Nous avons été découverts et surpris au Mas. Tu vas voir ce qu'il en est advenu.

Il y a quinze jours, je te disais les informations effrayantes que je recevais sur l'acharnement des recherches si menaçantes pour Kondjé-Gul. Je te disais nos transes, au sein de ces félicités enivrantes de notre amour, et nos désespérances et nos terreurs de cette séparation dernière qui, cette fois, allait être sans retour. Chaque heure qui s'écoulait ne nous apportait-elle pas un danger? Nous ne vivions plus que comme deux condamnés que le destin réclame, et qui comptent leurs suprêmes instants.

Nous en étions là et je ne sais quel pressentiment de malheur m'accablait, lorsque, il y a trois jours, mon oncle arriva à Saint-Julien. Il venait, tout heureux, de me montrer une lettre de ma tante, datée de Kichenau. Sans que j'en susse rien, elle était partie pour la Bessarabie, afin d'agir sur Klusko. Presque guéri de sa blessure, il n'avait point osé résister à ses instances, à ses supplications. Sa plainte retirée, une ordonnance définitive de non-lieu avait été rendue qui me délivrait de toute crainte.

Bien que je fusse déjà à l'abri d'un péril pressant pour cette étrange affaire, la nouvelle que m'apportait mon oncle était un immense allégement à nos peines. Certain de n'être plus sous le coup d'une extradition si je quittais la France, au moindre indice qui viendrait nous faire craindre que la Circassienne aurait retrouvé nos traces, nous pourrions désormais fuir à l'étranger, nous cacher, déjouer pour longtemps les poursuites. Il nous suffirait de gagner la côte et, sur un navire à moi, de prendre la mer qui nous offrait un lieu de franchise. J'étais redevenu libre enfin de braver la menace, emportant comme une proie ma chère Kondjé-Gul, qui déjà respirait et se croyait sauvée, puisque je pouvais maintenant la défendre.

Repris à l'espérance, après tant d'alarmes, la joie descendait de nos cœurs. — Assurés du présent, pourquoi songer à l'avenir? — L'amour se repaît de ses illusions, et s'arme de ses propres flammes.

Hier, dans l'après-midi, nous étions assis derrière le Mas, à l'ombre d'un petit bouquet d'arbres. Les gens étaient tous aux champs, et Théodore venait de nous quitter pour les rejoindre. Mon oncle, dans un grand fauteuil, fumait en écoutant la lecture que je lui faisais des journaux qu'on venait d'apporter de la ville, lorsque Kondjé-Gul, qui, seule à quelques pas de nous, arrangeait les fleurs de sa fenêtre, jeta un cri étouffé, et je la vis tout à coup accourir vers moi pâle et tremblante.

— Qu'as-tu donc? lui dis-je.

— Là! dit répondit-elle avec un accent d'épouvante me montrant la maison: ma mère!

Au même instant, sur le seuil du Mas qu'elle avait traversé, le trouvant désert, apparut la Circassienne. Un homme l'accompagnait.

— Voici ma fille, monsieur, lui dit-elle.

Je bondis pour me jeter au-devant de Kondjé-Gul.

— Allons, du sang-froid, du sang-froid!... dit mon oncle. Fais-moi le plaisir de te tenir tranquille!

Et se levant comme pour recevoir des hôtes, il fit quelques pas au-devant de Mme Murrah, qui s'était avancée vers nous. S'adressant à l'homme:

— Puis-je savoir, monsieur, lui dit-il, ce qui me vaut l'honneur de votre visite?

— Je suis commissaire de police, monsieur, répondit-il et délégué par le parquet d'Arles pour assister madame, qui vient réclamer sa fille, illégalement séquestrée chez vous.

— Parfait! monsieur, reprit mon oncle, et enchanté de vous voir... Mais veuillez, je vous prie, entrer dans la maison, où nous serons mieux que dans le jardin pour écouter votre requête.

— Prenez garde! dit la Circassienne au commissaire de police, ils vont la faire échapper!

— Pas du tout, chère madame, répliqua mon oncle. Monsieur vous dira que ces choses-là ne se font pas en sa présence. Mlle votre fille reste avec nous pour répondre aux questions qui lui seront faites. Je prends son bras et, si vous voulez bien nous suivre, j'aurai l'honneur de vous montrer le chemin.

Nos cœurs battaient à se rompre. Kondjé-Gul se soutenait à peine. Nous entrâmes. Mon oncle, toujours calme, offrit des sièges à Mme Murrah et au délégué de la justice; puis, reprenant la parole:

— Puis-je vous demander, monsieur, dit-il, si vous êtes pourvu d'un mandat formel vous autorisant à requérir la force pour emmener mademoiselle, selon le désir de sa mère?

— J'ai l'ordre du juge!... s'écria Mme Murrah avec véhémence.

— Pardon, pardon, reprit mon oncle, ne nous embrouillons pas. — Veuillez, je vous prie, madame, permettre à monsieur de répondre à ma question. Nous sommes soucieux d'observer le respect que nous devons à son ministère.

— Madame étant étrangère, monsieur, répondit le magistrat, comme vous semblez le comprendre, je n'ai pour mission que de l'accompagner pour dresser procès-verbal, en cas d'opposition à ses droits, afin de lui permettre d'engager une instance devant les tribunaux.

— Ah! reprit mon oncle. Eh bien, monsieur, procédez, je vous prie, en prenant acte de nos déclarations. — Primo, mademoiselle refuse formellement de retourner près de madame.

— C'est faux, dit la Circassienne. Elle est ma fille, elle n'appartient qu'à moi... Elle m'obéira, car elle sait que je la maudirais!

— Calmons-nous, calmons-nous, et pas de paroles inutiles! répliqua mon oncle. C'est à Mlle votre fille de répondre. — Interrogez-la, monsieur.

Le commissaire s'adressa à Kondjé-Gul et formula sa question. Je la vis pâlir, hésiter, glacée de terreur par le regard de sa mère.

— Veux-tu donc me quitter? lui dis-je palpitant.

— Non, non, s'écria-t-elle; puis se tournant vers le magistrat: — Je ne veux pas suivre ma mère, monsieur! ajouta-t-elle d'une voix résolue.

A ce mot, la Circassienne se dressa terrible; Kondjé-Gul tomba à ses genoux en larmes, la suppliant d'une voix déchirante. Effrayé, je me précipitai entre elle et sa mère.

— Fais-la sortir, emporte-la! me dit vivement mon oncle.

Ma pauvre Kondjé-Gul résistait, je la soulevai dans mes bras et l'entraînai. A la porte, je trouvai Théodore, qui survenait avec sa sœur; je la laissai à leurs soins.

Mme Murrah s'élançait pour les suivre; mais mon oncle l'avait saisie par le poignet, et, la faisant rasseoir de force:

— Allons, silence!... lui dit-il en turc. Nous n'avons pas fini, et si tu bouges, prends garde à toi!

— Monsieur le magistrat, s'écria la Circassienne, vous voyez qu'on me violente et qu'on me menace.

Tout cela s'était passé si rapidement que le commissaire avait à peine eu le temps de faire un geste pour intervenir.

— Excusez-moi d'avoir fait sortir cette enfant, monsieur, reprit mon oncle; mais vous êtes, je le crois, suffisamment édifié sur ses résolutions. Elle est là, d'ailleurs, pour vous répondre de nouveau, si vous désirez l'interroger seule et à l'abri de toute influence ou de toute pression. — Il nous reste maintenant à parler de ce qu'elle ne doit point entendre. — Au refus de suivre sa mère, qui vient d'être si nettement énoncé devant vous, veuillez ajouter à votre procès-verbal que, moi, je refuse aussi très catégoriquement de la lui rendre.

— Vous n'avez pas le droit de me voler ma fille! s'écria la Circassienne, presque dans un délire de rage.

— C'est ce que nous allons discuter, répliqua mon oncle. — Tout d'abord, monsieur, continua-t-il tranquillement, permettez-moi de me présenter à vous et de vous dire mes qualités. Mon nom est: feu Barbassou, ancien général et pacha au service de Sa Majesté le sultan, ce qui m'a pourvu des droits de citoyen turc.

Le commissaire fit de la tête un signe d'acquiescement qui dénonçait que Barbassou-Pacha lui était connu, comme à tout le pays.

— Il résulte donc de ces titres, monsieur, reprit mon oncle, que mes actes privés ne sauraient ressortir aux tribunaux français, et que cette affaire est toute à traiter entre madame et moi. J'ajouterai même, en vous exprimant mes regrets du dérangement qu'elle vous cause, que c'est moi qui ai amené ici cette entrevue décisive. Je m'étais présenté, à Paris, deux fois chez madame, désireux d'en finir avec ses réclamations. Pour des raisons, sans doute, que vous devez déjà préjuger, elle avait refusé de me voir. Je me suis donc arrangé pour lui faire dénoncer la présence de sa fille au Mas de Saint-Julien, et j'y suis venu aussitôt, pour avoir le plaisir de l'y rencontrer. Voilà l'affaire!...

— J'ai refusé de vous voir, dit la mère de Kondjé-Gul, parce que je ne vous connais pas! Et je demande à monsieur le juge de me faire rendre ma fille, que je réclame avec moi l'ambassadeur de notre sultan, j'ai son firman!...

Ici, le commissaire intervint, et, s'adressant à mon oncle:

— Vous plairait-il, monsieur, dit-il gravement, de motiver votre refus de rendre cette jeune fille à sa mère? D'après nos lois, vous ne l'ignorez pas, il y a là un fait que, malgré le caractère tout officieux de ma délégation, je suis forcé de consigner dans mon procès-verbal.

— Parfaitement, monsieur, répliqua mon oncle, votre demande est trop juste, et je vais m'empresser d'y répondre comme je m'empresserais de le faire devant le consul de Son Excellence l'ambassadeur de Turquie, si madame n'avait point de motifs sérieux pour éviter, en sa présence, cette explication entre nationaux musulmans que nous sommes, elle et moi.

— Je vous écoute, reprit le commissaire, en réprimant un sourire à cette déclaration de Barbassou-Pacha.

— Monsieur, ajouta mon oncle, je suis turc et mahométan, et, selon ces mœurs particulières que vous savez de mon pays, madame m'a donné sa fille par un contrat loyal, sérieux, consacré par nos usages, approuvé et garanti par nos lois, lesquelles m'obligent formellement à la protéger, à lui assurer pour toujours une position, un avenir en rapport avec ma situation de fortune. Ces lois me défendent enfin de ne jamais l'abandonner. Par ce même contrat, madame a régulièrement reçu une dot, discutée, fixée et consentie par elle. — Devant toute juridiction ottomane, vous le voyez donc, monsieur, ajouta-t-il, une discussion ne serait pas même admise et madame serait honteusement renvoyée.

— Nous sommes en France, dit Mme Murrah. Ma fille est devenue libre!

— Je conclus, monsieur, reprit mon oncle, sans même noter cette objection. — Madame et moi, nous sommes sujets de Sa Majesté le sultan. Il ne s'agit ici que d'un différend particulier entre nationaux, ne relevant que des tribunaux turcs, et dans lequel votre juridiction française, vous le comprenez, ne saurait en aucune façon intervenir.

— Vous n'êtes pas le mari de ma fille, s'écria la Circassienne; elle ne vous appartient plus, et nos lois défendent tout mariage avec les infidèles.

— Très juste! madame, répliqua mon oncle; seulement vous avez fait de votre fille une chrétienne pour la contraindre d'épouser le comte Kiusko.

— Mais, reprit-il en s'interrompant, ce sont là des détails de discussion privée dans lesquels monsieur n'a rien à voir. Et je pense qu'il est à cette heure suffisamment renseigné.

— En effet, monsieur, dit le magistrat en se levant. J'ai pris acte de vos délibérations, ma mission est remplie.

Barbassou-Pacha, sur cette conclusion, le salua de son plus grand air, et le reconduisit avec les attentions les plus empressées.

Exaspérée, la Circassienne n'avait point bougé, la rage peinte sur tous ses traits, et comme décidée à lutter, acharnée jusqu'au bout.

— Il faudra bien que vous me laissiez parler à ma fille, me dit-elle emportée, et nous verrons!

Sur ces mots, qu'il entendit, mon oncle rentrait, tenant par la main ma pauvre Kondjé-Gul.

— Allons, vieille folle, dit-il à Mme Murrah, en changeant de ton tout à coup, tu sais maintenant que tu n'as plus qu'à te soumettre. Rentre tes sottes paroles, tu n'en feras pas moins une belle affaire... Car je marie ta fille à mon neveu!

Je crus avoir mal compris.

— Mon oncle, exclamai-je, que dites-vous?

— Coquin, il faut bien que je te la donne, puisque vous vous adorez comme des fous!

Kondjé-Gul ne put retenir un cri de joie. Nous nous jetâmes tous deux à la fois dans ses bras.

— Oui, dit-il, regardez les bons apôtres! C'est pourtant ta tante qui me fait encore faire ce coup-là. — Me voilà bien planté avec mes fameux projets!...

— Oh! s'écria Kondjé-Gul, nous vous aimerons tant!

— Bon, les voilà qui m'étouffent! Que le bon Dieu vous bénisse de... Eh bien, oui, au fait! reprit-il en nous embrassant, qu'il vous bénisse, enfants, et vous donne toujours le bonheur!

Louis, mes yeux étaient noyés de larmes, je ne pouvais plus voir; mais je ne jurerais pas que, comme il disait ces mots, je n'aie point aperçu une perle humide au coin de l'œil de Barbassou-Pacha.

Il est des transports d'ivresse qui ne se racontent pas. Que te dirai-je de plus? Nous partons tous pour Férouzat, où ma tante arrive dans deux jours! Notre mariage est fixé à trois semaines. La Circassienne, forcée de consentir à tout, repart, le lendemain de la noce, pour ce beau pays des amours païennes et des houris, dont je suis bien revenu.

Voyons, Louis, toi qui aimes, es-tu vraiment bien sûr qu'on ait assez d'un cœur pour aimer d'un véritable amour? — Ce doute m'inquiète.

Mes compliments à ta femme!

FIN

LA GRANDE COLLECTION NATIONALE

30 cent. :: :: L'OUVRAGE COMPLET :: :: **30 cent.**

Sous belle couverture illustrée en couleurs

OUVRAGES PARUS.

IL PARAIT DEUX VOLUMES PAR MOIS, LE 15 ET LE 30

ENVOI FRANCO DE CHAQUE VOLUME CONTRE **30** CENTIMES

(*) Les ouvrages précédés d'un astérisque peuvent être mis entre toutes les mains.

F. ROUFF, Éditeur, 148, rue de Vaugirard, PARIS (XVᵉ)

Sceaux. — Imp. Charaire.